U0737579

文学的味道

石华鹏◎著

中国言实出版社

图书在版编目(CIP)数据

文学的味道 / 石华鹏著. -- 北京：中国言实出版
社，2023.3
ISBN 978-7-5171-4383-3

Ⅰ.①文… Ⅱ.①石… Ⅲ.①世界文学－现代文学－
文学评论－文集 Ⅳ.①I106-53

中国国家版本馆CIP数据核字（2023）第028509号

文学的味道

责任编辑：王战星
责任校对：代青霞

出版发行：中国言实出版社
　　地　址：北京市朝阳区北苑路180号加利大厦5号楼105室
　　邮　编：100101
　　编辑部：北京市海淀区花园路6号院B座6层
　　邮　编：100088
　　电　话：010-64924853（总编室）　010-64924716（发行部）
　　网　址：www.zgyscbs.cn　电子邮箱：zgyscbs@263.net

经　销：新华书店
印　刷：北京虎彩文化传播有限公司
版　次：2023年7月第1版　2023年7月第1次印刷
规　格：880毫米×1230毫米　1/32　9.125印张
字　数：206千字

定　价：58.00元
书　号：ISBN 978-7-5171-4383-3

序　言

这是我的第五部文学评论集。是我写作文学评论近20年的又一足印。

这枚评论足印对我个人而言，当然有些重要，天命之年的一次文字集结——它与我生命流逝的刻度构成了某种重合，或者说彼此见证，既是天意也是人为。但对于宽广深邃的文学世界而言，我知道，这枚足印，显得多么轻飘和无足轻重。这是没有办法的事情，我只能宽慰自己说，我已倾尽我所有的性情和才华，真诚地写下这些文字，至于其他只能听天由命。诚如颜之推所言："为学士亦足为人，非天才勿强命笔。"我非天才而又命笔了，亦哉！

我的主业是文学编辑，做文学评论是主业派生出来的副业。合格的文学编辑当是合格的读者、理想的读者，我自认还算合格。日日读，月月读，与古、今、中、外的作品相遇，与发表过和没有发表过的作品打交道，读多了读久了便生发出一些想法，把这些想法毫无保留地用自认朴素、准确的话语表达出来，便成了所谓的文学评论。主业派生了副业，副业似乎盖过了主业。世间的一切就是这么偶然和奇妙。

文学评论写多了也会思考一下文学评论这件事本身。我曾经写过一篇小文章《批评家的理想和理想的批评家》。多年过去了，我对文学评论或文学批评的观念没有什么改变，我在那篇文章中说过的话在这里重复一下。

作为一个所谓的批评家，我的理想是：希望所有的作品都写得震撼人心，写得完美，基本不需要批评，让赞美压倒一切。但这只是一种良好的愿望而已，这种景况难以出现，不符合写作规律，任何一个作品都是可以批评的，看你站在什么角度，看你使用什么标尺。所以批评不可或缺，没有批评，写作是否也会陷入沉默？

我理想中的批评家是这样的：他是一个文学"美食家"，品尝过文学的"天下美味"之后，来告诉读者哪部书值得读，哪部书值得重读；他是一名审判员，审判作品，不审判作家，对同时代文学做出美学和艺术的判断：是好是坏还是中等？是优是劣还是过得去？并不断去追问：今天的写作是否在形式和技术上有了变化？今天的写作在多大程度上准确地描述和探讨了中国人的生存境遇和精神困难？在这样一个转型时代写作的走向如何、是否出现了从内容到形式的全新文本？它在文学长河中的位置在哪里？等等；他是一名批评科学家，一直都在践行俄国诗人普希金对"批评"的精彩论断："批评是科学。批评是揭示文学艺术作品的美和缺点的科学。它是以充分理解艺术家或作家在自己的作品中所遵循的规则、深刻研究典范的作品、积极观察当代突出的现象为基础的。"他是走在作品前面的人，是有文体意识的美文家，在他的批评文字中有对比喻的迷恋，有对文采飞扬的追求，有时候他还是一个诗人，对批评充满诗意的表达……

有这样几位批评家是我心中理想的批评家的样子：率性与才华集一身的金圣叹，他的批评打上了强烈的个人烙印；学识广博和视野开阔的钱锺书，他的批评既是嬉笑怒骂又是百科全书式的批评；真正有思想和见识的乔治·斯坦纳，他的批评既宏观又细腻，是用诗的语言在写批评的批评家……我想成为他们，但难以企及，所以心向往之，这就是所谓的理想，永远难以实现的那种东西。

回到这部书。这部书收录的文章大多写于2018年至2022年5年间，与前面四部评论集的文章时间大致连续起来。这些文章在结集之前发表在《文艺报》《文学报》《文学自由谈》《世界文学》《光明日报》《雨花》《湖南文学》《长江丛刊》等报刊上，感谢这些报刊的接纳。这部书的文章分为三辑，第一辑"文学现象谈"，收录关于文学现象、思潮以及小说、诗歌、散文等的论述文章；第二辑"演讲稿"，是我在文学讲习班、高校等文学活动上的讲座稿件；第三辑"作品分析"，收录我对一些重要文学作品的评论文章。

文学的味道

　　我为这部书取名"文学的味道"，我的意思是说，这些文章是我品尝了文学的美味之后写下的，我也希望它们能传达出了文学那种微妙复杂且难以言传的美味，也许它们做到了，也许没有。最后，感谢为这部书稿付出辛勤劳作的师友。

　　　　　　　　　　　　　　　　　　石华鹏
　　　　　　　　　　　　　　　　　2023 年 5 月于榕城

目 录

文学现象谈

演讲稿

作品分析

文学现象谈

有关小说写作的几个词

　　我觉得，谈论小说以及小说写作这类事儿，有点像盲人摸象。小说这头大象，一个艺术的庞然大物，若有若无地立在那里，我们走向它，看它并触摸它，然后做出判断：小说是怎么回事儿？小说写作该注意些什么？等等。其实我们每次谈论的只是小说这头大象的局部，诸如一条腿、一只鼻子、一副牙齿之类，这样也不错，无数的谈论构成无数的局部正在拼贴出它的整体形象，我们在无限靠近它，但从来没有完美地勾勒出它并真正认识它，因为小说是一个大象群，而且它永远处于变化和成长当中。

　　尽管如此，我还是要赞赏盲人摸象——这一永怀激情的谈论方式和永不满足的探索态度。或许我们该为作为贬义使用了上千年的"盲人摸象"正名了：一方面，摸，触摸，是一种重视体验的感觉方式，直接感觉事物的温度、质地，这个虚拟时代稀缺的就是体验之感；另一方面，无数的人摸象，形成无数的局部，便有构成事物整体的可能，有时候对于处于不断变化、无法把握全貌的事物，比如小说，局部就是整体，局部就是认识。也许那种传播了上千年、对盲人摸象给予嘲讽的笑声该停歇下来了。

　　所有强大而富有创造性的写作都是对写作的重新定义，都是对写作这一古老行当添砖加瓦、扩城掠地的建设和发展，所以一代有一代之文学，写作的边界也一直在被突破被重新确立之中。由此而来，所有对写作的诠释和探究，都是企图对写作的接近和靠近，但永远穷尽不了，写作背后的秘密就像天幕上的星辰那般繁密而深邃，吸引一代又一代作家和评论家去仰望和遐想。

读过一些小说之后，我也想像盲人摸象一样，用几个事关小说局部的词语，来触摸小说这头总在奔跑总在成长的大象。

第一个词：成立

这个小说成立吗？人物形象、故事逻辑成立吗？

仿佛刑警办案在分析证据链是否成立一样，我们将"成立"一词拿来评判小说，如此来追问一部小说是否成立，还真有办案的那种学理性和技术性。小说在成为一件经得住解读的艺术品之前，它要解决诸多学理性和技术性的问题，比如叙述腔调的寻找、故事情节的设置、人物性格的确立、细节的取舍等等，这些问题均可用客观而理智的"成立"这一个词来判断。成立一般用于确凿无疑的推论，而用于模糊艺术的判断，有模糊中取精确的味道，别开生面。

最先用"成立"一词来谈论小说的，我不敢说是评论家李敬泽先生，但他确实很喜用"成立"这个词来臧否小说。他赞赏毕飞宇的《青衣》，说："这个小说成立，这个人物成立，这个人物关系成立。"他批评余华的《兄弟》，说："《兄弟》的简单是真的'简单'，简单到以为读者只有一双敏感的泪腺，简单到不能成立。""成立"成为一个有威力的词，小说成功与否都系于成立与否。这个词让毕飞宇明白了一个道理：一篇小说之所以是一篇好小说，是因为它"成立"，毕飞宇甚至呼吁，要写永远成立的小说。

我也觉得成立是谈论小说的一个好词，干脆，直接，没有拐弯抹角，直抵小说的艺术层面和技术层面，比如说这个小说不成立，就是从艺术层面一票否决了这个小说，就是说它不构成一个艺术作品，它不是小说，它只是一个好人好事、恶人恶事或其他什么；比如说这个小说的叙事结构不完全成立，更多的是从小说技术层面来分析这个小说，可以调整故事结构让小说更完美。

一篇小说成立与否，是小说写作首要解决的问题。换句话说，这里有小说吗？它构成小说吗？写作者必须反问自己。

美国小说家纳博科夫通过那则著名的《狼来了》的故事，阐释了文学与非文学、小说与非小说的界限。他说："一个孩子从尼安德特峡谷里跑出来大叫'狼来了'，而背后果然紧跟着一只大灰狼——这不成其为文学，孩子大叫'狼来了'而背后并没有狼——这才是文学。"换句话说，那个孩子大叫"狼来了"，村民听到呼喊上山打死了那只狼，这是一则好人好事的新闻，它不是小说；如果那个孩子大叫"狼来了"，村民听到呼喊上山发现没有狼，最后狼真的来时小孩被狼吃掉了，这才构成小说。如果小说只写到前面的程度，那么可以说这个小说不成立，写到后面的程度才成立。

为什么？因为孩子有意捏造出来的这只狼，不仅是孩子对狼的幻觉，更重要的是，它成为我们每一个读者的阅读幻觉——这只虚构的并不存在的狼，成为了我们内心面对谎言、面对恐惧的"真实的狼"。虚构的那只狼，它不是"丛林中的狼"，它是所有人心中一只撒谎的"狼"，是小说艺术中的"狼"。一篇小说是否成立，就是看作家是否找到了这只虚构的艺术中的"狼"。

有时候，一篇小说虽然找到了那只"不存在的狼"，它作为一篇小说整体上是成立的，但是它的局部也会存在不成立的情形。纳博科夫认为，在"野生狼"和"幻觉狼"之间"有一个五光十色的过滤片，一副棱镜，这就是文学的艺术手段"。小说在艺术手段——"过滤片""棱镜"——的处理上若不成立，会削弱小说的魅力。

比如有的小说的故事逻辑不成立。我多年前读过刘震云的《我不是潘金莲》，小说的语言和结构都很好，但故事逻辑经不起推敲。小说主人公李雪莲"上访"来到了北京，落脚在同学赵大头那里，赵大头刚好是"人大代表"下榻酒店的厨师，李雪莲被办事处的领导当成了大厦工作人员，她借着往车上搬材料的机会，混上代表们的车"闯"进了大会堂。生活常识告诉我们，这是一个想当然的情节设置，故事的合理性不稳固，这一系列的偶然不会在现实中发生，以此为发生点，小说之后诸如被领导人过问以及一系列官员被撤职的事儿都不会发生。故事逻辑不成立，故事的大厦随时会坍塌。

如果故事设置是不成立，合理性大打折扣；小说细节不成立，真实性大打折扣；小说人物不成立，感染力大打折扣……

要让小说成立，或许得把握好这样三个原则：一是填平生活的必然与艺术的必然之间的横沟。即"丛林狼"和"虚构狼"之间有一个巨大的演变空间，这个演变空间里边既要符合所有的生活真实，又要在艺术真实上自圆其说。二是每一个偶然、奇崛的叙事或者人物里必须集中所有的必然。三是建立社会观察与个人命运之间隐秘的或者暗合的精神通道。

当然，成立也是一个危险的词汇，用成立与否来判断小说，依靠的是过去已有的小说经验，但是当一种新的小说被创造出来时，用过去的经验去判断它则不成立，而这不成立显然是对创造的一种伤害和误判。那就得靠主观判断更强的第二个词——完成度了。

第二个词：完成度

一部小说的完成度，有高低之分。完成度高意味着故事的精彩程度和小说题旨的开掘程度都较好，令人称道；完成度低意味着故事和题旨还有精进的空间，还可往前走一步或两步甚至更多。完成度高的小说让读者陷入自圆其说的艺术氛围中而忽视小说这一形式的存在，完成度低的小说总是干预读者沉浸其间，要么让读者恼怒地放弃小说，要么让读者感觉小说缺胳膊少腿，读来不尽兴。完成度低的小说是艺术的半成品，修改或重写可以使之臻于完善，所以说，当我们用完成度来谈论一部小说时意味着并没有完全否定它，而是感觉这部小说还有更加完美的写作空间。

完成度虽然指向小说的质地和成色，它实则指向小说背后的那位作者，完成度高低的那位操盘手，尽管时常有小说家充满幻觉地说不是我在写小说而是小说在写我，仿佛在为小说完成度高低寻找托词，意思是说小说完成度低取决于小说自身而不是作者，很显然，这是一种过分强调写作直觉而忽视写作技术的表现。

一部小说完成度的高低，往大里说，事关写作者的写作才华和能力；往小里说，事关写作者的写作意识和方法。

法国小说家埃里克·法伊的中篇小说《长崎》，是一篇完成度很高的小说，我们在这里提到它，是因为它向我们清晰地展示了小说完成度的过程。

一个住在日本长崎市区城南边缘的五十多岁的单身汉，发现自家厨房中的食物在消失，他安设了一个摄像头来监视，结果证实，在他外出期间，有一个陌生女子擅自在他家中游荡。单身汉便报了警，以为碰上了一起入室盗窃案。警察在他家中拘捕了这个女人。她在一个不常使用的壁橱里铺开一张席子，摆放自己的用品，生活在其中。"我没有地方可住，"这个五十八岁的女失业者解释说。按警方的说法，她偷偷寄住在那个单身汉家中已经差不多一年时间了，其间她还不时地轮流在其他的公寓中偷偷寄居。

法伊开宗明义地告诉我们，《长崎》来源于一则社会新闻，这则新闻曾由多种报刊报道，包括 2008 年 5 月的《朝日新闻》。

新闻结束，小说开始。小说在第一部分完整地再现了新闻的场景和故事，除此以外小说至少还往前走了三步：第一步，女寄居者被捕后，老单身汉陷入了一种内心的恐惧中，"我无法再感到那是在我自己家中"；第二步，恐惧的内心慢慢平息之后，老单身汉开始同情起女寄居者，他觉得在他孤寂地生活在这间屋子时，其实是有人在陪伴他的，他没有起诉她；第三步，小说继续往前推进，这间屋子是女寄居者童年时的居住地，她的记忆和美好都在这里，后来一切变了，她来此寄居，是在寻找一些什么。

《长崎》由一起入室案件变成了一篇有关孤独、童年记忆的小说，由新闻到小说，由社会事件到人性思考，完成度颇高。如果小说停留在新闻程度，这篇小说便废了，不足谈；如果停留在第一步和第二步，小说虽进入了艺术层面，但还有些单薄；小说推进到第三步，进入另一个精神层面，小说便丰富了。

多数时候，小说故事的完成度越高，人物形象和题旨也随之丰富和复杂，故事的立体性也会成就人物的立体性，所谓故事即人物、人物即故事，即为此理。

小说的完成度除了故事往前推进两三步之外，叙述形式和结构的多维度也会为小说锦上添花，比如《长崎》有三种叙述的声音构成了小说的形式和结构。第一种声音："我"的叙述——在市气象台工作的56岁的单身志村，发现女寄住者，报警，拘捕。第二种声音：一个女警察采写"我"的微型传记，交代女寄住者进入屋子的一些细节。第三种声音：女寄住者给"我"的一封信，讲述了她回来寻找童年记忆的故事。

这部获得过"法兰西学院大奖"的小说《长崎》，让我感受到小说家法伊强烈的写作意识和理性十足的技术探求，小说故事和小说结构的高完成度，可以看出作家"做小说"的功夫，当这种"做"的痕迹被艺术的征服力掩盖时，小说的完成度便高了。

第三个词：说服力

将"说服力"一词用于小说分析，是秘鲁著名作家巴尔加斯·略萨的发明，他在《给青年小说家的信》中专辟一节来探讨小说说服力的问题。

对小说而言，说服力是个温和儒雅但杀伤力巨大的词汇，换句话说，说服力问题是小说的大问题。如果某人说这部小说的说服力有些欠缺、小了点时，其实他是用一种温和儒雅的方式否定了这部小说——这种否定不是以"真理在握"的评论家的名义，而是以谦卑的读者个体感受的名义发出的——他的潜台词是说，这个小说没能够吸引我，也没能够说服我相信这个故事以及故事背后的一切。等于是说这个小说不对我的路，甚至也等于是说这个小说不是一篇好小说。

所谓说服力，是指小说对读者的说服和征服程度，吸引读者并让读者相信小说讲述的一切。说服力至少指涉小说的三个大问题。

其一，小说的本质之一是交流。说服力一词将作者与读者连接起来，提示我们，小说是一种与读者互动交流的过程，小说家所做的一切努力均是让读者相信小说的讲述，二者之间的本质是相信。意大利小说家安伯托·埃柯将小说定义为"虚假的可信性"，当这种可信性变小抑或不复存在时，小说便只剩下虚假。那些无法用故事说服读者的小说家，有时会宣称小说是小说家的自言自语。自言自语也是一种交流，但问题的关键是这种交流是否与读者有关，你的自言自语是否如略萨所说"对读者生活的世界发表看法"，否则也是没有任何价值和说服力的。说服力一词将读者置于与作者同等重要的位置，至于作者在写作时心中是否有一个读者存在那另当别论。

其二，说服力成为小说成败的标准之一。略萨认为说服力可以决定小说的生死，他说："优秀的小说、伟大的小说似乎不是给我们讲述故事，更确切地说，是用它们具有的说服力让我们体验和分享故事。"英国评论家詹姆斯·伍德也提出了类似的看法，他说："我以为小说之失败，不在于人物不够生动或深刻，而在于该小说无力教会我们如何去适应它的规则，无力就其本身的人物和现实为读者营造一种饥饿。"伍德所说的"适应它的规则""营造一种饥饿"指的就是小说自身的说服力。两位著名人物都将小说说服力大小看作小说成败的关键，可见说服力对小说之重要。

其三，说服力事关小说的美学原则。小说以故事的方式虚构了一个艺术世界，或称小说世界，与小说世界并行的是读者的现实世界，在这两个世界里读者都在寻找或感受某种真实——真实的人生、真实的社会、真实的内心。小说世界里的真实是小说家借助语言、故事、细节、结构等尽力说服读者相信的"真实"，实际上是一种阅读制造的"幻觉真实"，而读者会从现实生活的真实中去比照小说里的幻觉真实，当这两种真实达到某种平衡时，读者便感受到了小说的魅力。略萨认为小说的说服力就是，缩短小说和现实之间的距离，抹去二者之间的界限，让现实生活的真实与小说的艺术真实完成某种对应或升华。这里边会出现一种微妙复杂的关系，小说世界从属于现实世界，但小说要以小博大，在有限的空间表达现实世界的某种真实，就必须特别用力，借助高度集中的虚构，通过故事的讲述来与现实世界建立紧密联系。如果没有强大的说服力，小说世界与现实世界的联系将会断裂，读者不会融入小说并相信小说世界里的真实。

一部小说如何拥有强大的说服力？这是每个小说家期待破解的难题。略萨给出的建议是让小说按自己内部结构运行，独立自主，自给自足，他说："当小说中发生的一切让我们感觉这是根据小说内部结构的运行而不是外部某个意志的强加命令发生的，我们越是觉得小说更加独立自主了，它的说服力就越大。当一部小说给我们的印象是它已经自给自足、已经从真正的现实里解放出来、自身已经包含存在所需要的一切的时候，那它就已经拥有了最大的说服力。"沈从文先生给出的建议是"要贴到人物来写"，汪曾祺先生认为沈先生这句话是小说学的精髓，他解释说："这句极其简略的话包含这样几层意思：小说里，人物是主要的，主导的；其余部分都是派生的，次要的。环境描写，作者的主观抒情、议论，都只能附着于人物，不能和人物游离，作者要和人物同呼吸、共哀乐。作者的心要随时紧贴着人物。什么时候作者的心'贴'不住人物，笔下就会浮、泛、飘、滑，花里胡哨，故弄玄虚，失去了诚意。而且，作者的叙述语言要和人物相协调。写农民，叙述语言要接近农民；写市民，叙述语言要近似市民。小说要避免学生腔。"王国维先生给出的建议是："写情则沁人心脾，写景则在人耳目，述事则如其口出是也。"……

这个问题没有答案，写出有说服力的小说才是真正的答案。

第四个词：创造性

我曾经写过一篇小文章叫《别把小说写得太像小说》，有些人认可、赞同我的看法，认为当下许多小说有一股小说的"匠气"，从内容到表达，"设计感"十足，浮在故事和人物表面絮絮叨叨，"作"的痕迹明显，"作"得好一点看不到痕迹，圆满而圆滑，"作"得差一点就漏洞频出，总之，很难读到一种艺术的征服力所带来的意外的惊喜和内心的颤动，一切皆在作者和读者共创的预料之中。

也有人不认可我的观点，认为写小说就是要像小说，只有先像小说了，才能奢谈写出好小说、伟大的小说。

怎么说呢，无论是像小说还是太像小说，或者是不像小说，我其实想强调的是小说的创造性。

太像小说有时候意味着小说创造性的丧失，意味着小说创作有可能成为一个匠活，就像木匠打的每一把椅子，都太像一把椅子；这意味着小说观念有可能模式化，对生活的发现成为泡影；这意味着小说可能会把复杂的人物和事件变得简单，成为现实的肤浅注解；这意味着小说这一自由的文体会日渐变得僵化，缺少创造力，而枯萎下来。

在这个活力四射、变化万千的时代，小说不应该成为僵化的、老气横秋的叙述模式。

小说的发展历程，是小说的创造性书写出来的。纵向来讲，从古典主义到启蒙小说，从现实主义到现代主义，创造性促成小说自身的演化和对时代的应和。横向来讲，小说最初只是一棵稗草，很野，很自由，生长在湿泥和粗砾上；小说是对世界的一种模糊性和神秘感的表达，不是现实的索引图；小说是借助词语唤起我们想象的叙述；小说是恢复生命感觉力和活力的智慧游戏……

每一个时代的大师的出现，都是对小说这一概念边界的突破，用全新的作品来定义"小说"，都是把小说写得不像小说的。在现代小说三四百年的历史中，除了卡夫卡的变形、马尔克斯的魔幻之后，我以为还有墨西哥的胡安·鲁尔福——那个写出生者与死者没有界限的小说家，印度的萨尔曼·拉什迪——那个写出羞耻的世界里人有好几条命的小说家，美国的塞林格——那个把短篇小说变成谜语一样的小说家，以及英国的麦克尤恩——那个为小说历史贡献了"麦克尤恩式的玄妙"的小说家，以及卡佛、舒尔茨等等，他们都是因为把小说写得不像小说而名垂千古的。

伟大小说的本质，是颠覆读者的预期——颠覆他们对社会生活的预期、对世界看法的预期。我们当下小说的出路应该是去寻找这种颠覆，写出不像小说，或者说不那么像小说的小说来。怎样才能做到呢？如果要为此开出药方的话，我只能初略地写下这样几条：一、摒弃传统，寻找到属于自己的声音；二、突破文体，让小说的边界在你笔下延展；三、创建自己的表达方式，独一无二的，原创的。

还是伟大的托尔斯泰说得好，他说，一个人想要创造出真正的艺术品，需要的条件很多，但基本的就是三样：这个人必须站在他那个时代最高的世界观水平上，这个人必须深刻地体验过某种感情并希望将它传达出来，这个人必须在某种艺术领域具有非凡的才能。

　　小说的创造性是小说写作开疆辟地之事，异常艰难，有些事情是说起来比做起来容易，当然要是不难，又有什么意思呢。

2019 年 6 月 23 日

故事的文学性价值

一

美国修辞学学者华尔特·菲希尔有一个著名观点：世界上的一切都是叙事。菲希尔指出，世界上的一切，无论事实还是经验，都是以某种叙事形式有机串联起来而呈现给我们，而非以独特和零星的形式呈现。

这个观点之所以著名，或许因为两个原因：一是因为它一下子让我们醒悟过来，原来我们生活在叙事当中，而不是生活在自以为的独立而碎片化的世界里；二是因为它一下子便把碎片的世界连缀起来，像缝纫衣服一样，缝成了一件美丽的五彩斑斓的时装，让我们感受到这世界看似分割独立实则血肉相连般的神奇。

叙事分为日常叙事和非日常叙事。中午下班之后你去食堂买饭吃，吃后去附近公园里散了散步，然后再去上班，这是日常叙事，换句话说，你的任何行为和想法都是叙事的一种。非日常叙事，即艺术叙事，音乐、电影、美术、文学都是非日常叙事。同一根节的竹子，同一天开花，同一天死亡，即便它们种植在世界不同的地方，彼此远若天涯，文学叙事让它成为可能。

这里边出现了一种有趣的现象，类似于量子力学中的"量子纠缠"，科学家说粒子在由两个或两个以上粒子组成系统中相互影响、互相纠缠，即使相距遥远，彼此之间也有一个纠缠态。所谓纠缠态，简单说就是彼此影响、纠缠并不类似2乘以2等于4的状况，要更复杂。日常叙事与非日常叙事之间也有一个纠缠态，即非日常叙事（艺术叙事）是对日常叙事的叙事，也就是日常叙事艺术化或文学化，但当日常叙事一旦成为非日常叙事，也就是说日常叙事艺术化或文学化成立，那么日常叙事与非日常叙事之间，就形成一种复杂的现实与艺术的关系，它们有时相距遥远，有时近在咫尺，它们彼此呼应，彼此印证，彼此镜像，又彼此排斥。

所以说基于华尔特·菲希尔"一切都是叙事"的观点来审视叙事文学，我们会有不一样的认识。

叙事的高一级阶段即是故事。我们对故事的获取经历了三个时期：古典时期（17世纪以前）——从民间故事、口口相传的话本中获取故事；现代时期（18世纪到20世纪）——通过小说读到故事；后现代时期（21世纪到现在）——在各类新闻信息中获取故事。

后现代时期，即今天的所谓融媒体时代，小说的故事地位开始下降，逐渐让位给了新闻信息，从形式上看，小说中的故事退居其二了，就像有人说的新闻比小说精彩；另外，新闻信息成为作家想象力的来源，新闻信息与小说之间变得十分暧昧，彼此的界限模糊了。美国著名评论家乔治·斯坦纳干脆将今天的小说称为"高雅新闻体"小说。

那么，我们不得不思索一系列问题：小说在 18 到 20 世纪创造了艺术辉煌之后，在 21 世纪它将经历怎样的命运？信息开始塑造这个世界，但比信息高一层级的小说如何延续已有的水准？小说如何与信息抗衡？小说能否像之前那般影响世界？

想到这样一些问题，曾经在世界面前自信满满的小说家，内心或许也会飘过一丝焦虑和失落，写什么和怎么写，依然是悬而未决的问题。这种写作的焦虑和失落不过是闪念一过而已，它并不会长久地纠缠小说家们，因为小说家们明白，任何一个时代最富创造性和洞察力的写作都是异常艰难的，没有一个时代例外，更别说今天的时代。焦虑和失落并不能解决问题。

况且 80 多年前，德国著名评论家本雅明在他著名的《讲故事的人》一文中，早就预见过小说在今天的遭遇，他说，"信息泛滥的时代，现代小说正在遭遇如讲故事艺术那般衰落的同样尴尬，经验虽然异常发达，但值得讲述的经验却在减少。"不过本雅明仍然对现代小说的前景充满信心，他认为新闻只存在于成为新闻的那一刻，而故事和小说是消耗不尽的，"小说的诞生地是孤独的个人……写一部小说的意思就是通过表现人的生活，把其深度和广度不可量度地带向极致。小说在生活的丰富性中，通过表现这种丰富性，去证明人生的深刻的困惑。"

这是现代小说的本质和它在今天及今后的存在价值。

二

小说的本质和存在价值如短时的兴奋剂，会赋予我们一些写作的信心和方向，但当面对空白的稿子或者闪耀的电脑屏幕，我们发现困惑依然包围着我们：既然"值得讲述的经验却在减少"，又如何做到"故事和小说是消耗不尽的"？

这是一对矛盾体，在日渐减少的值得讲述的经验中去追求消耗不尽的故事和小说。矛盾的解决和克服，当是出色小说诞生之时。或许，我们该谈到另一个细微的问题：故事的文学性价值。

福克纳曾经笼统地谈到过这个问题，他说："占据他的创作室的只应是心灵深处的亘古至今的真情实感、爱情、荣誉、同情、自豪、怜悯之心和牺牲精神，少了这些永恒的真情实感，任何故事必然是昙花一现，难以久存。"他还说："唯有人类内心的冲突才能孕育出佳作来，因为只有这种冲突才值得写，才值得为之痛苦和烦恼。"

什么故事才值得写？什么故事昙花一现？在福克纳眼中，这两个问题只有一个答案，即展现了人类内心——亘古至今的真情实感、爱情、荣誉、同情、自豪、怜悯之心和牺牲精神——冲突的故事，才值得去写，否则难以久存。

福克纳所提到的人类内心的冲突，可以理解为故事的文学性价值的一种。如果我们写的故事没有文学性价值，照福克纳的说法便是，我们写的爱情只是情欲；我们写的失败里没有失去有价值的东西；我们写的胜利里没有希望；我们的悲伤不带普遍性，没留下任何伤痕；我们描写的不是人的灵魂而是人的内分泌。

我所理解的故事的文学性价值，是指故事拥有的深刻而广泛的精神力量，比如对现实的关怀和批判、对生活本质的多样性和细微性的发现、对存在的真相本质的揭示，等等；是指故事散发出来的深奥的理性之美和最灿烂的感性之美，比如陌生而神秘经验的表达、揭示我们所不能洞察但能感觉到的东西以及展现时刻变化中且富有生命力的语言之美，等等；是指基于"认知的创造"，这是海明威的观点，他说："写小说既不是描述，也不是再现或表现，而是基于认知的创造。"在已有的事物上创造出新的事物或者新的世界，是故事最高的文学性价值。

或许可以这么说，对小说而言，没有文学性价值的故事不值得去写，即使写了，也不过是过眼云烟，昙花一现，不会在读者的心灵之河中投下任何涟漪。故事的文学性价值终将决定小说的价值和小说的生命力。

为了解决今天的难题——在日渐减少的值得讲述的经验中去追求消耗不尽的故事和小说——我们必须去寻找让故事的文学性价值最大化的途径和方式。

三

有一类洞穿时代巨变迷雾且有意无意命名了一个时代的故事，具有文学性价值。

照理说，一个作家的写作是难以绕开自己时代的，即使他写着历史，写着科幻，他的价值观里也藏着这个时代，回避不了，但为什么我们读了当下那么多小说——十足的现实故事——还是给我们留下一个印象：当下写作仿佛与这个火热而巨变的时代无关。

为什么这样？原因肯定多样而复杂，但我以为有一个原因不容忽视，那就是我们写的只是这个时代的皮相，没有写出这个时代的内质；我们写的只是这个时代的"分泌物"，没有写出这个时代的灵魂。这个时代正在经历变化，也许我们的写作没有敏感于这个浩大的变化；也许我们写到了这种变化，但这种变化也许只是停留在物质层面，而没有深入到时代的精神巨变中，没有深入到时代之变给世界给个体内心带来的变化中。如果继续追问，是不是我们的作家丧失了穿越时代巨变迷雾和尝试为一个时代精神命名的能力？是不是时代变了我们看待这个时代的眼光、视野、方法还没有变，还是陈旧的，或者是不是还没有找到顺应时代之变的新眼光、新视野、新方法？是不是没有去触摸时代之下人的变化：人如何塑造这个时代，又如何被这个时代塑造？

面对那些因洞察并几乎命名了一个时代而成为经典的故事，比如菲茨杰拉德的《了不起的盖茨比》，有时候我会琢磨，这个故事与时代之间究竟达成了什么默契，让一部小说代言和终结一个时代？归纳起来，源自菲茨杰拉德的两种能力：一是抽象能力。菲茨杰拉德有着诗人般的概括和抽象能力，他将他经历的时代命名为"爵士时代"，并洞悉其"是奇迹的时代、艺术的时代、困厄的时代、讽刺的时代"，挥金如土，享乐、狂欢。这成为他小说极力渲染的场景和故事背景，而这一点正是20世纪20年代"美国梦"的灵魂。二是表现能力。菲茨杰拉德的天才是将一个并无多少罗曼蒂克色彩的"三角关系"经过一番点化和表现，成为了一个独特的"了不起的"盖茨比灵魂受难的社会和爱情的双重悲剧。这一点正是"美国梦"破灭的安魂曲。这两种能力让一个时代与个人生活发生了血肉联系，由此而产生的故事具有深广的文学性价值，值得去写。拥抱或者去追问一个时代，是伟大故事诞生的前提。

有一类力求挣脱社会事件束缚而进入人的性格、内心和潜意识的故事，具有文学性价值。

读一些小说，故事、语言、结构均不错，故事劲爆独特，很吸引人，语言精到流畅，但读到最后，不禁为小说和作者可惜起来：如此一个好故事始终停留在社会问题层面，而没有挣脱"事件"的束缚而进入人心、人性层面。这类故事终究只是如斯坦纳所说的"高雅新闻体"，因文学性价值欠缺而沦为四五流小说，读过即被抛弃。这类故事有时还因"表现底层现实"等冠冕堂皇的理由而获奖、获得掌声，很多写作者被这荣誉迷惑了，以为小说就该这么写，以为这就是好小说，实在令人遗憾和可惜。

比如有段时间很流行上访截访题材，其中很多人爱写一个正常人被送到精神病院最终变成精神病人的故事，从上访被截到进学习班再到进精神病院，一个个故事写得惊心动魄，但这样的故事虽吸引人，但它不打动人，始终在事件上打圈，它甚至构不成艺术。但有一天我读到了大师马尔克斯的短篇小说《我只是来打个电话》，这个小说写的也是一个正常人误入精神病院而成为精神病人的故事。这个故事写于1978年，早我们类似故事三四十年。大师毕竟是大师，马尔克斯在处理这个惊悚的偶然故事时，他没有在事件上过多纠缠，他的笔墨多在夫妻两人在情感和性格的遭遇，误入精神病院的妻子最终是被懦弱丈夫"逼"成精神病人的。这一点与我们是由社会黑暗力量逼成精神病人的故事相去甚远。所以，由"事件"及"人心、人性"的故事才有文学性价值。

有一类潜入人类精神领域并对诸如孤独、荒谬、羞耻、怜悯、爱、同情等存在本质予以开掘的故事，具有文学性价值。

这一点福克纳在他的诺贝尔奖致辞中论述得相当充分了，我不再饶舌，只想补充一点，一批大作家用他们的作品对这些情感和精神作了深刻而感人的探讨，这些探讨既相似又迥异于哲学家、思想家，他们的故事让我们相信一个作家的探讨有自己无可替代的价值，比如马尔克斯之于孤独、加缪之于荒谬、拉什迪之于羞耻、海明威之于怜悯和爱，等等。或许我们的作家也该得到启示，有时在一个故事中探讨一种情感或精神，把它写透写深，应该是一种可行的办法，因为大师们也是这么做的。

有一类基于想象力和认知的创造，从已经存在的事物中创造出新事物的故事，具有文学性价值。

太过现实或者被沉重的现实压得喘不过气来，是我这个职业小说读者对我们当下小说的观感。翻开一部小说，我们就得强迫自己适应作者的"耐心"和"细密"——他不慌不忙、事无巨细、从头至尾、交代铺垫、枝蔓丛生、脚踏实地地将一个故事往下写，一写便几万字十几万字甚至几十万字，读者脆弱的一点注意力和耐心被绝对的"现实题材"和忠诚的"现实主义"消耗殆尽，只得将小说弃之一边作罢。

难道我们的作家不懂得给沉重的现实插上想象的轻盈翅膀让它飞起来吗？当然懂得，只是如乔治·斯坦纳所说，"作家们的想象力已经落后于花哨的现实"了，老实说，我也不知道作家们的想象力跑到哪里去了。在这种沉闷的现实中，有一天我读到了不为中国读者所热衷的以色列小说家埃特加·凯雷特的短篇小说集《突然，响起一阵敲门声》，我才发现，想象力匮乏不仅是中国作家的难题，外国作家也如此。凯雷特在小说《突然，响起了一阵敲门声》中写了一个作家被三个人逼在家里，他们拿枪指着作家，让他给"老子讲个故事"。最先是一个瑞典人，拿枪让作家讲故事，作家开始讲："两个人坐在房间里，突然，响起了一阵敲门声……"一个问卷调查员进来了，他也是来让作家讲故事的，但当讲到"突然，响起了一阵敲门声"时，一个送披萨的人进来了，三个人都拿着武器要听故事。作家清了清嗓子，重新讲起了故事："四个人坐在一个房间里。天气很热。他们感到无聊。空调坏了。其中一个人说想听故事，第二个人也跟着说想听故事。接着，第三个人……""这不是故事，"那位问卷调查员抗议道，"你说的完全就是眼前的事情，完全就是我们想要逃避的现实。拜托，不要像垃圾车倒垃圾那样，把现实倒到我们身上。运用你的想象力，哥儿们，编个故事出来！"作家再次开始讲，他说，有个作家孤零零地坐在房间里，他想写个故事。他已经很久没有写出故事了。他怀念从已经存在的事物中创造出新事物的感觉……突然，响起了一阵敲门声。

这则故事想象力爆棚，它更像一则隐喻，隐喻的是我们眼前的现实：读者对作家的抗议——"不要像垃圾车倒垃圾那样，把现实倒到我们身上"；作家的困惑——很久没写出有想象力的故事了。

不管怎么说，作家需要用想象力让沉重的现实轻盈起来，轻如翅膀，而非羽毛。这一点很难。不难，写作又有什么意思呢。凯雷特借《突然，响起一阵敲门声》中的"作家"说："无中生有就是凭空捏造，是毫无意义的，任何人都能做到。但从已经存在的事物中创造出新事物则意味着，这个新事物一直都是真实存在的。它存在于你的内心，作为新事物的一部分被你发现了，而整个新事物是以前从未出现过的。"有中生无——凯雷特说的就是想象力。

有一类故事很小很淡，它或许只是一段人生经历或者一个事件片段，但它智慧、幽默，满纸反讽、隐喻，令人捧腹，给人伤感或希望，这类故事具有文学性价值。

关于这一点，我是读了捷克小说家斯维拉克的布拉格故事集《错失之爱》和《女观众》之后想到的。斯维拉克的小说是在我们冗长繁复的小说缝隙中吹来的一股清风，他的小说短小，让人亲近，语言至美，但传达出来的对生活的感伤或希望，很是动人。除此之外，卡尔维诺的《帕洛马尔》、奈保尔《米格尔街》、巴别尔《红色骑兵军》等，都是这类故事，是文学性价值的典范。他们写得那么短，又那么好，或许我们的小说写得太长，太沉了。

2019 年 11 月 15 日

寻找远去的先锋精神

有这样一类小说，比如塞林格的《九故事》、胡安·鲁尔福的《佩德罗·巴拉莫》以及卡夫卡的《城堡》等，它们总是处于不断的暗示之中，将所有的想象交给读者，让读者跟随叙述不断去扩展想象的空间。比如小说家讲述一个人消失了——这是事实，但也是个问题，一个人的消失，只是无足轻重的肉体性的消失，而他精神性的或者说关系性的存在，依然无形地辐射和影响着周围的小世界，小群体之间关系的变与不变，既与消失的人有关又无关，为什么会这样？小说家只是暗示，问题的答案要靠读者去想象。如此问题，或许没有答案，或许每个读者都有一个答案。

当小说进入自由暗示，进入到一个由作者和读者共同营造、相信并追问的精神理念空间时，毫无疑问，这样的小说是真正的先锋小说，它已经不是形式探索和叙述实验的先锋，而是内容上的先锋，是突破了事件真伪判断而进入梦境和理念的精神上的先锋。

再现一个未曾解释过的生活领地和闯入一片被遮蔽的精神丛林，是小说永不疲惫的先锋追求。

应该说，我们离这种真正的先锋已经有些遥远了。20世纪八九十年代，那是中国小说先锋探索的黄金时代。那个时代的写作者似乎都尝试过先锋写作，因为先锋在当时是一种潮流、一种时尚，也是一种写作"捷径"—— 批急丁闯出自己写作天地的年轻人总是以大胆、怪诞的先锋姿态示人。不可否认，当时的先锋探索将中国小说提升到了一个全新的精神高度，我们收获了一批堪称经典的先锋小说和一批影响至今的先锋小说家。但同时我们也收获了一批伪先锋之作，在空洞的叙事中热衷一些时间转换、不同视角讲述等形式实验，这种形式实验本质上并不是我们的原创，它们是来自法国、美国、拉丁美洲等地的"新小说"成果，它们是别人的先锋，我们模仿和"抄袭"了别人。

真正的先锋是独一无二的创造，从形式到内容的创作。是否可以这么认为，如果将我们20世纪80年代的先锋实验置于当时世界文学的版图，我们的先锋实验并不会引人注目，但有一点，那是我们中国小说叙述真正融入现代、融入世界的一个小高峰。

时间过去近40年，今天的中国小说成为全球文学视野中一个不容忽视的存在，但返观内视我们发现，中国小说的先锋探索从没有像今天这般沉寂与失落。我们的小说世界，仍被粗浅的故事主宰：要么成为新闻事件的"复制版"，要么沉溺于矫揉造作的情感臆想中，要么以怀旧面目讲述无力的乡土乌托邦；故事背后的精神内核，要么软弱乏力，要么欲语不能，要么避重就轻，难以见到有血气匪性、敢于冒犯冒险、敢于忏悔自省的先锋探索，一切那么理所当然，一切那么温顺自然，一切那么无动于衷。今天的小说没有了鲁迅式的"呐喊"、卡夫卡式的"发现"、帕斯捷尔纳克式的"冒犯"、马尔克斯式的"孤独"……当小说丧失了从形式到内容的先锋精神，那小说只能成为一个时代的附庸之物和仅供读者消遣的通俗读物，当小说沦落至此时，要么是我们辜负了前辈大师的先锋榜样，对小说曾经的崇高成就视而不见，要么是我们该为一个时代"再没有真正的小说"而反躬自问的时候了。

是什么原因导致中国小说先锋精神的失落呢？一方面，小说写到今天，每一次独一无二的原创和探索均异常艰难，形式实验似乎已被穷尽，难再出新，小说在精神空间上的抵达程度经历 19、20 世纪的拓展，似乎也寸步难行。站在巨人肩膀上的先锋探索的难度，直接阻碍了中国先锋小说的发展。另一方面，我们的小说家太"聪明"，甚至有些"精明"了。小说的先锋探索很孤独很寂寞，劳神费力，当小说家们难以从这先锋探索中轻而易举地获取写作的幸福感和一些名利报答时，人们便"识时务"地放弃了。我们的小说家太知道这个时代需要什么样的小说了，迎合和妥协地写作能让自己风光地活着，又何必耗去整个生命去为小说的价值拼命呢？这是一种为眼前名利的写作观，而非为艺术尊严的写作观。苟且地写作，是中国小说先锋精神失落的根本原因。再一方面，作为先锋小说推手的文学刊物放弃了先锋小说。新世纪以来，文学期刊在市场与艺术之间摇摆不定，最终还是倾向了市场，先锋阵地的萎缩间接排斥了小说的先锋探索。在市场的认可和先锋的名声之间，曾经的先锋小说家余华曾说过类似的话，他说在今天我愿意用托尔斯泰的方式写一页纸，也不愿意用卡夫卡的方式写一本书。

小说的先锋探索不仅是一种手段，更是一种思维方式。对于今天的小说来说，先锋思维的淡化和弱化直接桎梏了小说的自由和小说的可能性。法国先锋作家尤纳斯库说："先锋即自由。"追求内心的解放和写作最大限度的自由空间，是真正的先锋思维，它所催生的能量巨大的写作想象力和洞察力，会直接促成先锋作品的诞生。

当一部先锋之作诞生时，先锋即刻成为过去时，先锋的魅力在于，它存在于独一无二的未来创造之中，就是说先锋的探索永远在未来，而先锋的确认永远属于"马后炮"。尽管如此，我们从前辈先锋小说家中仍可以找到先锋的写作思维和方向。

阎连科，一个有世界眼光的中国作家，从提出独特的"神实主义"写作观到写出《风雅颂》《炸裂志》等长篇，他一直都"先锋着""实验着"，他的作品虽然总遭到质疑，未必有多么成功，但他惊世骇俗的写作总试图在小说表达上有前所未有的突破，这种先锋思维和先锋精神让我们敬仰。最近，阎连科在人大作家班开班式上对一些年轻的作家说："19世纪，是生活主宰作家；到了20世纪，作家能主宰生活了；在今天的21世纪，文学上似乎还没有真正的突破，至少我们现在看到的翻译作品里还没有。所以我想我们的文学眼界是不是可以高点、可以远点，养成独一无二的文学观，写出独一无二的文学作品。"寻找真正突破，"写出独一无二的文学作品"，就是一种先锋的写作思维。

阿根廷的"作家中的作家"博尔赫斯和奥地利的"女卡夫卡"艾辛格尔，言简意赅地指点我们"如何去先锋"。

博尔赫斯告诫我们，情节总是比较微不足道，19、20世纪的作家已经开发出所有的故事情节了，叙事实验也不再新鲜了，作家应忠于一些深层的东西，他说："我写东西的时候，不愿只是忠于外表的真相（这样的事实不过是一连串境遇事件的组合而已），而是应该忠于一些更为深层的东西，我会写一些故事，而我写下这些东西的原因是我相信这些事情——这不是相不相信历史事件真伪的层次，而是像有人相信一个梦想或是理念那样的层次。"

写出过经典先锋之作《被束缚的人》的艾辛格尔，也为小说在这个时代的终结论而苦恼，她也怀疑：故事和叙述如河流一般轻缓前行，究竟何处是堤岸？意义在哪里？她终究发明了一种较为先锋的写法："当我们在绞刑架下叙述时，诉说的是整个生命。"向死而讲述，意义便会呈现，她说："形式从来不是产生于安全感，而是往往形成于面向终点的临界点。所有曾经以任何一种方式有过临死经验的人，都无法忘记自己的经历，他们如果足够诚实，便不会满足于友好的轻描淡写，欺骗自己和他人。但他们可以将自己的经历作为出发点，重新发现生命，为了自己，也为了别人。"

以上三位小说家的先锋实践值得借鉴，但没有谁能指明先锋的道路，失落的先锋只能在没有诞生的作品中寻找。

先锋是一种精神，是不僵化、不陈腐、不随大流，艺术上敢于探索和冒险，永远追求表达活力和生命真实的一种写作精神。伟大的作品无不与这种精神血肉相连。

2018 年 2 月 23 日

小说写作的技与艺

小说是门技术，也是门艺术。

小说写作是对现实世界和精神世界的技术处理，让其成为艺术作品。

小说写作，说容易，两个字：技、艺。说难，也是两个字：艺、技。

好比我们在博物馆看到一张明代"紫檀牡丹纹扶手椅"，又称"南官帽椅"，被它简练又凝重的气度所吸引和征服，这张椅子上，凝结着时间的包浆、时代的文化内容和审美特质，并传达给我们，于是它成为了一件艺术作品。这张明代椅子成为艺术的背后，是师傅精湛过硬的手艺和技术——选材、构造、花纹、制作手法以及砍、刨、锯、凿、钻、锤等具体技艺，每一样都完美无瑕，否则，与艺术无缘。

如此来看小说，小说的技术包括"工具箱"（斯蒂芬·金语）——字词句段，此外还有情节构思、谋篇布局，从叙述、描述到对话，均是技术活儿，有技巧。小说的技术主要集中在语言的表达力和故事的设置力上，借用语言的表达和故事的谋篇布局来对生活素材进行处理。

小说手艺精湛了，即掌握了小说写作的技能、技巧，小说这门"手艺活儿"才有可能抵达"艺术之境"。写小说就是把一件或小或大的、或平淡或奇崛的事说得很有情致，说得让人兴味盎然，说得让人有所思有所悟。如此，小说的艺术性便呈现了。小说的艺术性大致可以分解为文学性、想象力、洞察力和说服力。

问题的麻烦在于，我父亲是个手艺不错的木匠，他打制的桌椅床柜，既漂亮又结实，出活儿快，还省木料，人们都说他的手艺好，但他打制的东西没有一件成为艺术品，这其中的问题出在哪儿呢？我只能说，大概是他永远都在"匠"里边打圈圈吧，他不知道一把椅子可以成为艺术品，他不知道一把椅子可以赋予时间的想象力和洞察力，他也就没有突破"匠"的思维和野心，没有"艺"的眼界和追求。

就像有的人一直在写小说，却从来没有触摸到小说艺术五彩缤纷的天穹，从来没有品尝到小说艺术独特而丰富的美味。

小说有两面，如一枚硬币，一面是技术，是技能，是技巧，是可供操作的和操练的某些写作经验。另一面是艺术，是生命体验，是触动人心的力量，难以操练，只能去悟，去品，去见识。小说的技术与艺术，这两面紧紧贴在一起，有时可以分清，多数时候难以分清。技术与艺术看似鸿沟分明，实则血肉相连，本来就难以说清，怎么能分得清呢。将两者分开而论，只是为了表达的便利而已。

一、小说写作之艺术论

1. 文学性

谈论小说的艺术性约等于谈论小说的文学性。

　　文学性是一个复杂的概念，是20世纪文学批评界和理论界的世纪课题，也是世界难题，全世界很多学者孜孜以求，作出了很多论述，似乎也还没有说透没有达成共识。我比较喜欢俄国批评家罗曼·雅各布森的观点，他说文学性是指使一部既定作品成为文学作品的特性。

　　理论的水太深，我蹚不了，换个角度来感受雅各布森的高论，哪些特性使作品成为了文学作品？文学与非文学的界限在哪里？

　　当你回想你美好的阅读时光，你会发现有些小说你忘记了，有些小说你想忘也忘不掉，忘不掉的那些小说它一度参与了你的人生建设，那些小说中吸引你、触动你，甚至改变你的东西，其实就是文学性。

　　比如你读曹雪芹的《红楼梦》，宝玉黛玉的爱情悲剧可能会让你留下忧伤的泪水；锦衣玉食的贵族生活和排场在眨眼之间"白茫茫一片大地真干净"时，你可能会有切肤的幻灭感。

　　比如你读俄罗斯小说家拉斯普京的《活着，并且要记住》，小说的故事可能会让你重新去思考"一个秘密究竟能守护多久"的问题，你或许会明白只要是秘密都终究是守不住的，即使可以守护一辈子，但下辈子呢，秘密也可能泄露。

　　比如你读钱锺书的《围城》，你可能会沉浸于作者充满智慧的幽默叙述以及知识优越者对他者揶揄嘲弄时的得意。

　　比如你读余华的《许三观卖血记》，你可能感受到巨大的人生磨难中有时也充满了博大的温情，人生为何磨难重重？因为磨难是坚韧人生的证词，就如同没有黑夜，白天有什么意义呢？余华的叙述带给你人生的力量和思考。

......

你从小说中读到或感受的这些情感、智慧、见识、哲理、思考等，就是文学性，是这些特性让"一部既定作品成为文学作品"。卡夫卡说："一本书必须是一把冰镐，砍碎我们内心的冰海。"文学性就是卡夫卡所说的"冰镐"。充满力量的文学性就是小说的艺术性。

文学性是生长着的，它在那些可以称为经典的作品中消耗不尽。当小说家把小说当有生命的东西来对付，一路上赋予每一件事物以生命和情感时，小说与读者的心灵对接上了，文学性也便产生了。

意大利小说家卡尔维诺说："一部经典作品是一本每次重读都好像初读那样带来发现的书。一部经典作品是一本从不会耗尽它要向读者说的一切东西的书。"我们之所以愿意去重读一本书，是因为它的文学性会随读者的人生一同成长。

比如：张承志的《黑骏马》是我愿意重读的作品——显然它已经经典化了。25年前我20岁读它时，满眼里只是那个悲戚的爱情故事和两小无猜的快乐之间所造成的情感落差，一种离别不再见面的忧伤将我紧紧包围；我40岁以后再重读它，占据我心灵的是对草原母亲额吉伟大而深情的包容与爱的理解，还有对索米娅拒绝白音宝力格而选择自己的艰难人生的认可。同一部小说同一个读者，随着读者阅历的改变，小说文学性也随之改变。这是文学性的无限魅力之一。

从写作者的角度来说，对小说的艺术性和文学性的感悟和辨析，意味着一种艺术观和文学观的形成，它直接指导和影响一个作家的写作。艺术与非艺术、文学与非文学、小说与非小说，它们有界限吗？它们的界限在哪里呢？必须得到思考和回答。比如：

石榴树上结石榴——不是小说；石榴树上结樱桃——是小说。小说是故事。

国王死了，王后也死了——不是小说，是事件；国王死了，王后因为伤心也死了——是小说。这里边的想象空间很大：王后为什么伤心呢？因为太爱国王；因为失去了靠山；也可能是假伤心……这个空间是小说艺术的空间。小说是情感空间。

一个年轻消防员冲进火海救出了一个5岁的小女孩——不是小说，是一则新闻。救出了一个5岁的小女孩之后，年轻消防员再一次冲进火海，去寻找屋子里小女孩的那只心爱的玩具熊——是小说。小说是谜语，是值得探讨的模糊的问题和价值观。年轻消防员出来吗？他的行为是否值得？如果他没有出来，对那个小女孩的人生有影响吗？这些都是艺术探讨的范畴。

2. 想象力和洞察力

小说的艺术性通过拥有想象力和洞察力的故事来实现。

可以说，想象力是一切艺术的叙事灵魂，洞察力是一切艺术的思想灵魂。想象力决定一部小说的故事能走多远，洞察力决定一部小说的精神空间有多大。

不夸张地说，想象力和洞察力将影响一部小说的艺术性和文学性价值。没有想象就没有文学的宽度，没有洞察就没有文学的厚度。

想象力表现为小说家对生活和世界富有激情和智慧的好奇

心，是故事的一波三折，是人物的三头六臂，是俗世生活的活色生香。洞察力可以理解为作家对生活和世界的理解力和思考力，是作家的观点、立场，是对生活的发现，是对世界的认知和思想。想象力和洞察力在小说中往往合二为一，合谋而动，难分彼此。没有洞察力的想象因为缺少现实和思想的根基容易变成幻想或臆想；没有想象的洞察力因为缺少生活的光彩和丰厚容易变成思想的教条和干尸。

黑格尔在《美学》中说："如果谈到本领，最杰出的艺术本领就是想象。但是我们同时要注意，不要把想象和纯然被动的幻想混为一谈。想象是创造性的。"伟大哲学家的这一说法与以色列小说家凯雷特的说法如出一辙，凯雷特在他的小说《创意写作》中说：想象力是"从已经存在的事物中创造出新事物"，"这个新事物一直都是真实存在的，它存在于你的内心，作为新事物的一部分被你发现了，而整个新事物是以前从未出现过的"，"无中生有就是凭空捏造，是毫无意义的，任何人都能做到"。黑格尔和凯雷特均点出了想象的难度以及空想、幻想对写作的无意义。

想象力与洞察力合起来会成为一种艺术的创造力和穿透力。

想象力和洞察力不仅可以增加故事的长度，同时也会加强人物塑造的厚度。

3. 艺术说服力

艺术说服力是小说艺术最终呈现出来的力量和效果。

所谓说服力，是指小说对读者的说服和征服程度，吸引读者并让读者相信小说讲述的一切。

艺术的说服力主要表现为逻辑真实和艺术真实。

比如：巴西小说家罗萨的著名小说《河的第三条岸》。本分的父亲某天忽然异想天开，他为自己打造了一条结实的小船，挥手告别家人，走向离家不远的一条大河。不是远行也不是逃离，而是独自一人驾舟在河流上飘荡，此后父亲没再下船，父亲和他的船永远飘荡在河中央，仿佛成了河的第三条岸。

这个小说给读者带来很强的艺术震撼，它首要解决的是这个事实的逻辑说服力问题。小说大致通过三种途径来说服读者，一是永不下船的父亲如何解决衣食？儿子"我"成为父亲船上生活的秘密补给来源；二是家人想尽办法——请来记者报道、牧师做法事、姐姐出嫁等方法让他重返故土，但父亲依然故我，不踏上土地一步；三是一生为父亲守候的儿子"我"，渐渐年老力衰，父亲在河上漂泊，"我"被永远地剥夺了宁静。

这三个事实，让父亲永不上岸的传奇成为说服读者的一种逻辑真实，因为有了逻辑的真实，尽管这种在现实生活中难以存在或者值得怀疑的事实，在小说中有了天经地义的真实感，这是一种艺术真实。当虚构故事抵达了艺术真实的境地，小说的艺术说服力便征服了见多识广的读者。

小说最后，已经白发染鬓的儿子对他隔岸发誓：只要他回来，一定继承父亲未竟的事业。父亲兴高采烈向岸边靠近，可是儿子却实在无法忍受仿佛来自天外的父亲形象，在恐惧中落荒而逃。父亲从此再也没有出现。

当读者读到最后这一刻时，小说完成了由事实到传奇，再到精神的转化，我们说小说艺术为故事插上了翅膀而升腾起来。

二、小说写作之技术论

1. 小说的第一门手艺是"话"

我以为，小说的第一门手艺是"话"，即语言。什么是好的小说语言？准确的语言。什么是最好的小说语言？准确加生动的语言。很多小说家前辈都表达过类似的看法，汪曾祺先生说："语言的目的是使人一看就明白，一听就记住。语言的唯一标准，是准确。"美国的斯蒂芬·金说："只要这个词适宜并且生动即可。"美国的庞德说："陈述的准确性是写作的唯一道德。"意大利的卡尔维诺提出过，要"精准——形式设计和词语表达精准"。俄国的巴别尔说："没有什么能比一个放在恰当位置上的句号更能打动你的心。"

"话"如何做到准确和生动？这里边除了有一个写作者的敏感和直觉外，还有一些是"手艺"范畴内的技巧和规则。我粗略归纳了一下，有这样一些：

一、少用"的"字，少用成语。比如：春天来了，大地万紫千红。改为一万朵紫一千朵红；

二、副词不是你的朋友，能不用便不用。比如：他用力地关上门，"用力"一定得说出来吗？他关上门和他摔上门，意思不是更清楚吗；

三、句子只需要名词和动词，用好动词；

四、尽量避免被动语态；

五、界定对话的方式就是"某某说"。比如：他十分高兴地说；

六、用词的第一条规矩最好是用你想到的第一个词；

……

2. 第二门手艺是"说"，即表达

第二门手艺是"说"，即表达，如何安排语言，安排故事。如何"说"，是小说的一门大手艺。一些名作家对小说的表达提出了"要求"，卡尔维诺说，"要轻逸——笔触和思维的轻逸；要迅捷——手法简约有效，叙事流畅迅速；要可视——生动的细节描写和鲜明的视觉形象。"汪曾祺说："小说家写东西，表达要舒缓，不要像喊口号、吵架一样。"斯蒂芬·金说："好的表达关键始于所见清晰，终于落笔明晰，意象清新，词汇简单。"王国维说，文章之妙，在于"写情则沁人心脾，写景则在人耳目，述事则如其口出是也。"

尽管这些名作家对小说表达的"要求"有些高标准严要求，有些高屋建瓴，但出自他们创作实践的经验之谈，有含金量，是经过实践检验的"真理"，值得我们铭记心间。小说"说"的手艺，不能忽略的大致有这样一些：

一、写小说时，除了想"写什么""怎么写"之外，还要想"写出了什么""写到了什么程度"；

二、写一个好的开头，开门见山，故事和人物从此刻开始，避免没完没了的交代；

三、不可啰嗦，控制无效信息，防止信息拥塞和信息空转；

四、把故事、人物写"透"写"顺"，"透"——把场面、感受、细节写透了，如翻转魔方；做到"顺"——顺着人或物写，避免叙述视角混乱；

五、用直白的幽默配合讲述，决不让行话废话代替故事；

六、如果你可以将某事表现出来让读者看到，就决不要明讲出来；

七、写好对话的关键在于坦诚，到哪山头唱什么歌；

八、描述的度的把握，描述不足会让读者感到迷惑，而过度描述则会将读者淹没在细节和意象中。好的描写通常由少数几个精心选择的细节构成；

九、段落节奏快慢是小说呼吸的快慢，控制好小说叙述的行进和停留；

十、好的故事说的总是人而非事，也就是说，是人物推动故事，并且让人物在小说里"过日子"；

十一、读者对将要发生的事情的兴趣，远远大于过去已经发生的事；

十二、从问题和主题思想开始写，几乎注定写不出好小说；

十三、故事讲得越沉着冷静、绘声绘色，听起来越真实可信；

十四、故事的起步从百分之三十的地方开始；

……

3. 小说的第三门手艺是"悟"

小说的第三门手艺是"悟"，即对生活的感受、思考和感悟。严格来说，或许这"悟"算不上小说的手艺，因为这

"悟"，已经不是简单的技能、技巧的"事儿"了，它将小说家能否写出好小说的责任推卸到人的主观能动性上去了，仿佛说，写小说这事儿，谁也帮不了你。但是，关于对生活的感受、思考和感悟如何进入小说，依然是有些规则、规律性的东西可供遵循的，简要如下：

一、对生活的感受、思考和感悟，应独特、有自身的体温；

二、让作品与众不同，注入真实生活，结合自己对生活、友谊、爱情，以及工作的了解；

三、小说家是解释者，他不"发明""发现"生活，只是"解释"生活；

四、把别人的生活当自己的写，把自己的生活当别人的写；

五、做一个小说家需要三个条件：经验、观察、想象；

六、好小说讲的故事是生活中我们遇到的问题，或者说难题；

……

我用了三个省略号来结束小说手艺的内容，很显然，我想说明的是这些"手艺"并没有完结，小说的技能、技巧存在于每个写作者的感觉、经验和头脑中，每个人都可以添加下去，原本它们是不可这样开药方似的列举出一二三四的，既然我们把小说当一门手艺活儿来看，这样做又何妨呢？

巴尔加斯·略萨说："没有早熟的小说家，任何大作家、任何令人钦佩的小说家，一开始都是练笔的学徒，他们的才能是在恒心加信心的基础上逐渐孕育出来的。"所以，我们练笔写作时，心中有这些"手艺"总比没有这些"手艺"好。

美国小说家尤多拉·韦尔蒂说："诚然，创作只是虚构一个故事而已，但是，不管这种活动自身多么卑微，它却拥有至上的荣誉和荣耀。"

那就去写吧。

2020 年 12 月 11 日

小说的魅力源自小说的难度

一、制造阅读幻觉是小说的真正难度

小说是一种制造阅读幻觉的文体。一个并不存在的人物或者故事，经过文字魔法般的编织后，让读者陷入阅读幻觉当中，无可争辩地相信它真实可信。如有可能，读者还会随人物一同悲喜，随情节一同心跳，甚至还会随着小说虚构的那架精神的梯子往上爬升，爬升到探讨生活奥妙和生命意义的虚无氛围之中。

在小说完结的那一刻，读者总爱用丰富的感叹词——唉！哦！啊？——抑或用不太漫长的沉默，来表达对一部小说的本能感受。这些感叹词抑或沉默的出现，意味着阅读结束，读者身处的现实世界代替幻觉世界，但幻觉世界所遗存下来的情感空间和精神空间依然延续，成为读者记忆的一部分。

这一阅读幻觉的完美制造，是一部小说成功的标志。阅读幻觉的形成大致历经被吸引、相信、沉浸、幻觉等几个阶段。比如，那则著名的故事《狼来了》之所以流传千古，原因之一是它为我们制造了一只永不消失的狼的幻觉。

美国著名小说家纳博科夫精彩地阐释了这个故事，他说：

"一个孩子从尼安德特峡谷里跑出来大叫'狼来了',而背后果然紧跟着一只大灰狼——这不成其为文学,孩子大叫'狼来了'而背后并没有狼——这才是文学。"孩子有意捏造出来的这只狼,不仅是孩子对狼的幻觉,更重要的是,它成为我们每一个读者的阅读幻觉——这只虚构的并不存在狼,成为了我们内心面对谎言、面对恐惧的"真实的狼"。

对写作来说,重要的不是那个孩子因扯谎太多而被狼吃掉的事实,重要的是"在丛生的野草中的狼"到"夸张的故事中的狼",经历了怎样的过程才得以实现?即基于现实生活中的狼,如何制造出一只阅读幻觉中的狼来?纳博科夫认为,在"野生狼"和"幻觉狼"之间"有一个五光十色的过滤片,一副棱镜,这就是文学的艺术手段"。

制造阅读幻觉——那种自然、真实、准确的幻觉——成为小说写作真正的难度,而要攻克这种难度,就得拥有纳博科夫所说的"艺术手段"——"一个五光十色的过滤片,一副棱镜"。过滤片——对信息和故事筛分过滤,解决到底有什么值得去写的问题;棱镜——使故事和人物发生"分光"和"色散",解决虚构一个什么样的真实世界出来的问题。

小说写作中,如何使用"过滤片"和"棱镜"?如何让"过滤片"和"棱镜"发挥最佳效果?也就是那种让复杂生活成为精彩小说的"艺术手段",是我们想要探讨的问题,因为它们构成了小说写作中最隐秘、最深层次的难度。为了触摸到这些难度,也为了表述的方便,我们将这些难度解析为:故事难度、表达难度和精神难度三个方面——某种程度上说,将小说的难度分辨得如此泾渭分明并非明智之举,因为每部小说都是一个无法解析的整体，这种解析法也算是"棱镜"折射方法——"分光"和"色散"——的实际应用之一种吧。

二、故事难度：到底有什么值得去写？

人类江湖，浩浩荡荡；生命起落，荣辱万千；家长里短，爱恨情仇；一切皆绵绵不绝矣。每天有多少起伏跌宕的故事上演，有多少五花八门的生活经验诞生？我们不得而知，我们知道的是这个世界的多样性和丰富性远远超出我们的想象。面对这一切，一个孤单的写作者——一个人、一张桌、一台电脑即可的行业——在噼里啪啦敲响键盘之前，他是否明白，他要凭一己之力在文字中承接起与社会、生活、人生、时代和历史等诸多宏大而繁复主题的关联，这需有多么敏感的叙述和强大的思想动力。真正的写作，无不是个人面对整个世界发言——个人化、个体性的表达，呈现出原创性、独创性的人类精神空间来。

世界如此复杂，一个写作者又如此孤单，他不得不去思考一个问题：到底有什么值得去写？有人会说，这不是问题，没有什么不能写，万事万物都可入小说，大到一次革命政变，小到一滴油飞溅到衣裙上都可写。的确如此，什么都可以写，问题是"是否值得去写"，或者说写的故事"是否包含某种价值"。

何谓"值得"？何谓"包含某种价值"？说起来有些虚无，其实不虚无。判断"是否值得去写"有两把标尺：一是经典小说的标尺。经过时间淘洗而留下来的经典小说，它无时无刻不在暗示我们，它们能穿越千山万水，是因为它们写下了那种瞬间流逝、值得记忆甚至陌生迥异的生活；是因为它们写下了人类永恒的情感、荣誉以及尊严等。经典小说建立了一套"值得去写"的价值标准，即从那种流逝的具有活力的生活中去发现永恒不变的精神空间和人性维度。二是读者这把标尺。那些通俗作品——具有新闻特质的巧合情节和具有生活哲理的"心灵鸡汤"——总是拥有海量读者，这一事实让严肃作家们产生了误解，以为那些有深度的严肃小说就是读者的敌人，这一误解甚至成为严肃作家们拒绝读者的粗暴理由。其实不然，最出色的小说总是具有吸引最广泛读者的超强能力，即使这一代读者吸引不了，它也会吸引另一代读者，所以判断是否"值得去写"，必须考虑是否能吸引更广泛读者。不去揣摩读者，不去表达更广泛读者的内心需求的写作终究是不诚实的写作，不值得去写。张爱玲女士说："文章是写给大家看的，单靠一两个知音，你看我的，我看你的，究竟不行。要争取众多的读者，就得注意到群众兴趣范围的限制。"

到底有什么值得去写？大师福克纳一语道破："在他的工作室里，除了心底古老的真理之外，任何东西都没有容身之地。没有这古老的普遍真理，任何小说都只能昙花一现，不会成功；这些真理就是爱、荣誉、怜悯、自尊、同情与牺牲等感情。若是做不到这样，将是白费气力。"他还说："写作是为了从人的精神原料中创造出一些从前不曾有过的东西来。"

那么，写作的真正难度便来了：如何"从人的精神原料中创造出一些从前不曾有过的东西来"呢？那就拿起纳博科夫先生的那只"五光十色的过滤片"去筛分、过滤我们的生活和故事。

三、对三种现实的"过滤"

当一个作家掌控了那只"过滤片",也就是他拥有了神奇而强大的艺术手段的那一刻,他将明白哪些东西值得去写,哪些东西是白费力气。在我看来,至少有以下三种生活或者说三种现实是不值得去写的。

第一,现实的残渣不值得去写。有时候我们读一部小说,从故事到人物到叙述,都可以看出作者铆足了劲、调动全部感官在写,写得也踏实,但是读到最后我们发现小说的那个"核"——即小说的题旨——是空洞的,无聊的,游离的,比如很多写中年危机和不伦之恋的小说就属此类,表面上用非正常的人际关系来写人的内心世界,实质上写的是鸡毛一样轻飘的琐碎。小说家叶开说:"这种小说在情感上贴近所谓的现实,并被这种缺乏指向的现实所消化,成为现实的残渣。"小说内容成为现实的残渣,一个重要原因是作家无法让现实长出"翅膀",无法让现实在现实的陷阱中逃离出来,"飞翔"起来,归结到根本上,是作家对现实的认识是平面的、单调的、乏味的,没有呈现出一个丰富、多元、复杂的现实图景来,没有这样的现实图景,便没有精神现实的开掘和精神现实的冲突。所以说,作家对现实的"认识力"和"思考力"将决定小说所展示的现实,是现实的残渣还是现实的实质。

第二,伪现实不值得去写。何为"伪现实"呢?就是把小说弄成加长版的新闻事件,小说始终绕着新闻事件打转儿,从头至尾都没走出来,这的确是一种真真切切的现实,但正因为其太"真"了——几乎与新闻划了等号——所以表现出"伪"的本质来，称为"伪现实"。就如同塑料花，就因为它太"真"了，比真花还"真"，鲜艳无比，一年四季都不枯萎，所以它才显出"伪"的本质来。伪现实的特征就是平庸，缺乏想象力和洞察力，直接照搬新闻或者生活，小说始终没有迈进虚构的"假"世界中去表现一种艺术的真实和精神的穿透力。小说是那种在新闻结束之时、在生活停止之时，开始施展自己虚构和想象的拳脚的东西，如果做不到这一点，小说写的现实便是伪现实，因为读者并不愿意在小说里再重温一遍新闻。意大利导演贝托·鲁奇说："重要的不是事件发生的那刻，真正的现实在事件发生之后。"今天，仍有太多小说在这样的伪现实里打转儿，但他们从来没有意识到这一点，或者意识到了，但没有力量再往前走一步两步或者三步。

第三，歇斯底里的现实不值得去写。"歇斯底里的现实"这一概念移植于美国评论家詹姆斯·伍德提出的"歇斯底里现实主义"。伍德认为现在有一类"大部头、野心勃勃"的小说试图反映当代社会全貌，描绘人类现状，不惜设置庞大的故事情节，复杂的人物关系，且快速推进故事，"像一台永动机"，"拒绝静止""以沉默为耻""为追求活力不惜一切代价"，他指责这类作品过于注重概念，缺乏有血有肉的人物，"无人性"，他奉劝这些作者不要再野心勃勃地试图向读者展示"世界是如何运转的"，不如去表达"一个人对一件事的感受"。伍德说："这不是魔幻现实主义，这是歇斯底里现实主义……现实主义的传统在这里并没有被抛弃掉，反倒是被过度使用、消耗殆尽。"伍德说的这类题材严肃、人物众多、一部小说就想终结一个时代的

"史诗"小说在我们这里也时常看到，因为作者叙述功力、思想功力不到，这类小说变成了概念大于形象、叙述拖沓不节制的"低智商"小说。这类小说所写的现实要么庞杂无序，要么啰嗦琐碎，要么生硬无比，要么无动于衷，最后变成歇斯底里的一堆烂泥。

无论那些不尽如人意的小说写的是现实的残渣、伪现实还是歇斯底里的现实，它们都有一个共同特点，就是作者对现实再造能力的欠缺。再造现实的能力是衡量一个小说家能走多远的"标尺"，再造就是一种虚构，虚构一个真实的世界，让小说从人的物质现实自然"升腾"到精神现实里边去。有时候，写一个现实故事容易，但要让小说顺着"现实"往"非现实"的虚无里走就比较难，这就得仰仗小说家处理现实的意识和能力了。沈从文先生说："必须把'现实'和'梦'两种成分相混合，用语言文字来好好装饰、剪裁，处理得极其恰当，方可望成为一个小说。"沈先生说的"梦"就是指人的精神现实。

四、从"力"到"美"的难度

说到今天的时代，我们爱用狄更斯在150多前写下的那句话来描述：这是最好的时代，这是最坏的时代。小说家余华说："一个西方人活四百年才能经历的两个天壤之别的时代，一个中国人只需四十年就经历了。"小说家王安忆说："中国当代文学中最宝贵的特质是生活经验，这是不可多得，不可复制，也不可传授的。它源自中国社会的激烈变革，每个人置身其中，共同经历着起伏跌宕。"

没错，这个时代浑身上下、每个毛孔都奔流着变革、动荡、欲望的因子：除旧布新，泥沙俱下；众生万象，起伏跌宕；浮躁沉沦，追名逐利；眼前的苟且，诗和远方……这一切，对见证并生活在这个时代的写作者来说，既幸，又不幸。幸的是他们拥有取之不尽的写作"猛料"，不幸的是"难识庐山真面目，只缘生在此山中"，他们与热闹的时代距离太近以至于削弱了文学的理性判断和精神升腾能力。由此，我们看到了许许多多强有力的小说，故事很传奇很跌宕，题旨坚硬有力、是非分明，描摹的人物大起大落，诸如写拆迁，写挖煤，写腐败，写官司，写拐卖，写谋财，写害命，写出轨，等等，很多小说都有一则或若干则社会新闻的影子，很多小说写的都是时代大事、人生大事，很多小说家成为社会问题"转述家"或者啰唆的"新闻记者"，让人感到缺憾的是，很多小说都不像一部真正的小说，倒像社会变革时期一部时代大事记了。

"猛料"多且对"猛料"的处理丧失了想象和虚构的能力，导致我们当下小说出现了一个新的叙事美学偏向，用张爱玲女士的话来说是："许多作品里力的成分大于美的成分"。张爱玲认为这是失败的作品，她说："好的作品，还是在于它是以人生的安稳做底子来描写人生的飞扬的。没有这底子，飞扬只能是浮沫，许多强有力的作品予人以兴奋，不能予人以启示，就是失败在不知道把握这底子"，"力是快乐的，美却是悲哀的，两者不能独立存在……它的刺激性大于启发性。"——没想到张爱玲在1944年批评国统区小说的看法，倒也适合对我们当下小说的评判——我们这个时代遍地都是强有力的故事，我们的小说家没有脱离时代，他们用小说来大肆铺染这种"力"，但"美"

的成分减少，我们的小说家最终还是让时代从笔端溜走了。

很显然，不是说那些"猛料"不能写，一切"猛料"都是小说的绝好材料，很多经典小说脱胎于"猛料"故事，比如马尔克斯的《霍乱时期的爱情》便是脱胎于墨西哥一则抢劫杀人新闻，问题的关键在于，如何将"猛料"里强有力的故事变成一部有艺术含量的"美"的故事——这是小说写作另一个维度的难度。

我们常说，在新闻结束的地方、在生活停止的地方开始小说，说起来容易做起来难，如何开始？开始到何处去？这是考验一个小说家才华和智慧的问题，也是一部小说出色与否、成立与否的问题，当然也是一部小说开启由"美"的成分大于"力"的成分过程。

从"力"的故事到"美"的故事，如何跨越这一难度？我想是没有固定答案的，如果说有，那就是写作者的才华和智慧。不过，我还是愿意尝试提出两种大而化之的处理方法，因为众多出色的小说文本为我们提供了类似的经验。

一是把平面故事写出立体感、多维性来。很多小说尽管情节写得曲折，可谓一波三折、一唱三叹，但到最后依然是个平面故事，因为小说的题旨没有在故事背后呈现出模糊性和多维性来，小说的立体感是来自小说的精神向度，而非故事的"力道"和曲折，一部小说至少要涉及两到三个层面以上的精神话题，才能呈现出立体感来。青年作家双雪涛的新短篇《跷跷板》就是一篇写出了立体感的小说。"我"女朋友的父亲癌症晚期，"我"与女友轮换"照夜"，小说的故事现场是"照夜"，再穿插叙述"我"与女友的交往、彼此的爱情价值观，写得细腻、风趣，这是小说的第一个层面，一个有风波的爱情故事。很显然这是一个平面故事，如果到此，这个小说不足以称道，必须"突围"出去，写出另一个层面出来。"照夜"过程中，女友父亲很信任"我"，死之前瞒着所有人交代"我"帮他完成一件事：将他曾打死的同学迁个埋葬的地儿。"我"去为女友父亲完成这件事儿。小说向另一个层面掘进，涉及了多重人性话题，小说成功地写成了一个给人回味和启示的立体故事。

二是把奇崛故事写出朴素感、普遍性来。每一则新闻都是一个奇崛故事，很多小说家青睐奇崛故事，因为它确实触动人，吸引人，但是如果一个小说从奇崛开始再到奇崛结束，没有写出朴素的"美"的成分来，那么这个小说便有失败的风险，因为如张爱玲女士所说"力"的兴奋性会盖过"美"的启示性。我发现，很多大作家都拥有一种把奇崛故事写出朴素感来的能力，比如加拿大的门罗、哥伦比亚的马尔克斯等都有这种能力。门罗有一篇小说叫《游离基》，写一个杀了自己父母的底层草根，逃亡过程中因饥饿跑到了一个独居的老太太家里，老太太与逃犯相互了解的过程中，结果一个杀人逃亡故事变成了一个草根的心灵安慰故事，门罗把这个奇崛的故事写成了一个朴素的关于理解的故事，写得魅力十足。马尔克斯有个小说叫《玛利亚》，故事也很奇崛：一个优雅、孤独的妓女快死了，怕死后没人到她的墓地哭泣，死之前她训练自己的一只狗如何去墓地以及如何哭泣。故事很奇崛，但是马尔克斯通过他精湛的叙述，抹平了这种奇崛，变成了一个女人有关尊严、有关生命的故事。

以上谈到的故事的立体感、朴素感，都属于小说"美"的成分，如果能做到，小说便有了从"力"到"美"的难度跨越的可能。

五、表达的难度：敏锐的叙述节奏感和
自己的语言气息

写什么，是一种难度；怎么写，也是一种难度。"写什么"加上"怎么写"等于写到什么程度，也是一种难度。如果用另一个公式可以表示为："故事难度"加上"表达难度"等于"精神难度"。上文说过故事难度，这里说说表达难度。我以为，突破表达难度大致可从两方面入手。

首先是把握敏锐的叙述节奏感。

我们发现，读一些不那么令人满意的小说，其过程总觉得有些不爽，不畅快，不是"隔"（隔一层）就是"硌"（如饭里头吃到沙子），完全没有朱熹说的"读书之乐乐如何？数点梅花天地间"的惬意感觉。想想，问题可能出在那些小说没能解决读者在阅读过程中的两个问题，一是行进；二是停留。就像游人走入一个风景点，这个风景点在设计布置上，既要吸引游人的脚步，继续走下去，又要让游人不时驻足，品玩欣赏。对小说而言，行进就是故事节奏，停留就是叙事张力。

读者好不容易选择以阅读小说的方式来度过时光，所以他们会用早已养成的阅读习惯和阅读经验对小说提出苛刻要求，要求小说故事不仅舒缓有度地往前推进，而且要像磁铁牢牢吸住铁钉一样，既吸引住他们的眼球也吸引住他们的内心。

有人说读者的注意力是夏天的一块冰激凌，小说要在冰激凌融化之前把读者搞定，此话确有一定道理。吸住读者眼球的

是故事节奏，吸住读者内心的是叙事张力，就是语言和细节中渗透出来的东西（如陌生感、氛围、真实感等）能让读者回味。故事行进快了，细节疏了，读者不满足，就感觉"隔"；故事行进慢了，叙事停留久了，读者没耐心，就感觉"硌"。最终，故事情节的缓急和叙事语言及细节的疏密成为小说能否征服读者的重要武器。

对读者来说，行进和停留是两个问题，而对写作者来说，其实是一个问题——小说的节奏感：故事的节奏和语句的节奏。小说的长、短、缓、急和轻、重、疏、密等节奏处理应该说由小说自身内容、题旨、人物等内部要素天传神授般地自然决定，实际上在众多的小说写作实践中，小说节奏是由作者一手把握控制的，作者像羊倌挥舞手中鞭子驱赶羊群一样任意处置小说节奏，读者往往不买账。由小说内部要素决定节奏的小说比由小说外部要素——作者决定节奏的小说来得自然、惬意，所以就导致了两种绝然不同的写作情形，一种是一部小说早已存在那里，它的完成只是偶然选择某个作者而已；另一种是作者的勤奋或其他因素使然，没有多少快意地完成了一篇小说。

这样说，是不是把小说的节奏问题推向了不可言说的玄秘地步了呢？可以这样说，也不可这样说，这或许正是小说创作与小说阅读互不相干又互为交叉的两个问题吧。

说得玄乎，并不意味着小说阅读的"隔"和"硌"没有解决之道，依我的感觉，作者做到了"透"——把场面、感受、细节写透了；做到了"顺"——顺着人或物写，避免叙述视角混乱，这样，小说阅读的行进与停留的问题大致迎刃而解了。

某种程度上来说，一个小说家的叙述节奏感是否敏锐，将决定小说的影响力和传播效果。使人着迷是一个小说家应具有的最重要的品质之一，而敏锐的叙述节奏感是小说使人着迷的关键。

其次是寻找属于自己的语言气息，也就是语感，一部小说有一部小说的语感，找到了语感就找到了叙述的突破口。

搜寻阅读记忆库我们发现，每个成熟的小说家，其语言都有自己的气息和味道。多年过去了，鲁迅先生简约丰厚而辣味突出、沈从文古朴传神而雅气十足、张爱玲音调婉转而藏华丽阴郁之气的语言味道，如承载乡愁记忆的食物那般总让人无法忘怀。小说语言堪称一件奇妙的东西：同样的故事，同样的文字，出自不同写作者笔下，就会沾染各自不同的气息和味道。语言是写作者的表达"基因"和叙述"指纹"。

那么这种独特的语言气息和味道来自哪里呢？来自成熟的小说作者。表面看，是来自作者的字词选择习惯，说话句式的长短、特质，以及所受阅读物和其他作家的影响。实质上这种气息和味道来自更深层面，小说家陈忠实说："从平凡中发现不平凡，挖掘人内心的情感，只有这样的句子，才称得上属于自己的句子。"他认为，作家对社会、对生活的理解是一种独立的声音，是把个性蕴藏在文字里边的能力。而正是这种"独立的声音"才形成了每个作家不同的语言气息和味道。

美国小说家卡佛在回答"是什么创造出一篇小说中的张力"时说："在一定程度上，得益于具体的语句连接在一起的方式，这组成了小说里可见的部分。但同样重要的是那些被省略的部分，被暗示的部分，那些食物平静光滑的表面下的风景。"

　　两位成熟小说家告诉我们：用语的习惯和独特的见识，构成了小说家独有的语言气息的来源。而在那些还不算成熟的小说家身上，因为用语习惯的摇摆和独特见识的欠缺，所以他们的语言很难形成自己的气息和味道。

　　别相信一个小说家的语言气息是天生的、是与生俱来的。海明威在谈创作经验时，说了一句影响深远的话："寻找属于自己的句子。"寻找属于自己的句子，其实是寻找自己的表达腔调、自己的语言气味、自己的文学个性的过程。寻找是一个过程，也是一种方法，当哪一天找到了，一个小说家便迈进了成熟的门槛。

　　小说的语言已经被我们谈成了一篇没有尽头的文章，以至于谈论语言时我们都不知道该说些什么，因为语言既可以谈得很"近"——每个字每个词每句话；也可以谈得很"远"——事关思想、存在、哲学等问题。或许语言只是个感觉，用五官去感受它的气息、味道便可以了。

2016 年 11 月 18 日

微信时代的文学命运

如果让我给我们这个时代命名的话，我称它为微信时代。微信像洪涝时期的洪水一样包围了我们，我们无处可逃——在一切可能的场合，我们不得不掏出手机，来扫一扫，加一个。家里、路上、办公室里、商店里、饭店里……有人的地方就有微信的鸣叫声或震动声。毫无疑问，这是既让我们惊喜连连又让我们烦躁不安的现实。我们被微信这张网网住了，我们是织网人。

前三个月的一组数据从宏观上证明了这个命名的合理性：我国移动宽带用户总数达到 9.78 亿户，微信及海外微信月活跃账户达 8.89 亿——这意味着绝大多数移动互联网用户也是微信用户——94% 的用户每天打开微信，六成以上的用户每天打开微信超过 10 次，每天打开 30 次的重度用户占 36%，55% 的用户每天使用微信超过 1 小时。

当然，我们每天都使用马桶，你不能说这个时代叫马桶时代，逻辑不对，马桶只是我们的附属工具，工具性突出，但我们每天使用微信便不同了，就像使用我们的另一只手、另一只脚、另一个脑袋一样，理所当然，且须臾离不了，微信或者说移动互联网已经成为我们身体的一个"器官"。问题的复杂就复杂在科技"器官化"上，我们使用它，它也在使用我们、控制我们、塑造我们。今天我们使用微信，已经不只像当年我们使用汽车火车那样只是多了一只脚、使用电灯多了一双眼、使用挖掘机多了一只手那般简单了，我们多了一颗无限强大的微信"脑袋"。"脑袋"是最不受控制的，科学家已经证明人的大脑是高度可塑的，微信那只"脑袋"正在塑造我们自己脖子上的这只脑袋。

它塑造了什么呢？它塑造了我们的新思维。媒介学鼻祖、加拿大的麦克卢汉提出了著名的论断："媒介就是信息。"在此论断基础上，美国著名的科技学作家尼古拉斯·卡尔提出："媒介不仅是信息，还是思维。"1882年，尼采买了一台打字机，这台打字机挽救了他严重下降的视力，因为他闭着眼睛也能打字写作，有人发现打字机微妙地改变了尼采作品的风格，尼采说："我们的写作工具参与了思想的形成。"今天的微信比尼采那台打字机强大了几何级倍数，它正在重新塑造着我们的思维。

它为我们提供了雪崩一样可怕的庞大的信息，但却让我们害上了信息焦虑症，面对信息，要么顶礼膜拜、被征服，要么粗暴易怒，不相信，冷漠；它永不停止地吸引了我们的注意力，但无数的链接和窗口又分散我们的注意力，我们陷入尴尬和反讽之中，它吸引我们的注意力只是为了分散我们的注意力；它让我们整日滑屏不止，很是忙碌，仿佛日理万机，却毫不留情地将我们的日子和生命切割得支离破碎，我们的生活和思维是碎片化的，那是另一个打着无数补丁的我们；它用简短、令人愉悦的画面和内容，消解了我们曾经冗长的带有仪式感的获取和思考，深度和漫长的所有东西似乎都不受欢迎；它主宰了我们的意识，我们只能被动性地接受，因为我们太依赖它了……

我们每天理所当然地使用微信——因为它是长在我们身体的一个"器官"么——用它做一切可以做的事情，做一切愿意做的事情：购物、餐饮、娱乐——满足我们的生理需求；做生意、开公司、搞推销——满足我们的成功需求；晒日子、秀恩爱、插科打诨——满足我们的虚荣需求；求知、获取信息、发表意见——满足我们的存在感和心理安全需求；等等。我相信，与微信和移动互联网将我们塑造成的那个信息焦虑症、注意力分散、碎片化、仪式感丧失、被动性的大脑相比，无数人在微信和移动互联的世界里，活得风生水起，过得如鱼得水，他们同时找到了两个自己，一个真实的自己，一个虚伪的自己。如此看来，微信和移动互联是一个狂欢性的和非虚拟性的，是除了我和外部世界之外的第三维世界。

浅薄——美国人尼古拉斯·卡尔选择这个词来概括互联网对我们思维塑造的后果，他用二十万字的《浅薄：互联网如何毒化了我们的大脑》一书，来论述网络让我们丧失了以前的大脑，甚至夸张地说，网络让"我们丧失了人性"。浅薄的对立面是深刻，不过卡尔重新阐释了浅薄，浅薄不是原来那个贬义词，是我们获取信息的思维方式，由深刻过度来的浅薄，在移动互联媒介之前，我们认识世界是由现象到本质的认识过程，得到的是深刻的世界，而今天我们认识世界则是由本质到现象，回到的是浅薄的世界。卡尔说："当信息轻易可得，我们总被简短、破碎、令人愉悦的内容吸引。"尽管卡尔赋予了浅薄新的内涵，但他的骨子里仍然认为移动互联将会把我们变得越来越浅薄——那种头脑简单的浅薄。

这就是我们面对的无法绕开的时代——微信和移动互联时代。

这个时代，我们的阅读在屏幕上完成，快速而分散，我们无法再像以前那般安静、专注、深入地去阅读一部部沉甸甸的文学作品。我们的屏幕上滑过的是什么呢？是铺天盖地的朋友圈和公众号，是短小漂亮的"十万+"点赞量的心灵鸡汤，是没完没了的类型小说——尽管它们可能长达几百万字，但它的本质是一个个破碎的短故事。尽管多数文学期刊的公众号为了招揽读者，发布适合读者口味的"公号体"文章，但真正又有几人去阅读严肃的文学期刊呢，结果文学期刊少有人问津，留下一堆文学的"公号体"文，所以青年评论家曾于里预言性地提出了文学以及文学期刊正在变成"公号体"。这一说法不是没有道理。

尼古拉斯·卡尔说，以前我戴着潜水呼吸器在文字海洋中缓缓前进，现在我像一个摩托快艇手，贴着水面呼啸而过。

毫无疑问，在今天，文学正在变成一种失落的艺术。

我说的文学是指那种严肃文学，从15—20世纪将近500年来所承接着伟大传统的文学，用英国著名评论家利维斯的话说，是"对人性足够深刻而又充满同情的理解；对现代性的警觉；语言须能精致准确表达出想要表达的对象；完整流畅的整体结构"的文学。如果说媒介即信息、媒介即思维的话，那么这种伟大的文学诞生于纸质印刷时代，纸质印刷媒介缔造出来的是深阅读，是深邃辽远的对话，是宁静独处阅读的氛围和神经系统，如今我们的媒介变成了微信和互联网，它塑造了我们新的神经系统，它全面颠覆了我们的阅读习惯，让我们远离了阅读严肃文学的崇高品质，那种专心致志的阅读和沉思反省的深入能力。

在这样的移动互联媒介面前，拥有伟大传统的严肃文学显得多么老土和不合时宜——文学名著落满灰尘，尽管一个阅读器就是多少座图书馆，但也少有人愿意点开；文学期刊刊发大量向经典致敬的小说，也少有人问津。尽管一些著名的文学评论家对此表现了担忧，并提出"应通过文学培养人在智力和道德方面高度敏感的感受力，来抵制低劣的大众文明"，只有通过严肃文学"对世界丰富而生动的理解""使我们能够概念地、批判地、隐喻地和想象地思考"来拯救微信时代的"浅薄"头脑，但我们似乎没有看到曙光。

难道这就是微信时代严肃文学的必然命运吗？按照意大利学者、小说家翁贝托·艾柯的说法说，苏格拉底表达了"一种永恒的担忧：新的技术成就总是会废除或毁坏一些我们认为珍贵、有益的东西，对我们来说，这些东西本身就代表着一种价值，而且它们还具有深层的精神价值"。

也许，"废除和毁坏"无法避免，何不开放性地与这个时代达成默契，重新"建设"我们的文学。严肃文学没有死，它只是在新的蜕变中。美国著名编剧詹姆斯·弗雷写过一本书叫《让劲爆小说飞起来》，我以为"劲爆"一词是否是我们在微信时代开辟严肃文学新疆域的有效"武器"呢。我愿意想象这种"劲爆"文学的基本元素：它有强大的吸引力，故事富有戏剧性；它触动读者的身心，感人或者令人愉悦；它道出人类社会重要的东西，或明或暗；它的表达简洁、准确和美。

其实，这一切仍来自伟大的文学传统，但是它已经拥有了全新的样子和高超的表达技巧。

2017 年 5 月 20 日

童话对成人的吸引及其价值

安徒生晚年接受采访时说，回归童话，就是回家。

这句话意味深长。于安徒生而言，所谓"回家"，就是借助写作，回归童年时母亲为他布置的童话小天地，那里有童话式的窄小屋子和奇幻的童话书；于我们读者而言，也是如此，阅读童话就是回家，借助童话之途回到童年，回到过去的记忆里。当然不止于记忆，还在于感受一个纯真简单的世界和那种让人驻足停留的美好事物。王尔德为他的儿子讲《自私的巨人》，竟然情不自禁哭了起来。儿子问他为什么哭了，王尔德说，真正美好的事物总会使他留下眼泪。

这也是我不断重读王尔德童话的原因。童话不仅属于孩子，更属于大人。

如果我们有过与孩子一同阅读的经历，我们或许会发现，好的童话不仅孩子为之着迷，大人也会为之着迷，比如王尔德的《快乐王子》、安徒生的《海的女儿》，或者吴承恩的《西游记》等，都是老少咸宜、共同追读的好童话；而那些不好的童话呢，既吸引不了孩子，也吸引不了大人。

我们是否可以"放肆地"这么认为，凡是孩子、大人共同喜欢，或者说乐于一起读了再读的童话才是真正好的童话。童话或少儿读本，光孩子喜欢不一定好，光大人喜欢也不一定好，这里边有从内容到形式、从感性到理性的潜在理由。143年前的安徒生和118年前的王尔德已经用他们无与伦比的想象力和悲悯心为这种看法做出了注解，他们不朽的作品洞穿时间和空间，成为不同时代不同国度的孩子和大人们共同阅读的奇迹。

英国著名小说家珍妮特·温特森在一篇《我们为什么要读王尔德的童话》的文章中说，自从 J.K.罗琳的《哈利·波特》系列和菲利普·普尔曼的《黑暗物质》三部曲大获成功后，儿童文学完成了从"儿童读物"到"成人化的儿童读物"，再到"成人读物"的转变，儿童文学在文学界的地位从"分家"变成了"宗家"。温特森的意思是说，儿童读物的成人化转向是以《哈利·波特》和《黑暗物质》为标志的。这个观点我不太认同，要说获得成功，100多年前的安徒生和王尔德的童话便相当成功，大人孩子争相阅读；再往前溯，500年前的《西游记》可当成长篇童话故事，也是老少追读的，如果真要说儿童读物的成人转向标志，莫不如说是安徒生、王尔德的童话以及吴承恩的《西游记》。

当然，这种推断是无以定论的，但从另一个侧面确证了童话对成人有无可抗拒的吸引力。那么新的问题出现了，在那些真正出色的、受到孩子和成人共同追捧的童话里，孩子和大人各自从这口故事的泉水里汲取了什么？是什么东西吸引他们各自迷恋？

王尔德给他儿子讲述自己的童话故事《自私的巨人》时所遭遇的情形，或许给我们一些启示。王尔德讲述时，他的儿子被吸引其中，并没有留下眼泪，而王尔德自己禁不住流下眼泪。被吸引和流泪，构成了孩子和成人在《自私的巨人》中各自的

"阅读收获"。孩子"收获"了跌宕的情节——能到，不能到，再能到巨人的花园里玩耍；"收获"了自然界四季变化的风景，春的鲜花冬的寒冷；也"收获"了巨人由令人讨厌到令人开心的命运逆转……这些足以吸引一个孩子原初纯洁的感受力。而大人王尔德呢？他的讲述——另一种阅读——收获是情不自禁的眼泪，因感受到了真正美好的事物而流下的眼泪，他感受到了爱、悲悯以及努力后终将获得美好生活的回馈——那个基督化身的小孩感化了巨人，春天又回到自己的花园。多年后当小孩再次出现时，双手双脚满是钉痕，巨人愤怒地问他："谁敢伤害你。"他答道："这些都是爱的伤害。"最后巨人死去的时候，身上盖满了白花。其实，王尔德的眼泪是为自己而流，因为他的一生都是"爱的伤害"。

很显然，孩子在童话中获得的是想象的乐趣和认识世界、理解自己的启蒙，而大人获得的是另一种成人的世界，另一种生命哲学，另一种对原初感受力的回归。

童话的翻译和研究先驱周作人和巴金，两位大作家对童话的成人价值有过富有洞察的论述。周作人先生说，王尔德的作品读去极为愉快，但是有苦的回味，因为在他童话里创造出来的不是"第三的世界"，却只是在现实上覆了一层极薄的幕，几乎是透明的，所以还是成人的世界了。巴金先生引用谢拉尔德的话说，它们（指《快乐王子》和《石榴之家》）读起来（或者讲起来）叫小孩和成人都感到了兴趣，而同时它们中间贯穿着一种微妙的哲学，一种对社会的控诉，一种为着无产者的呼吁。两位都提到了童话的"愉快""兴趣"，也提到了童话中的"成人的世界"和"哲学性""社会性"，正是这两方面，让童话逾越了年龄的界限，由文学的"支路"变为了"主路"。

当然，无论童话对成人的吸引和价值有多么重要，童话仍然姓"童"，它的主流读者仍是天真的孩子，所以引人发笑的趣味性和超常的想象力便构成了童话最可贵的品质。当我有时问孩子这个童话故事怎么样时，孩子说得最多的是"好玩儿"。我以为，"好玩儿"的评价是对一部童话较高的奖赏。另外，超常的想象力既是一种斑斓的梦境图像，也是一种智力游戏，当这种智力游戏超越普通读者，变成某种启迪或者梦想时，这部作品便拥有了征服读者的力量——打开一本书，谁不想从这里获得智力操练和见识一个新世界的机会呢？再者，对那些小读者来说，一本正经地表达多少会显得沉闷、乏味儿，这对于他们如同七月份的冰激凌般易化的阅读兴趣，并不是一个好的选择。所以，为了牢牢地抓住这些小家伙，趣味性必不可少。

那些伟大的童话作家，比如王尔德，比如安徒生，以及今天仍抱着巨大理想写作的童话作家们，他们创造的那些色彩斑斓且具有现实意义的精彩童话，不仅打开了孩子的眼界，也打开了大人的眼界，它们如一幅幅五彩斑斓的生活画卷和一座座神奇的精神智力迷宫，让孩子和大人沉迷其中。所谓的开卷有益，便是如此的意思吧。

2019 年 6 月

时代之大作为何难现

一、呼唤时代之作

新时代与现实主义，成为一段时间以来颇为热门的文学话题。投石起浪，事出有因。激起人们谈论这一话题的原因或许有两个：一个是人们渴盼出现与这个新时代相匹配的现实主义之作，让"时代之大作品"的期许落定，而这样的作品还没有出现；另一个是有着久远传统、深厚土壤和创作实绩的现实主义文学，在今天似乎陷入了某种疲惫之境而缺乏应有的创造活力了，人们呼唤新而有力的现实主义重新复活。

元代学人虞集说："一代之兴，必有一代之绝艺足称于后世者。"所谓"绝艺"，即卓绝的艺术门类。虞集的意思是说，时代之兴，也兴某类艺术。

明代学人王思任说：一代之言，皆一代之精神所出。其精神不专，则言不传。"一个时代的作品需传达一个时代的精神，时代精神把握不准，则作品传不远。

近代学者王国维说："凡一代有一代之文学：楚之骚，汉之赋，六代之骈语，唐之诗，宋之词，元之曲，皆所谓一代之文学，而后世莫能继焉者也。"

诚如王国维先生所说，"后世"的诗词曲均"莫能继焉者也"，但后世之时代也在开辟属于自己的文学，诸如清之小说、民国之杂文散文等也是别开生面。

时间演进到今天，一个全新时代出现在中国大地上：物质充盈与生存压力并存，数字科技与智能生活同构，传统乡村与现代都市相交，大众文化消费与精英精神共存，信息爆炸与媒介更替交织。有人说，这是一个最好与最坏、至繁与至简、快乐与焦虑的时代。

呼唤时代之作，人们期待出现全面表达这个时代的作品。何为时代之作？概括地说，是指能够呈现一个时代的物质现实和精神现实的大作品；是指能够参与到一个时代的精神建构当中，比如提供知识、触摸真理、塑造心灵等的大作品。

今日时代之作当由小说尤其是长篇小说来担纲。此为共识。许多伟大的作品已经证明，长篇小说是一种伟大的文体，它由长度、密度、难度构成的文本成为一个民族的"秘史"，成为历史和时代的"交响曲"。长篇小说是文学江海中的一艘巨轮，它满载人类的故事、经验、思想和梦想，破风犁浪，驶往一代又一代人的精神之港。

每个时代都会诞生烙上自己时代印记的文学作品，它所包含的时代背景、时代精神、叙事语言、人物形象等信息留存于作品中，如同随时等待复活的密码一样，成为一个国家大历史叙事的一部分。这样的作品早已出现并镶嵌在我们的历史进程中，无声地讲述着各自时代的故事，比如：20世纪五六十年代，柳青的《创业史》、浩然的《艳阳天》、杨沫的《青春之歌》、王蒙的《组织部来了个年轻人》等；20世纪80年代，高晓声的《陈奂生进城》、刘心武的《班主任》、张洁的《爱是不能忘却的》、张承志的《北方的河》等；20世纪90年代，路遥《平凡的世界》、贾平凹《废都》、余华《许三观卖血记》等。这些具有时代概括性和历史参考性的作品，成为文学创作的独特景观。

但颇让人费解的是，21世纪过去近20年，在我们的阅读记忆中，竟然没有出现一部或几部堪称出色地表达了近20年来我们的物质现实和精神现实的时代之作。保守一点估算，我国每年出版长篇小说3000多部，20年6万部，为何没有冒出大家公认的时代之作？个中缘由耐人寻味。难道是"不识庐山真面目，只缘生在此山中"——我们与作品的时间和空间距离太近，无法辨别它们的魅力？难道是"一叶障目""厚古薄今"——我们的审美偏见让我们对时代佳作视而不见？难道是"蜀道之难，难于上青天"——书写当下时代之难，我们还没有找到写出这个大时代精气神的方法？

几种缘由或许兼而有之，但面对一个全新时代，我们作家失去了对新鲜、复杂现实的敏锐把握和思考提炼的能力，同时也失去了寻找新的路径和新的表达的勇气和雄心，这可能是时代之作迟迟未曾出现的主要缘由。

二、时代与写作之变

情形大抵也是如此。今天之时代，繁杂多元如网，信息汪洋似海，众多或隐或现的写作现实提示我们，作家与时代之间出现了新的矛盾，这矛盾在于，作家正在减弱或丧失的想象优势、知识优势和思想优势与新时代最广阔的多样性和最深层的真实性之间的不对等、不相宜、不协调。

自古以来，作家都是阿基米德式的人物，都在寻找那个类似于可以撬动地球的支点去撬动一个时代，印刷时代、广播时代、报纸电视时代，作家更容易寻找到那个支点——因为读者获取的信息量小而单一，作家的想象优势、知识优势、思想优势相对明显，但是在今天，从物质享用到精神消费，一切天翻地覆，网络新时代降临，信息如潮涨潮落一样海量产生和迅疾流通，一方面读者和作家站在了同一信息高地上，另一方面构成时代的"点、线、面"复杂多样且瞬息万变，作家似乎更难把握所处的时代，更难概括时代的精神实质，更难寻找到那个撬动时代的支点，写作不由自主地陷入某种困难和尴尬之中。

当然，时代把握之难并不能构成时代之作诞生之难的理由。话往回说，又有哪一个时代不复杂，又有哪一次对一个时代的书写不是荆棘丛生难度重重呢。托尔斯泰写《战争与和平》，通过描述1805—1820年俄国社会的历史和生活，展现的却是整个俄国广阔和雄浑的气势，在有限的叙述时间和空间中如何抵达"时代的伟大史诗"，是托尔斯泰面临的时代之难。与之相反，马尔克斯的《霍乱时期的爱情》，讲述的时代背景是19世纪80年代至20世纪30年代加勒比海城市的境况：战争、霍乱以及人为破坏，50年的时代之变如何通过一个爱情故事浓缩起来，让人得以窥视其时代细节，这是马尔克斯面临的时代之难。

无论是托尔斯泰的"以小见大"，还是马尔克斯的"以大写小"，每一次对时代的书写均难度重重，只是今天我们对时代的书写难度异常突出而已。这难度来源于一个硬币的两面。

一面是过于庞大而崭新的时代。城市化推进和科技改变生活——当下两种庞大的"现实"正塑造着我们的新时代，描摹着我们的精神世界图景。城市化进程正在加速推进，传统的乡村农耕文化日渐弱化，我们父辈是土地上的最后一代农民，我们兄弟姐妹奔走于各个城市之间，打工谋生，过着半城市半乡村的生活。由城乡对立过渡到乡村城市化，人的精神现实又经历了何种嬗变？此外，科技正在打造我们的新生活——足不出户或远行千里均可自行选择，工作和生活系于网络，自媒体时代正在替代报纸电视时代，信息的发达和畅通让人们成为无所不知的"上帝"。新生活正在塑造我们全新的观念和复杂的内心世界，有些坚固的东西烟消云散，新的时空感觉悄然建立；丰富的社会情态和复杂的内心世界正在悄然形成。一句话，都市文化和技术文化正在塑造新的物质现实和精神现实，每一部有价值的时代之作将无法绕开这一现实。

另一面是作家的想象力和思考力滞后于时代。当今天的信息、游戏、影视和廉价小说代替经典小说的叙事魅力时，美国当代著名评论家乔治·斯坦纳指出："在小说家和天生编故事的人之间，已经出现了无言的深刻断裂"，作家的"想象力已经落后于花哨的极端现实"。德国思想家瓦尔特·本雅明早在1936年就预言过：新闻信息"给小说带来了危机"，他将这一切归咎于经验的贬值，"经验贬值了。而且看来它还在贬，在朝着一个无底洞贬下去。无论何时，你只要扫一眼报纸，就会发现它又创了新低，你都会发现，不仅外部世界的图景，而且精神世界的图景也是一样，都在一夜之间发生了我们从来以为不可能的变化。"

经验泛滥和过剩导致经验贬值的同时，也导致了小说家经验的逼仄和肤浅，因为经验的大量传播和高速度将具有想象力优势的小说家置于与读者平等的地位，小说家经验甚至不及于一个分工细微的职员，所以在今天的时代，小说家们的想象自信正在被打垮，他们不断在重复一句话：生活比小说精彩。既然如此，还要小说干什么，还如何写小说？而过去小说家身上拥有的那种"好的小说永远比生活精彩"的写作信念，在今天的时代面前黯然失色。

时代之大作难以出现的原因，除了上文提到的时代把握之难和作家想象力滞后于现实以外，或许还有一个深层次原因：旧有的长篇小说文体是否无法适应今天的时代了？它是否无法囊括当下庞大而复杂的物质现实和精神现实了？这个时代的表达或许需要一种创新的长篇文体，而这种文体正在酝酿之中。我们的文学变迁轨迹已经见证过史诗和戏剧的衰落，或许它正在见证长篇小说的某种变异。比如网络小说已经出现了千万字数的超级篇幅，那么篇幅的延长是否会是时代之作的新趋势？德国汉学家顾彬明确表示："长篇小说的时代过去了，应该回到中短篇小说"，"集中于一个人的灵魂"。他的理由是，长篇小说是一种对整体的渴望，而现代性之一，是全体的丢失，中心的损失。提出"歇斯底里现实主义"的英国评论家詹姆斯·伍德，奉劝那些作者不要再野心勃勃地试图向读者展示"世界是如何运转的"，他们应该把精力放在描述"一个人对一件事的感受"上。这两位评论家只是预言托尔斯泰式的那种百科全书式的长篇小说在今天的失效，但他们并没有提出新的解决方式。"一代之兴，必有一代之绝艺足称于后世者。"在这个新的时代的节骨点上，时代之大作或许会与一种新的表达模式中共同诞生。

三、重塑现实主义之魂

作为创作方法，现实主义曾催生了许多伟大的作品；作为审美原则，现实主义作品曾带给读者无数的感动和震撼；作为一种写作价值观甚至文学精神，现实主义曾解放了许多作家的写作思想，如此看来，或许强大的现实主义依然是解时代之大作出现之难的有效武器。

当然，今天的现实主义已不是托尔斯泰《战争与和平》的现实主义，也不是马尔克斯《霍乱时期的爱情》的现实主义，而是拓展了自己在今天时代新尺度的现实主义。这新尺度在哪里呢？法国著名评论家罗杰·加洛蒂认为现实主义是无边的，他说："每一件伟大的艺术品都有助于我们觉察到现实主义的一些新尺度。"就是说现实主义的新尺度在新的时代之作里。那么，这里边出现了一种有趣的互证关系：我们用现实主义创作时代之作，新的现实主义彰显于新的时代之作里。

无论现实主义的新尺度有何拓展和变化，但现实主义的魂魄一直没有变，就是寻找无尽现实中的精神冲突和赋予现实新的美学形式，即鲁迅先生所说的"表现的深刻和格式的特别"。照我们理解，现实主义的根是"现实"——当下那种广阔的多样性和复杂的真实性，魂是"主义"——对现实的理解、洞察、价值判断和精神建构，从现实到现实主义，既考验作家描摹现实的功力，也考验作家洞察现实的能力，这道门槛跨过去，时代之大作方可有出现的可能。英国著名小说家麦克尤恩在回答"小说未来的叙事走向如何"时说：对于未来的叙事走向，我想主要有两个方向，一种是现实主义，我们要想办法描绘我们所处的世界，以一种比较严格的重现现实的方式去描绘现实；另一种则是把现实以一种梦幻或魔幻的手法写出来，以此呈现我们创作的现实环境。

现实主义新尺度的出现和确立，在于对一个时代之文学新路向的把握和新经验的文学处理上。

2018年6月在江苏南京召开的第四届扬子江论坛上，将"中国当代文学新路向"作为论坛议题。这是一个具有时代性、历史性和价值性的议题，这一议题的提出和探讨，意味着中国当代文学正在进入一个全新时代，它与过去的文学正在形成某种真正的"断裂"，小说家毕飞宇认为："新一代的作家、新一代的写作者，他们有自己的思维方式，他们看世界的方式，他们的审美需要，跟我们过去的文学序列产生了极大的变化。"

新路向"新"在哪里？"新"在变化之中：文学观念在变化——探求一种经典文学与通俗文学的中间道路；写作主体在变化——"作家"这一职业开始泛化和非专业化，写作者人数大量增长；文学形态在变化——新旧媒体在交融，网络文学与传统文学界限在消失，科技因素对文学影响越来越大。

时代之大作的诞生有赖于应和文学发展路向上的"新"，新即变化，与过去文学序列所发生的变化，应和这种变化实际上是为写作确立的宏观方向，旧有的写作思维方式和表达模式，该舍弃的便舍弃，该调整的便调整。一百年前所发生的五四新文学运动，新旧时代交替之际，文学序列发生变化，古典主义文学终结，现代新文学开启，当时的文学发展新路向率先由胡适、陈独秀、李大钊等理论家指出——白话文写作、为社会写实、平易的国民文学、"优美之文学、高尚之思潮"等，随之鲁迅创作白话小说《狂人日记》与新文学路向相呼应，以时代之作扛起新文学的大旗。由此启示我们，时代之大作的出现需以敏锐的眼力去应和时代之新和文学之变。

从文学内部来讲，被拓展的现实主义仍是处理新现实、新经验的文学手段。本雅明认为经验的贬值给小说带来了危机。这个观点其实包含两层意思，一是经验的泛滥侵占了小说的自有空间，小说的娱乐功能和知识功能弱化；二是小说对经验的处理呈现出麻木性和无力感，在庞大的经验面前有些手足无措。所以如何有效处理新经验成为时代之作的最大难处。现实主义启示我们，对现实和经验的沉淀与提炼，是抵达真实的物质世界和精神世界的两种方法，透过新经验洞察和概括一个时代，只有参与了时代精神建构的经验才是文学的经验，所以无论我们时代的现实和经验多么庞大，去写那些与精神建构密切相关的现实和经验，哪怕它们十分微小也是值得去写的，如果那些现实和经验与精神建构无关，即使它们再高大，也是不值得去写的。

我们不得不追问：今天最大的现实是什么？时代精神是什么？现实主义的新尺度在哪里？

这是三个多余的问题，要么没有答案，要么有无数答案，但每一个有野心的小说家都无法回避这三个问题，小说家眼里的现实和时代精神，构成了时代之大作的思想资源和写作视野，每一次写作并非为了给出问题的答案，但每一次写作均无法绕过这些问题，没有对这些问题的思考，时代之大作的"大"便无从说起。

按照英国学者马歇尔·伯曼的观点，今天最大的现实，是"我们所有人被倒进了一个不断崩溃与更新、斗争与冲突、模棱两可与痛苦的大漩涡"中的现代生活。他说："今天，全世界的男女们都共享着一种重要经验——一种关于时间和空间、自我和他人、生活的各种可能和危险的经验"，"这种环境允许我们去历险，去获取权力、快乐和成长，去改变我们自己的世界，但与此同时它又威胁要摧毁我们拥有的一切、所知的一切、表现出来的一切"。这种大的现实之下，是与"旧"告别——旧的乡村、旧的居所、年迈的故人；是与"新"相遇——新的城市、新的居所、新的旁人，这种告别与相遇的变化对个体生命的意义，便构成了小说的价值，便构成了一个时代的意义。

如果要为现实主义在今天的新尺度作出描述的话，我们认为至少有三个特征：一是日常化的非典型性现实。日常化的非典型性现实的叙述，触及到了文学最本质的内容：每个小人物、每个普通人物都是一个时代，都是一个世界，对他们的叙述就是对一个时代、一个世界的叙述。"日常化"是回归生活本来面目的深刻的"日常化"——对每个无名的微小的人和人心的叙述是小说最大的道德和尊严。二是朝内转。每个个体世界，均有内外之别。小说艺术必须朝内转，背离和拒绝让人烦腻的新闻式的现实，转向那个孤独而痛苦、细腻而复杂的普通人的内心，赋予幽灵一样游荡的精神以生活的实质，复活每个个体日常的现实感悟力。三是精致的叙述。叙述一旦开始，将读者深深吸引住，仍是小说的第一要务。今天的一些优秀小说做到了这一点，它们拥有高难度的叙述技巧、美妙的语言和多元的形式，这种堪称精致的叙述将毫无耐心的读者吸引过来。

顺着现实主义拓展的新路，我们的时代之大作会出现吗？或许会。

2018 年 11 月 3 日

生活、现实与文学的理想性

尽管无尽的生活和现实借助新媒体的翅膀飞奔到每个人面前，成为奇闻、逸事、知识、图景——这种既吸引又分散注意力的叙事，正在挑战小说的叙述魅力和虚构价值，但我依然相信，好的、真正强大的小说比生活丰富，比现实精彩。

尽管媒体记者和历史学家恪尽职守，对社会事件和过往历史有着深入的呈现和解读，但我依然相信，那些伟大的文学作品对社会事件和历史的表达更深刻、更真实、更触动人心。

尽管文学史早已向我们描述了史诗、戏剧的兴衰，描述了诗歌从社会核心记忆撤离，似乎正在描述这个时代的小说以及文学经历转型和蜕变，但我依然相信，小说以及文学那种高尚的精神性本质内核永远不会改变，一如史诗、戏剧的辉煌时代。

之所以如此相信，是因为文学所散发出来的那种永不枯竭的理想性光芒，一直在温暖和照耀我。

很多年过去，当我回望，一直留在记忆深处或者期待不断重读的作品，多数是那些流淌着温暖情感、给人生活信心和希望、闪耀着生存力量和光芒的作品。

比如，鲁迅的《故乡》和《孤独者》，《故乡》所表现出来的温暖的少年情谊以及现实幻灭之后的希望之路，让人回味不已；《孤独者》塑造知识分子"世界深睡我独醒"的孤独者总在永不停息地战斗和改变，给人一种悲壮的力量；比如沈从文的《边城》，那种自然淳朴的乡土世界中人性的善良美好和心灵的澄澈纯净，无时不在净化我们；比如余华的《活着》，他写的是接二连三的死亡，给我们的却是活下去的力量……

再比如，奈保尔他总写那些令人心酸的现实，《米格尔街》尽管看上去无希望，但却生机勃勃，人人都有尊严；比如卡尔维诺总是把现实写成寓言，《我们的祖先》仿佛每个故事都不是发生在地球上，但它的确写的是我们执着的品性；比如马尔克斯《霍乱时期的爱情》向我们宣示了一种忠贞而快乐的爱情生活；比如辛格《傻瓜吉姆佩尔》永远在告诉我们，一个善良的傻子胜过十个恶人，做一生傻瓜也比作恶一小时强……

或许这些高明而精确的作品，之所以能够参与我们的精神建构兼做我们的人生导师，之所以具有穿越时空的恒久魅力，大概源于它们身上的理想性或理想主义倾向吧。文学是生活和现实的精神结晶体，这块晶体上透亮而美丽的那一面便是文学的理想性，就像诺贝尔文学奖对文学的理想性的强调一样："一份奖金赠予在文学上创造出具有理想主义倾向最出色的作品的人。"诺贝尔奖金和荣誉送给了"具有理想主义倾向最出色的作品"，而这些作品又将自身的理想性传递给了一代又一代读者。

一、重申文学的理想性

文学主张和文学思潮的出现，有时也如时装的流行一样，会来一个循环往复，昨日流行喇叭裤，今日流行紧身衣，明日又回到喇叭裤，不过是此消彼长、你方唱罢我方登场而已。

新时期文学以来，寻根文学一度有过理想性的追求，对中国传统文化的追寻和认同，对儒道精神在小说中理想化的实践，曾经让我们感受到了中国文学洋溢着一股自然超拔的道德风气，比如阿城《棋王》中塑造的那个在热闹时代内心寥廓，复返宁谧的人物王一生，就暗示了一种美好的诗意道德。

寻根文学之后的先锋小说，在光怪陆离的形式探索中，故事消失在象征和意识流中，小说成为意识形态、哲学和心理学的载体，那批无法卒读的小说早已无人问津。到新写实主义的反崇高叙事和反典型叙事，一地鸡毛的琐碎和烦躁氤氲于小说之中，我们才发现文学的理想性已搁置许久了，甚至在强调现实批判性和挖掘隐秘内心的文学声浪中我们已羞于提及文学的理想性了。再到21世纪近20年，文学似乎无法避免地被市场化、被消费化甚至被资本操纵化，此时再谈及文学的理想性似乎更缺乏强大勇气和必然理由了。

不过，许多事物终究是在循环往复中前进的。如果说"新时代文学"这个提法成立的话，现在该是到了重申文学的理想性的时候了。因为一个全新的文学时代，无论主观还是客观，都会在检视自己的文学缺憾中提出或重申某种文学主张，以期弥补缺憾和有全新发展，而这主张首推文学的理想性；再者，回望过去半个世纪的文学，那些成为大作品的小说总有着文学理想性的努力和追求，那些留在读者记忆深处的作品总闪耀着文学理想性的光芒。或许，重申文学的理想性是开启新时代文学辉煌的一把钥匙。

何为文学的理想性？

文学批评家李建军是执着地高扬文学的理想性的一面旗

帜，他认为文学的理想性是指文学作品中表现出来的"丰富而美好的道德诗意，崇高而伟大的伦理精神，普遍而健全的人性内容，照亮人心的思想光芒。"反过来，那种"对性、暴力、恋乳癖等消极心理和行为的渲染……总是漫卷乖戾情绪的乌云，总是呼啸着诡异心理的狂风""对生活的不满甚至恨意，但是，在这种常常显得极端的情绪性反应的背后，你看不到多少升华性的力量"的作品，即为理想性和理想主义的缺失。

文学的理想性既是李建军的批评武器，也是他的批评价值观，以此为出发点，他对中国文学精神洁癖般的批评使他获得了很多人的尊敬，文学的理想主义在他笔下得以张扬。

文学的理想性既是文学评判的标准之一，也是作家们在作品中追求的重要价值之一。

作家的职责是什么？什么样的故事会久存下去？我相信，每一个有野心的作家都会在他的写作中思考和回答这些问题。福克纳在诺贝尔文学奖受奖演说中说："占据他的创作室的只应是心灵深处的亘古至今的真情实感、爱情、荣誉、同情、自豪、怜悯之心和牺牲精神，少了这些永恒的真情实感，任何故事必然是昙花一现，难以久存。"大江健三郎在一次访谈中说："文学应该从人类的暗部去发现光明的一面，小说写到最后给人以力量，让人更信赖人。我一直有这样的想法，文学是对人类的希望，同时也让人更坚信，人是最值得庆幸的存在。"沈从文在《边城》题记中说："我将把这个民族为历史所带走向一个不可知的命运中前进时，一些小人物在变动中的忧患，与由于营养不足所产生的'活下去'以及'怎样活下去'的观念和欲望，来作朴素的叙述。……这作品，也许尚能给他们一种勇气同信心。"

三位大作家不断提到的真情实感、怜悯之心、光明的一面、勇气同信心等词语构成了作品追求的重要价值，也大致构成了文学的理想性的广阔内涵。

二、理想性与批判性及献丑还是审丑

谈论文学的理想性，势必会想到另一个词——文学的批判性。批判性并不是理想性的对立面，它们没有水火不容，文学对生活和现实的批判，通过艺术性地提升和升华，可以转化为文学的理想性。这是文学常识。问题的关键在于，二者之间微妙复杂且难以把握的认知和转化是如何实现的？具体来说，涉及两方面的问题。

一方面，文学的批判性向文学的理想性转化和过渡的"度"在哪里？简言之，批判是献丑还是审丑，终将决定文学的理想性实现与否。对生活和现实的批判如果只是停留在展示甚至津津乐道让人不适的恶与丑的层面，便成为献丑；如果有节制且艺术地表达恶与丑，并赋予它艺术的震撼和提升力量，便成为审丑。文学的理想性也在这审丑中完成。文学的批判性是到达献丑层面还是审丑层面，这一艺术判断由作家和读者共同完成。

另一方面，对文学的理想性的狭义理解会导致一种认识出现：文学的理想性即廉价的理想性。有人认为在文学中谈论理想性和理想主义倾向，无非就是强调文学肤浅的抒情、心灵鸡汤式的精神按摩、无边际的歌功颂德、应景应时的主旋律等，与其在作品追求这样廉价的理想性，不如到文学的批判性中杀出一条血路来。这种认识活跃在很多作家头脑里，其实这是对文学的理想性的误解和偏解。我们不排除少数作家用廉价的理想性获得了一时的热闹，但文学真正的理想性是大格局、人类性和永恒性的，前面提到的福克纳、大江健三郎、沈从文等理解和践行的文学的理想性，让他们得到久远的尊重。

理想性和批判性？献丑还是审丑？永远都是问题。

我们不否认，文学的理想性与现实生活有着强大的冲突，作家在现实面前会有困惑和无力感，当作品呈现出来，文学的理想性总会向现实生活做出妥协，但是理想性缺失的原因除了写作者价值观的虚无以外，还有一个重要因素，就是我们的写作是为艺术而艺术，还是为读者而艺术？如果为艺术而艺术，追求深刻性和唯一性，我们就会在无艺术审视的批判性上越走越远。有时候，为艺术而艺术的观念，会成为写作者的两块"遮羞布"，一块用于遮挡作家为所欲为的写作欲念，以艺术的名义在作品中毫无节制地铺展极端的丑和恶；一块用于遮挡作家孱弱的写作能力，本没有能力写出一部出色的作品，打着艺术的幌子在作品中进行着廉价而错乱的写作实验。这两种写作都是对读者的不尊重。如果为读者而艺术，一个作家将崇高的读者放在心中，他将会用崇高的文字去感染和说服读者，那他的写作也将向文学的理想性靠近。沈从文先生写完《边城》后，又写了一篇"《边城》题记"，题记中他谈到了写作给谁读的问题，他说《边城》不是给文学理论家、评论家看的，不是给读过一些洋装书的"精英读者"看的，是给一些中底层人士，"在那个社会里生活，而且极关心全个民族在空间与时间下所有的好处和坏处"的人看的。因为对这些人他是"怀了不可言说的温暖",他相信这些人会感受到他作品中的这种情感。以己之情之心去度读者之情之心,方为文学理想性实现的前提。

三、通往理想性的路途

从生活、现实到文学的理想性,是一条不断选择和处理的艰难路途。文学是对芜杂的生活、无尽的现实的一次次选择和处理;文学的理想性又是对复杂多变的文学的一次次选择和处理。

选择和处理现实的能力将决定一个作家写作能量的大小以及一个作家在艺术上出走的远近。

在庞大的现实中发现矛盾和冲突之处,并将它们汇集起来展现生活的丰富性,来证明我们的人生有着无法规避的深刻的困惑,来证明这个世界"是一条眼泪的山谷,也是一条玫瑰的山谷(法国作家让·端木松语)"。这是小说写作的本质。但是我们也看到了一些小说的另一面,被过于琐碎和沉重的现实桎梏了,始终没有从现实的纠缠中突奔出来,进入内心的现实感中去。小说的力量不是来自现实而是来自现实感。何为现实感呢?简言之,是小说家对现实的态度,小说通过对现实的叙述所营造出来的情感冲击力、道德判断冲击力、人性冲击力,以及生命存在冲击力。这种种"冲击力"构成了小说对读者的征服。小说所要做的,不仅要表现强悍的现实,还要拥有从强悍的现实飞跃到伟大的心灵深处的力量。

其实我们的小说家在写作时,不得不面临一个重大的问题：如何将小说的现实变成能够征服读者的现实感？法国作家蒙田说："强劲的想象产生事实。"其实这句话反过来说也是成立的：强劲的事实产生想象。小说就是制造强劲的事实和现实的过程，在事实和现实之后，留给读者系统性和逻辑性的想象和幻象，所谓的现实感便诞生了。那么对生活和现实的处理需从讲述强劲的故事和人物开始。

当"武艺高强的"作家用小说来塑造无所不能、无所不包的生活和现实时，生活和现实在小说家这里至少要经历两种复杂的"裂变"：一是小说作品与小说家生活背景之间的分裂和不一致；二是小说作品内部人物与人物之间复杂的现实情形和冲突。作家们在这两种"裂变"之中"挣扎""纠结"，他们的才华、经验、技巧甚至运气终将引领他们从这"裂变"中走出来，走出来的结果有两种：写出成功的小说或者写出失败的小说。一部小说诞生，无论成功与否，它们都是小说家的现实一种。

有时候，我觉得能成为一名小说家是无比幸运的事情，他可以在文字的世界里"登基称帝"，既可以为一个人的现实"呼风唤雨"，也可以为无数人的现实"代言立命"。有时候，我又觉得做一名小说家是无比残酷的事情，在穷经皓首的写作中，他既可能被现实的读者抛弃，也可能被未来的时间抛弃，因为面对无尽的现实，小说要深入到人们的物质现实和精神现实的本质里边去无不困难重重，稍不留意小说便会滑入肤浅或失败的泥沼之中。

当小说面对无尽的现实，小说是如飞鸟那般轻盈地掠过现实的海面而荡漾起阵阵涟漪，还是如鱼群那般沉着地穿越现实的海洋而翻起雪白的浪花？或许都可以。无论飞鸟抑或鱼群，都只是小说面对现实的某种方式，任何一种方式都有可能如针灸的那根银针一样，准确无误地扎进庞大现实肌体的穴位中，让人产生酸麻胀痛之感——这是小说对读者的说服力和征服感。可以确认的是，现实深广似大海，小说只是大海海面的一只飞鸟，或者海底的一群小鱼。毫无疑问这并非一种对等的关系，而小说作为一种艺术的存在价值，它的野心在于用四两拨千斤之力在现实与小说之间建立起某种对等——至少是幻觉上对等的关系。而能否建立起这样的对等关系，则全系于小说家了，小说家是否具有把握现实的意识和能力，则是一位小说家卓越与平庸的区别了。

出色的文学总是从各自的路途抵达文学的理想性，虽然这路途会经历九曲十八弯的曲折，但当文学的理想性在作品中呈现的那一刻，读者也会感受到巨大的文学魅力。

如果用一句话来说明生活、现实与文学的理想性的关系，我以为可以这样来概括：文学的理想性是在文学的世界里，储存生活的鲜活与生动，触摸现实的尖利与残酷，畅怀生活的善与美。

2019 年 5 月

诗歌：那头在云端行走的精神大象

一、语言的寺庙

"诗"由"言"加"寺"组成，可理解为写诗是在语言的寺庙里修行。

修什么行？修语言如何言说之行。修言词与事实之间如何验证之行。言词如何抵达世间万物并赋予它们音乐性、光亮感和生命力；言词如何表达人的见识、精神、灵魂和意志。反之，诗人如何为语言保鲜，为语言插上翅膀；如何为语言增值甚至复活语言，让语言停止贬值和枯萎。这是语言修行的一币两面，即所谓我说语言和语言说我两个维度。

诗人写作时为何常见一副蹙着眉、夹着烟走神的样子？因为在语言和言说对象之间，他们总在纠结，在徘徊，在苦闷：言说和表达之可能或者不可能、完美或者贫乏、兴趣盎然或者沉默不语，哪一种结果会降临到诗人头上和诗句中，实在是难以把控的事儿。正因为此，语言的修行将会贯穿一个诗人一生的创作过程，每一首诗的诞生都是对语言修行成果的一次检验和明证。

有人说，诗歌语言指充满诗意的语言、诗性的语言甚至华美的语言。这是一种误会或者浅见。其实，诗歌所操持的语言就是普通的语言，平常的语言，日常的语言，它们组合到一起形成千变万化和光彩夺目的诗意，诗意来自语言的组合，来自词语的灵性，并非语言自身的诗意和诗性。当然，有些诗句自身也很美，很有诗意，比如比喻句、起兴句、赋体句等，但这些语言也是我们日常使用的口语或者书面语。有诗意的语言并非仅仅属于诗歌，去小说或散文里，时时会与这样的语言相遇，去茶馆或者菜市场或者乡村聚集地，空气中到处都飘荡着热气腾腾的这样美的诗意的语言。

来看，瑞典诗人索德格朗的《星星》："当夜幕降临，我站在台阶上倾听；星星蜂拥在花园里，而我站在黑暗中。听，一颗星星落地作响！你别赤脚在这草地上散步，我的花园到处是星星的碎片。"每个句子都普通、日常，不见得多有诗意，但组合在一起，每个句子都闪光亮了，诗意也出现了，每个读者都从句子的组合中碰触到了"星星的碎片"，亮而坚硬。

再看，李白的《与夏十二登岳阳楼》有句：云间连下榻，天上接行杯。醉后凉风起，吹人舞袖回。——千古名篇，语言朴素、明了，但潇洒自如、豪情逸致的诗意扑面而来。

如果真要为诗歌语言划定一个定义范畴或者谈论范畴，我愿意借用本雅明的一个词：纯语言。本雅明认为，我们日常使用的语言是贬值了的语言，因为它是交流的工具，而纯语言是对精神内容的传递。诗歌语言或许是本雅明说的那种纯语言。本雅明所谓的"贬值"，是指语言的不纯净、不纯粹，日常语言是以信息交换为目的，有很强的物质交换的功利味道，在长期交流过程中未免有了破损，而纯语言是一种"精神内容的传递"，是单向度的征服和打动，对心灵的感染具有神启的作用，纯语言不存在交换，它们是精神贵族，心有灵犀。

那种拒绝浅薄和平庸，远离野蛮和谎言，除却混沌和繁复，告别空洞和僵化，充满生机活力，灵动自由，精准凝练，言简意繁，纯净，陌生化……的语言，都是纯语言，上文提到的索德格朗和李白，他们操持的就是纯语言。纯语言可以是口语、书面语、俚语、俗语，以及方言。语言的种类不是问题，品质才是问题。只有纯语言才能抵达事物的本质和精神的中心。而那种激昂的讲话体语言、冷漠的新闻报道语言、空洞的道德说教语言、僵化的骈赋体语言、文艺腔、行话黑话等，它们让语言贬值，远离了纯语言，与诗歌语言格格不入。

诗歌语言除了纯以外，还有一个问题，就是边界问题。语言是有边界的。维特根斯坦说，我的语言的界限意味着我的世界的界限。好的诗歌语言有一股子冒险精神，在言说与言说物之间，它总在试错和纠偏。如果说小说是生活、散文是盆景，那么诗歌则是悬崖——在语言和思想的悬崖上舞蹈。诗歌语言既要节制凝练，又要爆发出巨大能量，所以诗人不得不在语言的边界上触摸世界的边界，不得不去寻找唯一的或者独特的语言去对应唯一的或者本质的事物和世界。换句话说，语言的边界里有全新的世界被发现和创造，好的诗人和诗歌一直在突破语言的边界。比如，对于星星的描述，每一个出色的诗人都在语言的边界上冒险：你别赤脚在这草地上散步，我的花园到处是星星的碎片（索德格朗）。星星绝望地舞动着旌旗，在飞云中时隐时现（特朗斯特罗姆）。头顶星光灿烂，那是多么遥远的一地鸡毛（汤养宗）。——如果你再来写"星星"呢？你必须去寻找另外的关于"星星"的语言边界，否则，你的诗歌将失去全新的高度和独特的美。所以，美国著名评论家乔治·斯坦纳说，当诗人越来越接近神灵所在，转化成语言的任务越来越艰难。

不知谁说，世上最厉害的武器是语言。对此我深信不疑，而语言的武器库中，最厉害的是诗歌语言。它的厉害在于，我们最有活力、最敏感、最纯粹的语言保留在那些伟大的诗歌中，诗歌是语言的避难所和天堂。

谈到诗歌语言，又是寺庙，又是武器，看上去有点分裂，其实殊途同归。

二、无限靠近或接近诗

生活充满有趣的悖论。有人从不写诗或者偶尔写诗，我们说他是诗人；有人勤奋写诗，每天一首或几首，诗作千轴百卷，我们却说他不是诗人。

这是何理？

不写诗被称为诗人，盖因其言语、情感、行事风格有诗性和诗人气质，写的是身体之诗。写诗且数量不寡而不被称为诗人，可能是其诗作水准欠佳，离诗尚远，算不得诗人。正如著名学者顾随所论：常人甚至写诗时都没有诗，其次则写诗时始有诗，此亦不佳，必须本身有诗。

无论身体之诗还是万言非诗，这里边包含了诗歌定义的两种指向：一种是大众眼里的诗，一种是诗人沉迷其中的诗。大众眼里自然有个"诗"的样子，精短、句子美、意义模糊、非常规句式、特立独行等，在那里，诗不是技与艺，是用来消费和命名的，比如打趣别人，比如为不写诗的人戴上诗人的帽子。

我们要探讨的不是这类"诗"，而是让无数诗人沉迷其中的诗。

我们以为，诗分非诗和诗，好诗和坏诗。仅此而已。至于以流派、题材、创作手法而做的分类，多为标签而不是判断。判断是有价值的分类。

某种程度上说，诗的定义基本完成。有心人列举出了古今中外有影响力且令人信服的诗的定义达四十种，这当然是一个谨慎的数字。如果把诗比作那头著名的大象的话，那些伟大的诗人和诗歌理论家就是摸象的盲人，他们分别摸到了大象的鼻子、腿、肚子、尾巴、耳朵等，他们兴奋地给大象下定义，这些定义聚合到一起就长成了一头真正的大象。那些诗的定义为我们塑造了诗，塑造了那头在云端行走的精神大象。我们对诗的定义还会继续，不过只是添砖加瓦、描金绘彩的事儿了。因为对诗的定义在大师们笔下几乎接近真理：诗是上帝的胸怀（薄伽丘）；诗是最快乐最良善的心灵的瞬间记录（雪莱）；诗是精华知识的面部表情（华兹华斯）；诗是最佳词语的最佳排列（柯勒律治）；诗是生命意识的最高点（艾略特）；诗是灵魂的实体化（王尔德）；诗是对抗现实压力的想象力（斯蒂文森）；有生活的地方就有诗的歌唱（车尔尼雪夫斯基）。诗是现实，诗是生活，诗是自然，诗是情种，诗是语言，诗是形式，诗是微言大义，诗是世道人心，诗是祈祷，诗是白日梦，诗是心灵史……诗是一切，诗又不是一切，诗是伟大的诗歌作品创造出的那头在云端行走的精神大象。

无数的人在写诗，写不同的生活，不同的体验，不同的认知，不同的感觉，不同的心灵，写无数的诗，目的只有一个，靠近或接近诗，靠近或接近诗的灵魂。诗人们以无可遏制的写作热情和不知疲倦的技艺操练，投入诗歌事业中，对这种行为唯一的解释是，他们一定在某个时辰偶然触摸到了那头在云端行走的精神大象，感受到了它的魅力和内心的颤动。他们不断地写，或许是想延长或者无限接近这种灵魂的乐趣吧。但是诗——那头精神的大象，时隐时现，时醒时睡，有时你使劲去寻找它，却不见，有时你漠然回首，它却在那里对着你微笑；有时你怎么叫它都不醒，有时你轻唤一声，它却醒来了。

不停地写，不停地去创造，作品是唯一能靠近或接近诗的途径。

诗的定义基本完成，但好诗的定义和标准却永远没有完结。

好诗有标准吗？有。标准不是尺子的精确刻度，也不是称重的准确砝码，而是对诗歌本质认识的深浅和普遍接受度多寡的最大公约数。简言之，好诗标准建立在认知（诗本质认识）和认同（接受这种认知）两个维度上。与其说好诗标准，不如说好诗具有的元素和特质。

好诗标准有两个特点：一是有层级之分。每个人都有自己的好诗标准，但并不代表你的标准成立或被认同。无名诗人有自己的好诗标准，三流诗人有自己的好诗标准，二流、一流诗人也有，这些标准有时泾渭分明，有时彼此模糊，有时彼此营养，总之，层级之分明显。二是没有边界。钻石的光芒来自多个切面，好诗如钻石，好诗之好来自多个切面。好诗是一个模糊且开放的概念，它永远在等待作品为好诗立下新的标准，突破新的边界。诗人黄灿然说，好诗永远产生于标准建立过程中，标准一旦建立就迅速被坏诗攻占。

把好诗视为名词时，好诗的元素包括境界、想象力、洞察力、语言形式、音调和意象等方面的丰富和高超。把好诗视为动词时，那些读来有震撼力和有感觉的诗皆为好诗，写诗的过程就是发现新的秘密和寻找属于自己的句子的过程。当把好诗视为一种描述时，好诗变成一种文化现象，比如说中国是一个诗的国度，诞生了无数好诗，对好诗的追求和创造一刻也没有停止。

三、新的范式与文本自洽

读者读诗，手指翻过书页或滑动网页的速度时疾时缓，让人想起水果摊上挑拣水果，东翻翻西翻翻，挑拣那些看上去水灵、甘甜的好水果，至于是否真正好，有待回家品尝后得出结论。多数时候挑挑拣拣，矮子中挑高子，差中选好，能好到哪里去？如果常去水果摊，有时会碰到刚从树上下来的真正好水果，水灵甘甜。读诗也如挑拣水果。先有一个选择的过程，那些对胃口、自认为好的诗手指翻阅的速度自然会缓慢下来，然后再有一个消化、感受、判断的过程。一首诗遇到一个读者，翻书或滑动网页的手指停顿下来，一首诗的价值才算真正达成，一首诗被诗人写出之后直到这一刻才算真正写完。如同常挑水果自然会懂得如何挑到好水果，常读诗便会懂得如何甄别好诗。某种程度上说，一首诗的好坏以及一首诗存在与否，裁决权在读者那里（这个读者可能是今天的读者，也可能是未来的读者），如果没有读者的感觉和判断参与，尽管一首诗在那里，我们仍怀疑它是否存在。想想浩瀚的唐诗，《全唐诗》记载有四万八千九百首，又有多少首在今天有存在感呢？因为多数诗在千年之后不再有读者。

我们需要探讨的是，一首诗有一个读者和有一千个读者，其中意味着什么？其中有何深意？小说家马尔克斯为《百年孤独》"卖得就像在地铁口出售的热狗一样好"而感到不安，他说我的读者不应该有这么多——这是骄傲的不安。很多诗人没有马尔克斯那般伟大，但像他一样骄傲，宣称不考虑读者或者只为少数读者写作。这无妨，真正的问题是少数读者在哪里？是否存在？有时候，所谓的少数读者也只是一种自恋，其实并不存在。如此来说，尽管无数的诗被写出来了，印在书里或者存储在数字库里，但它们仍是不存在的，因为没有读者参与。

有人将诗歌读者分为大众读者和专业读者，抑或普通读者和理想读者。如此划分就得先承认一个前提：人与人之间隔着一个艺术的距离。审美水准高低和艺术领悟力强弱，两项指标将读者分化。将读者分类的人一般是诗评家和诗人，他们站在专业和艺术的优越感上，对读者做出了这一不够信任和尊重的分类，他们因此堂而皇之地认为，一个专业（理想）读者胜过一千个大众（普通）读者。但读者不买账，既然诗人用所谓的专业（理想）读者为自己晦涩、深奥、拒人千里的诗作"挡箭牌"，读者干脆就绕道而行，远离诗歌了。于是，一个尴尬的诗歌局面便出现了：诗人抱怨读者不专业、不理想；读者抱怨诗歌晦涩、不知所云。

我们承认诗歌拥有强大的技艺传统和知识谱系，诗歌读者需要跨越这道门槛，但这道门槛并非不可翻越的高山，每一个亲近诗歌的人只要有一两年诗歌阅读经验，自然会跨越过去。事实上并不存在这样一条泾渭分明的艺术横沟，所以我们并不认为诗歌读者存在大众（普通）和专业（理想）之分，如此分类倒显得小气和自恋，诗歌永远面对的是所有对诗歌有需要的人们，诗歌的每一个读者都是出色的、值得亲近的。如果非要说有专业（理想）读者，我们愿意把极少的诗评家纳入这一范畴。

另一方面，诗人的写作是否也应该反思：我们写下的是不是一些伪诗而离开真诗太远了？我们是否只是把一个自我投射到意象中进行简单的频繁的意象生产，而不是用心灵去探索意象的共鸣（路易斯格·丽克语）？我们是否远离了诗歌语言的精确和具体，陶醉于夸张的抒情、做作的哲理或者廉价的叙事？我们是否因为写作惯性而丧失了高难度写作的能力而陷入数量的增加之中？我们是否写下的不是爱而是情欲、不是人的灵魂而是人的内分泌（福克纳语）？我们的写作是否走在错误的道路上而不是那条通向生命、通向阳光的温暖道路？……

我们欣喜地看到，21世纪20年来，读者与诗歌之间的尴尬对立局面似乎正在缓和，一种悄然兴起并产生影响的新的诗歌范式促成读者与诗人握手言欢，读者重新从诗歌中找到阅读乐趣和精神冒险，诗人也在与读者的交流和互动中找到存在的价值感。这种新的诗歌范式，即是在口语诗与学院诗之间的一条中间道路上的诗。它有口语诗的亲切和亲近感，它"好读"，他又有学院诗的文化意味和思考力度，它"有味道"。在口语诗与学院诗之间悬挂一条高空钢丝，这类诗就如走钢丝的人，在这两者之间来来去去，维持一种平衡，也形成一种独特的张力。透过作品，我们可以看到诗人在口语表达与学院式思考之间的犹豫、纠结，一种彼此之间的拉锯战未曾停歇：口语的边界、舒适度与学院式思考的深浅、限度如何有效且无痕地融为一体。

这类中间道的诗，大致有三个特点：文本的自洽性——形式上的花样更迭正被持续推进的内向拓展所取代；叙事的纯净性——抒情正在退却，夸张和做作的抒情几乎消失，意象从驳杂浮躁过渡到纯净深刻，叙事也非廉价和过于散文化，阅读成为真正的交流；诗意的整体性呈现——不拘泥于字句，避免有句无篇和机械的诗节组合，追求诗的整体效应，一种艺术意义上的自然整体由诗人的内在对外在的完全支配而完成。

诗歌终究是一种对话和交流，它离不了读者，诗人心中还得有个读者，这样读者才会靠近诗歌。诗歌也是一个生命事件和文化事件，它具有一种天然的深刻思考和美妙发现，它又在某种程度上拒绝平庸和世俗。诗歌把我们带到离物质世界更近的地方去，文字的物质性把我们指向一个可以称为"精神的"方向（美国诗人杰恩·帕里尼）。这类中间道的诗的自洽性、纯净性和整体性正在弥合诗歌与读者之间的矛盾和分野。同时，我们也看到，许多伟大的诗歌之所以传读至今，盖因其有超越自身传统和知识谱系的能力，它的文本具有强大的超越时空的力量：面向所有读者，自洽，纯净，质感，疏放。

这类诗的代表诗人有胡弦、汤养宗、韩东、张二棍等一大批，这类诗正在形成一股诗歌风潮，被广大诗人和读者认同。

2021 年 9 月 10 日

对标鲁迅，评论之路崎岖漫长

一

　　我们的文学正处在一种转型的迷雾与迷茫之中。印刷时代向网络时代过渡，严肃文学的创作活力和读者如云的荣光日益暗淡，网络文学的创作活力虽强劲，但因被资本裹挟未免流于浅俗，严肃文学在两百年间累积的思想高度和情感力量正在被智能手机俘虏的读者所抛弃。我们隐约感觉到，印刷时代到达顶峰的严肃文学，在网络时代表现出了它的水土不服和落寂寡欢，无可奈何地开始了一段难以回望辉煌灯火的下坡路。信息铺天盖地，世界变得越来越透明，"想象力落后于花哨的极端现实（乔治·斯坦纳语）"，不说超越经典就是征服读者的严肃文学写作，也变得日趋艰难和难以为继。我们知道，该有一个新的转型和突围发生，该有一个新的文学生长出来（近来"文学变革""小说革命"的探讨声不绝于耳），但是打破可怕沉默的出路在哪里呢？热闹的网络文学是严肃文学变革的方向吗？好像也不是，那是什么呢？

　　在这样一个没有退路、前路浓雾弥漫的转型交替点上，我们内心多么希望，此刻有一位特立独行、与众不同的作家或者批评家站出来，"把艺术和文学从陈腐和衰败中拽出来，再把它们向前推进（查尔斯·布考斯基语）"，用他的创作实践为我们冲云破雾，用他的呐喊为我们阐释变革的可能、指明变革的方向。当然，这一任务最好由批评家承担，一是因为批评家最重要的功能和责任，是"关注于对同时代文学的判断"，他除了"必须追问同时代文学的贡献之外还必须追问耗损在哪里、出路在哪里"（乔治·斯坦纳语）；二是因为今天的批评家被诟病和揶揄得太久了，该有一次洗冤之机。

遗憾的是，这样的人物并没有如期而至。我们只有去求教于历史、求教于大师了，谁呢？伟大的鲁迅先生。百年之前的文学与文化境况，与今日有一定的类似性，新文学新文化与旧文学旧文化双重并置，"而且旧的一重已是现实的强势存在，新的一重还只是观念大于实践、理想大于现状的弱势存在（李林荣语）"，新文学创作实践屡弱，雷声大雨点小，文学批评虽然担当了新文学新文化的开路先锋责任，但也乱象横生、鱼龙混杂。在此之际，鲁迅先生蓦然出现，作为文学家，他的创作实践为新文学运动提供了鲜活样本；作为文学批评家，他的批评观念和批评精神为新文学、新批评的产生推波助澜。

在我们的严肃文学迷茫不见明晰出路的当前，重读鲁迅，重读他关于文学批评的见解，一方面我们能揽镜自照，见鉴自省；另一方面我们能从他那里获取批评的洞见、启示和勇气。

二

鲁迅先生关于文学批评的文字大多分散在各种杂文、书信和序言之中，数量不多，有时几篇小文章，有时三言两语，但满纸真知灼见，见解独到深邃，论述也是纵横捭阖，晓畅明白，笔下生辉，地道的"鲁氏风采"，读来畅快通透。这些散落的批评文字看似信手拈来，随性而作，也无大的理论野心，实则不然，这些凝聚着鲁迅先生批评思想的结晶，有着一套完整的结构体系和精神体系，对文学批评的主体、特点、标准和方法都有论及，虽不见长篇累牍的高头讲章，但体系暗藏，刀锋毕现。

有人说优秀的评论甚至比劣质的书籍还短命，但是鲁迅先生这些写于百年前的文字今天读来仍不过时，仍然闪耀着强大的生命力。为何如此神妙？盖因这些文字把握住了文艺批评的本质和特性；盖因这些文字在改造中国文学的策略和方法上完成了新文学批评的建构；盖因这些文字的风格力量或者美感使很少有永恒流传的批评得以流传。这正是我们今天的批评和批评家所迫切需要吸取的营养。

鲁迅将文学批评置于很高的位子，他认为批评是促成新文艺产生的重要力量，在《"文艺与批评"译者附记》中写道："必须有真切的批评，这才有真正的新文艺和新批评的产生的希望"，"这才能够使文艺同批评一同前进"。由此反观，在呼唤与新时代同呼吸共命运的新文学的今天，我们的批评是否做到了如鲁迅所说的"真切"？是否做到了带领文艺"一同前进"？曾几何，我们的批评很难抵制经济、社会和政治问题的强烈诱惑，陷入了人情和利益的藩篱之中；曾几何时，我们的批评无法参与到时代精神的主要活动，比如知识获取、科学探究、真理验证之中，连批评家都怀疑自己工作的有效性和经典性——我们的批评真正地陷入了美国著名批评家乔治·斯坦纳所说的"道德困境"和"知识困境"当中，这样的批评很难谈得上"真切"——道德真切和知识真切。也曾一度，我们的批评被作家忽视和瞧不起，因为我们的批评不再提供新观念和新方向，只是跟着作品后面奔跑，一味地阐释和吹捧，连对作品好坏的判断都不敢或者丧失了判断力，完全沦为作品的"附庸"，离鲁迅先生所说的"使文艺同批评一同前进"差得远，批评落后于创作了，又谈何带领文艺前进呢？我们现在急切要做的，是让批评"真切"起来，恢复那种新锐、活力、引领的批评了。

百年前，鲁迅先生对他所处时代新文艺发生的路径作了预判和概括，他说："革命时代总要有许多文艺家萎黄，有许多文艺家向新的山崩地塌般的大波冲进去，乃仍被吞没，或者受伤。被吞没的消灭了；受伤的生活着，开拓着自己的生活，唱着苦痛和愉悦之歌。待到这些逝去了，于是现出一个较新的新时代，产出更新的文艺来。"历史何曾相似，今天严肃文学在时代更替面前的遭遇以及求生求变的境况与鲁迅时代如出一辙，这样一个迷雾与迷茫时期，很多作品逃不出"萎黄"的命运，很多作家"向新的山崩地塌般的大波冲进去"，被"吞没"或"受伤"，待到这一痛苦期过去，"更新的文艺"便产生出来。由此看来，新文学的蝶变虽让我们苦痛，但总该充满希望和期待。

在这样一个非常时期，鲁迅先生对批评家寄予厚望，批评家不能不作为，不能袖手旁观，批评家"仍然有是非，有爱憎"，而且"他的是非就愈分明，爱憎也愈热烈"，"遇见所是和所爱的，他就拥抱，遇见所非和所憎的，他就反拨"，"唱着所是，颂着所爱，而不管所非和所憎；他得像热烈地主张着所是一样，热烈地攻击着所非，像热烈地拥抱着所爱一样，更热烈地拥抱着所憎"。鲁迅先生的主张异常明确，在新文学未发生而将发生之际，评论家更要有倾向性，有爱憎，是是非非，旗帜鲜明。

如此读来，我们似乎触摸到鲁迅的批评精神了：真切、有倾向、有爱憎、全面客观。

三

让我们惊叹的是，鲁迅先生对百年前文艺批评陋相的揭示和抨击仿佛是针对我们当下的。比如：

有的批评绝对化，求全责备，"首饰要'足赤'，人要'完人'，——有缺点，有时就全部都不要了"，抓住一点否定全书，否定整个作家。鲁迅先生认为这样要不得，这样"许多作品被否定，许多作家将搁笔"，主张批评要全面客观。

有的批评以偏概全，寻章摘句地"吹嘘或附会"，结果读者被误导，"还也被他弄得迷离惝恍"，主张评论要"顾及全篇，并且顾及作者全人"。

有的批评"常流于标准太狭窄，看法太肤浅"。鲁迅先生反对用一个狭窄的圈子去套作品，"合就好，不合就坏"，这样有碍于文学的发展。有的批评"是恶意的批评"，鲁迅先生称这类批评家为"不平家"，"作品才到面前，便恨恨地磨墨，立刻写出很高明的结论道，'唉，幼稚得很。中国要天才！'"，"恶意的批评家在嫩苗上驰马……遭殃的是嫩苗"。鲁迅先生认为这样的批评是戕害作者，很害人，可以置之不理。

对于那些把正当的批评歪曲为"捧和骂"的论调，鲁迅先生尖锐驳斥，他说："其实所谓捧与骂者，不过是将称赞与攻击，换了两个不好看的字眼。指英雄为英雄，说娼妇是娼妇，表面上虽像捧与骂，实则说得刚刚合式，不能责备批评家的。"鲁迅先生精辟指出，"批评家的错处，是在乱骂与乱捧。"

对于有人批评批评家圈子意识浓烈，"用一个一定的圈子向作品上套"。鲁迅先生认为没有圈子的批评家是不存在的，指出："我们不能责备他有圈子，我们只能批评他这圈子对不对。"提出了批评的标准：美的圈、真实的圈、前进的圈。

如此的批评陋相，我们至今决绝了吗？好像没有，好像有的还很盛行，如此看来，对标鲁迅，我们的评论之路崎岖漫长。

四

作为一个文学批评者，置身于这个文学转型时代，面对严肃文学这一段低迷的迷茫期、试错期、探索期的现实，我自然无法视而不见，也无法退避躲藏，在每日的阅读和思考中写下长短文字，无奈人微言轻，湮没于喧嚣鼎沸的批评声音中。尽管如此，我还是愿意对正在孕育中的新文学报以探索的热情和大胆的预见。

21世纪过去整整20年，严肃文学的变革和出路仍在发生和寻找之中。读者的阅读习惯已转向电子阅读，严肃文学中的小说如何走进手机、如何像20世纪八九十年代那样最大范围地捕获读者并走进他们内心？新信息、新经验、新现实层出不穷、铺天盖地而来，小说家该如何处理它们、如何在信息的海洋中走出一条艺术征服力的道路出来？城市化进程加快，人所生存的时间观、空间观和价值观深刻变化，小说写作是否找到了与之对应的有效的新的方法、新的结构以及新的原创故事？

这些都是问题，悬而未决。但让人值得期待和相信的是，新的小说艺术势必在不适感和阵痛期后会破茧而出。认识世界、认识人并对人的内心世界永不疲惫地开掘——传统经典小说告诉我们，这是小说永恒的魂魄和存在价值，是小说的恒数；寻找新的故事模式、新信息、新经验、新现实并自然融入小说，是新时代对小说家的表达要求，是小说的变数。或许，找到这种恒数和变数的最佳结合点，新的小说艺术将出现。

小说未来的叙事走向如何？麦克尤恩说：对于未来的叙事走向，我想主要有两个方向，一种是现实主义，我们要想办法描绘我们所处的世界，以一种比较严格的重现现实的方式去描绘现实；另一种则是把现实以一种梦幻或魔幻的手法写出来，以此呈现我们创作的现实环境。

托卡尔丘克从未丧失对文学的信念，她说："文学是极少数可能让我们贴近世界确凿事实的领域之一"，"文学建立在自我之外对他者的温柔之上"。她在思考：我们该如何写作？她试图找到一些可能的方法来讲述全新的世界故事，比如："如今是否有可能找到一个新型故事的基础"；"有没有一个故事可以超越一个人沉默寡言的自我监狱"；"我也梦想着有一种新的叙述者——一个'第四人称'的叙述者"，等等。很显然，托卡尔丘克的思考是基于未来写作的方向和方法的。而这也正是我们需要的。

我们发现，这个时代里既有口碑又有读者缘的作品，是那种走在严肃小说和通俗小说的中间道路上的作品，它们既有通俗小说那种无法拒绝的阅读吸引力，又有严肃小说在人性勘探上的深度广度，比如美国的蒂芬·金、日本的东野圭吾以及中国的余华等，他们畅销的长篇小说走的大致是这条路子。时间已经告诉我们，纯粹的严肃小说有口碑无读者缘，纯粹的通俗小说有读者缘无口碑，而这两者之间的"中间道路"，正是在口碑和读者缘上的双丰收。这种写作路数会成为今后小说变革的方向吗？当然，问题的关键在于如何寻找和处理这种"中间道路"，如何写出真正的好小说。

这会是新文学的未来之路吗？

2021 年 11 月

简约美学：长篇小说的另一种力量

一、被消耗殆尽的繁复小说

长篇小说是文学江海中的一艘巨轮，它满载人类的故事、经验、思想和梦想，破风犁浪，驶往精神之港。长篇小说以繁复著称，篇幅长，容量大，情节复杂，人物众多，结构宏伟，被誉为"史诗""巨制"，诸如《红楼梦》《战争与和平》《苔丝》《喧哗与骚动》《百年孤独》等鸿篇巨制，为"长篇小说"四个字涂抹上了一层耀眼的金色光芒。

不过，世界总处于无尽的变化和调整中。长篇小说的繁复之美所创造的辉煌仿佛只属于18、19世纪以及20世纪上半叶，而在今天，那种繁复的鸿篇巨制似乎遭遇到了一些尴尬和无奈——它们不再如昨天那般受到读者热烈追捧和评论家盛赞。

英国著名评论家詹姆斯·伍德专门为此创造了一个词语——"歇斯底里现实主义"，来概括这类故事复杂庞大、情节离奇散乱，但同时题材严肃、试图反映当代社会、描绘人类现状的小说。伍德批评这种"大部头、野心勃勃"的小说过于注重概念，缺乏有血有肉的人物，伍德进而说："这不是魔幻现实主义，这是歇斯底里现实主义……现实主义的传统在这里并没有被抛弃掉，反倒是被过度使用、消耗殆尽。"在伍德眼里，乔纳森·弗兰岑的《纠正》、托马斯·品钦的《万有引力之虹》、萨曼·拉什迪的《脚下的土地》等均属于这类不受欢迎的小说。

"歇斯底里现实主义"是个不错的词，它生动形象且直抵本质，一方面它暗示了现实主义经典长篇小说曾经的辉煌，另一方面它指出了当下那种繁复的大部头的长篇小说正在将现实主义的魅力消耗殆尽。伍德一针见血地指出，"那类文体逐渐硬化"的"雄心勃勃的大小说"，陷入了创作误区，既是写法上的误区——总追求表面庞大和复杂的故事，但故事又缺乏足够推动力和逻辑性；也是观念上的误区——总期望描摹半个世纪或一个世纪的人类现状，但这一野心因缺乏现实根基和有效视角而夭折。

事实也是如此，20 世纪 90 年代至今，在我们的小说世界里，那些繁复庞大且乏味的长篇小说越来越不受人待见，读者不再有兴趣去翻开它们，即使有些以艺术成就的名义进入文学史册，但依然鲜有人问津。难道曾经引以为荣的"庞然大物"的小说过时了吗？

以口无遮拦著称的德国汉学家顾彬先生明确表示："长篇小说的时代过去了，应该回到中短篇小说"，"集中于一个人的灵魂"。他的理由是，长篇小说是一种对整体的渴望，而现代性之一，是全体的丢失，中心的损失。提出"歇斯底里现实主义"的伍德，奉劝那些作者不要再野心勃勃地试图向读者展示"世界是如何运转的"，他们应该把精力放在描述"一个人对一件事的感受"上。

无论两位评论家的话是否夸张和准确，但他们对当下理想长篇小说的建议异曲同工："集中于一个人的灵魂"，描述"一个人对一件事的感受"。这里的三个" "某种程度上道出了读者对长篇小说的一种新的美学期待：简约之美。

著名小说家莫言先生说："长度、密度和难度，是长篇小说的标志，也是这伟大文体的尊严。"此话不假，道出了一批有着长篇小说情结并受托尔斯泰、陀思妥耶夫斯基、普鲁斯特、曹雪芹等大师影响的小说家们的心声，他们崇拜"长度、密度和难度"，也兢兢业业地实践着，以至于我们时不时便与一部部野心勃勃的大部头相遇。长篇小说的繁复之美大致盖因其长度、密度、难度，还有人加上高度等四个要素形成，在很多人眼里，只有拥有了这四要素，长篇小说才拥有了与这个复杂世界平等对话的可能，才拥有了表达一个作家对时代和现实的使命感和责任感的能力。这些实践和想法均没有错，毕竟一大批经典的繁复的长篇巨著曾为我们认识世界、把握世界立下过汗马功劳，曾陪为我们度过信息单调的漫长时代和寂寞难耐的漫长黑夜留下过美好的记忆。在追求繁复之美的长篇小说世界里，我们有意无意地忽略了那类拥有简约之美的长篇小说，其实它们早就存在着，只是我们没有过分去强调它们的简约之美，比如太宰治的《再见》、塞林格的《麦田里的守望者》等，到了今天，在繁复的长篇小说被过度消耗之后，简约的长篇小说成为新的需求。

二、两部堪称简约典范的长篇

余华的《活着》1992年问世，至今已过去26年，还在不

断地被阅读和重读。《活着》与很多短命的小说不同，它一直
"活着"，活在读者心中。《活着》已然成了当代文学的经典。
许多年过去，我仍然记得当初读《活着》时的感受——怎么说
呢——套用卡夫卡的那句名言，它如"一把冰镐，砍碎了我内
心的冰海"，它"像用拳头敲打我的头盖骨"，它触动了我，让
我内心陷入柔软与坚硬、眼泪与欢笑、跌宕与平静组成的冰海
混合物之中。很显然，这种强烈的阅读感受来自小说的丰富和
模糊而非历史的明晰和真实。此后这种感觉深藏于我的阅读记
忆之中，它时不时会复活，促使我再次翻开这部小说。每一次
翻开，它都以难以抗拒的吸引力吸引我读到最后一页。

　　《活着》在我阅读记忆中刻下了深深一刀，而近期读过的
另一部长篇小说《出家》在我阅读记忆中画上了深深一笔。虽
然"一刀""一笔"意味着深浅不一的两种触动，但两部小说拥
有的直抵人心的简洁力量让人无法平静。《出家》一问世便受到
广泛关注，评论界予以充分肯定，获得了路遥文学奖冠军作品、
首届京东文学奖年度新锐作品奖，单行本由中信出版社出版，
发行量也不错，重印多次。《出家》的作者张忌，浙江人，1979
年出生，《出家》为其长篇小说处女作。

　　《活着》和《出家》都是精练的小长篇——12万字。《活
着》和《出家》均首刊于《收获》杂志，《活着》刊载于1992
年第6期，《出家》刊载于2016年《收获》长篇专号春夏卷，
中间相隔26年。

　　《出家》被誉为"当代版《活着》"。《活着》讲述徐福贵
在时代和社会变革中所经历的世事沧桑和人生苦难，"三反五
反""大跃进""文化大革命"……过去近半个世纪的灾难与福

贵一家如影随形，到了最后所有亲人都先后离福贵而去，仅剩下年老的他和一头老牛相依为命。《出家》讲述进城务工青年方泉打着三份零工养活着妻子女儿，受人指引，他成了寺庙里的广净师父，过上了僧人与俗人交替的生活，慢慢地他喜欢上了寺庙生活，他觉得平静、充实，到他接受一座寺庙成为方丈，他得真的出家，反复挣扎后他放弃了妻子女儿，出家了，去实现扩大自己寺庙的野心。一方面，两部小说都是关于"活着"的探讨，《活着》讲述忍受苦难，让身体活着;《出家》讲述内心的挣扎，让精神活着。另一方面，《活着》讲述20世纪40年代至90年代中国人的现实，《出家》讲述20世纪90年代至今中国人的现实，从以坚韧之力求得肉体的活着，过渡到追求内心的自由让精神活着，两部小说不仅在时间上形成了一种接续，而且准确地描述和探讨了中国人的生存境遇和精神困难。这种奇妙的联系让我们不禁想问：小说后起之秀张忌是否在叙事风格、精神内质上向自己的前辈余华致敬?

那么，《活着》所制造的阅读奇迹和《出家》正在经历的低调"走红"，是什么力量安排了这两部问世时间相隔甚远的小说的相同命运?

我想是两种力量：一种是简洁叙事的吸引力;一种是故事背后的征服力或说服力。

与诸多不忍卒读的繁复小说不同，《活着》和《出家》拥有无可拒绝的阅读吸引力，我以为这吸引力很大程度上与两部小说简约的叙事风格有关，不繁复的故事，不复杂的人物关系，简洁的叙述，简单的结构，成就两部不简单的小说。《活着》以时代和社会变革的时间顺序来结构故事，将小人物置于波澜壮阔的时间背景中来叙述;《出家》以事件的线性发展顺序来结构故事,叙述方泉从有妻儿的俗家男人变为寺庙里的僧人的过程,两部小说所选择的简单的故事结构,其实是一种很大的叙事风险,如果处理不当,小说就会因单薄和呆板陷入平庸的境地,好在两部小说用自己的方式弥补了这种结构上的简单。《活着》在历史时间的叙述过程中,用福贵的"现场回忆"去打断历史叙述,造成了现实与历史交织的"复杂感"和人物的命运感,而《出家》则在线性情节中,加入大量的人物内心——俗世的疲惫与寺庙的平静——纠结、对比的叙述,让小说呈现出某种丰富性来。另外,两部小说简洁有力、准确生动的语言赋予了小说吸引力。

而简单故事背后的征服力或说服力,让两部小说变得简约而不简单,这"不简单"表现为小说无论它写的是过去的故事还是今天的故事,都是对生存境遇和精神困难的探讨,比如《活着》中福贵的故事包含了对我们意义重大的诸多关系,比如悲凉地死去与平静地活着、命运面前的无能为力与饱含泪水的忍受、生活中柔软的喜悦和坚硬的痛苦、苦难来临时的暴风骤雨和苦难离去后的安详平静等等,这些关系所滋生的力量让我们认识自己,认识过去、现在甚至未来;比如《出家》中方泉的选择让我们不断去思考:如何去寻找内心的自由、精神上的信仰?如何有尊严、高贵、自由地活着?并让我们反思,方泉的"出家",仅仅是一次短暂的逃离,还是一次漫长的修行?

用简约的叙事去探讨身体如何活着、精神如何活着等不简单的大问题,小说便会拥有惊人的力量,如小说家卡佛所说:"无论是在诗歌还是在小说里,用普通但准确的语言,去写普通的事物，并赋予这些普通的事物以广阔而惊人的力量，这是可以做到的。"余华的《活着》和张忌的《出家》做到了。

三、应时而生的简约美学

从并不遥远的经典《活着》和当下颇受欢迎的《出家》中，我们大致能感受到长篇小说的另一种美学特征：简约美学。简单的人物关系，简单的结构，简洁的叙述，并不繁复的故事以及精短的篇幅，构成一部不简单的小说。

在叙事艺术上，这类小说一般不耍花招，不玩先锋，与那些繁复小说比起来显得很"老实"而单一，它们大多采用线性叙述的方式来结构故事，比如有的以时间流逝、时代更替来推动叙事，像《活着》；有的以事件发展顺序为线索，像《出家》；有的以人物为线索，几个主要人物交替出现来推动故事，像美国小说家（香港移民第二代）伍绮诗的《无声告白》——也是一部令人称道的简约小说，讲述一个混血家庭成员如何摆脱别人的期待成为各自自己的故事。线性叙事如同从巨大的生活线团中抽取一根或两三根，由小说特有的叙事动力牵引其前行，织就一件简洁大方的可御精神之寒的衣物。线性叙事最大的特点是故事转折清晰明了，叙事时空虽时有变换，但不混乱、不跳跃，没有在叙事技巧上为读者设置阅读障碍。

在故事内容上，拥有简约美学的长篇小说侧重回归个体，集中于一个人或两个人的精神世界，探讨一件事或两件事与人物的关系，如把玩魔方一般，围绕一两个人和一两件事，把它们写透彻写深刻，放弃那种机械而生硬地对整个世界、一个时代的描述野心成为这类小说的另一大特色。相反，通过一两个人物的成功塑造，往往折射出一个世界、一个时代的总体特质。《活着》以福贵为中心，讲述活着的坚韧；《出家》以方泉为中心，讲述物质世界与精神世界的纠缠与冲突。这类小说像现代医学专科门诊一般，专注于某种病症的分析与治疗，也像日益细分化的学术领域一样，小说变成了对一个个话题和问题的解剖与阐释。

力量是简约美学的基本特质。简而不凡、简约不简单——这两句广告语一般的句子彰显出简约长篇小说的力量之美。简约易简单，易凡庸，比如一部小说，故事结构和人物关系均简单，如果在细节和叙述节奏上把握不好，那么这部小说就容易陷入单薄和生硬的陷阱中，成为失败之作。按时代更替来结构故事的《活着》和按事件自然推进顺序来结构故事的《出家》，均是冒险的故事结构，终究是饱满的细节和恰当的节奏让小说呈现出丰富来，越是简单的故事和人物，越是难度大的写作，这种难度一旦克服，小说的力量便表现出来。

正是因为简约容易简单，容易凡庸，所以由简约抵达丰富而富有力量便显得困难重重，以《活着》和《出家》来看，这力量大致来自三个方面：一是有一个强大的内核——故事的精神内核和叙述动力。《活着》的内核是"活"，时代更替，苦难的波浪一波一波袭来，一个一个人死去，只有福贵活下来了。"活"既是小说的精神力量，又是小说的叙述动力。《出家》的内核是"信"，方泉在俗世生活与灵魂信仰的选择之间的挣扎，对"空和无"的"相信"占了上风。俗世的"有"和僧人的"无"，构成了小说叙述之间巨大的张力，推动小说前行。可以说，每一部好小说、经典小说都有一个无比强劲的、生命力旺盛的精神种子和故事内核，这颗种子和内核构成了小说的强劲的故事动力，是小说力量的源泉。二是丰富的细节和完美的叙述节奏。这一点似乎多余，实则不然，对于简约风格的长篇小说，在没有太多枝蔓和"赘肉"的情形下，那种富有冲击力的细节和完美的节奏是展示小说力量的重要武器。只有十二万字的《活着》和《出家》每一章节里边都有可圈可点的细节，加上快慢得当、丰俭适宜的叙述，完全弥补了小说可能因简约而出现的简单和单薄。三是准确、简洁、有力的语言。美国小说家卡佛在回答"是什么创造出一篇小说中的张力"时说："在一定程度上，得益于具体的语句连接在一起的方式，这组成了小说里可见的部分。但同样重要的是那些被省略的部分，被暗示的部分，那些事物平静光滑的表面下的风景。"准确、简洁之外，语言的力量来自小说家的用语习惯和独特见识，即小说家独有的语言气息。《活着》的语言素朴，《出家》的语言雅致，它们的共同特点是贴合主人公的身份，福贵是农民，语言素朴，不能太文气；方泉是僧人，语言雅致，致简而空，作者的叙述变成了小说人物的自我言说。两部小说的语言均如丝绸般流畅、溪水般清澈，用一个词语终结一个事物的野心从未失去，两位小说家让小说语言从始至终都洋溢着简约之美。

我们似乎可以为这类简约之风的长篇小说下一个大致的定义了：是指那些聚焦于少数人物，用简约的艺术手法制造有力量的阅读吸引力，去表达重要的主题和人面临的重要精神问题的长篇小说。这类小说与美国 20 世纪七八十年代流行的以卡佛为代表的"极简主义"小说，有一个重要的不同点在于，"极简主义"小说是有意识地省略和隐藏部分内容，制造谜语一样的阅读效果，是海明威"冰山理论"的发展，而今天谈论的这类简约之风的长篇小说，它并没有省略和隐藏，它只是去繁就简，如锐利的针尖和刀锋，以简抵达丰富和深刻，就表达得深广度和对读者的说服力来讲，简约之风的长篇小说超过"极简主义"小说。

我们不敢说简约之风的长篇小说会是互联智能时代长篇写作的一个方向，但可以肯定的是这类小说的影响力和受欢迎程度会越来越大。简约之风的长篇小说是应时而生之物，是对冗长繁复的长篇小说的某种"纠偏"，是对这个时代"注意力分散"的读者的重新征服。今天的世界太过庞大太过复杂，每个人都是信息源和传播源，信息无限丰富之后，一个作家凭一己之力已经难以把握整个世界、整个时代，即使你企图去表达整个时代的生存境遇与精神难题，读者也不买账，因为每个人都是一个世界，他依然认为一个作家并没有囊括他的世界，小说因此也由宏大叙事、整体叙事进入小众叙事和个体叙事时代，那种"百科全书式"和"民族秘史"的长篇小说或许仅仅属于过去那个相对单纯和闭塞的时代了。

简约之风的长篇小说以"集中于一个人的灵魂""描述一个人对一件事的感受上"为武器对这个世界和这个时代进行着有效的表达，像余华所说的，从狭窄开始往往写出宽广，从宽广开始反而写出狭窄。或许，这是简约之风的长篇小说的真正魅力。

2018 年 9 月 10 日

没有来路的写作终究有些飘忽

有一次听书法家聊天，一位说，配得上"艺术"二字的书法，须满足两个条件，一是笔笔有来路；二是整体有去向。细细琢磨这两句武断之言，颇为在理。篆、隶、楷、行、草，颜（颜真卿）、柳（柳公权）、王（王羲之）、米（米芾）、黄（黄庭坚），想在书艺上有所作为，绕得过这些大师经典吗？经典意味着法度、难度与审美的高度统一和至高境地。你说我偏要绕开经典自创一套，当然可以，你若是五百年一遇的天才，你的自创就是开创，否则没有来路的自创，除了显示你浮躁的肤浅和自负以外，还有来自经典之镜映照出的局促和乏味。所以，每一笔都须有出处，都要有来路，如此数九寒冬之后，在来路中开辟自己的去路和气象，方可成事儿。

写作何尝不是如此？虽不如书法"笔笔有来路"那般夸张，写作也当有其来路。

写作的来路，纵向说叫文脉。

我们所操持的诗歌、小说、散文诞生几百上千年来，其来有自地形成了一条文体演变、发展的脉络，这条文脉构成了我们写作的来路之一，它不仅提供了作为榜样的经典作品，重要的是，它还提供了种种写作观念的转变细节。

比如中国古典小说，大致经历着神话传说、六朝志怪书、唐传奇、宋话本、元戏曲、明神魔与人情小说、清谴责与人情小说等这样一条演变脉络，这条脉络如一条藤蔓一样，漫长、弯曲，上面结着一串闪着光亮的艺术硕果:《山海经》《世说新语》《三国演义》《水浒传》《西游记》《金瓶梅》《儒林外史》《红楼梦》等。从《三国演义》《水浒传》《西游记》到《金瓶梅》，中国古典小说完成了一次划时代的转变：主题由家国、江湖、英雄转变为人情世故、家长里短；内容由讲历史或神话变成写现实；写作方式由讲故事变成写人物；作者由集体创作转变为个人独创。

一句话，以读者为中心的小说过渡到以读者和作者二者为中心的小说，"英雄与神让位于世俗"（易中天语），小说的艺术性价值才真正确立。再从《金瓶梅》到《儒林外史》《红楼梦》，顺理成章地完成了从开小说艺术之先河到小说巅峰之作诞生的理论储备和实践储备。作为一个远离古典的现代写作者，深谙这条文脉背后写作观的变迁和作品之间的进化逻辑，对自己的写作将会留下重要的写作资源：为谁写作？为读者还是为作者？这里有过答案；写故事还是写人物？这里有过答案；超验幻想与现实想象的边界在哪里？这里有过答案……

再比如20世纪西方现代小说，可以用"灿若星河"一词来描述——流派众多如星河，名家名作灿烂如霞光。以第二次世界大战为界，现代小说的流派从前期的象征主义、表现主义、意识流到后期的存在主义、荒诞派、新小说、黑色幽默、魔幻现实主义、垮掉的一代等一路走来，与之携手而来的是一批名震世界的名家名作：莫里斯·梅特林克《青鸟》、弗兰兹·卡夫卡《城堡》《变形记》、马塞尔·普鲁斯特《追忆逝水年华》、福克纳《喧哗与骚动》、阿尔贝·加缪《局外人》《鼠疫》、贝克特《等待戈多》、罗伯·格里耶《嫉妒》、约瑟夫·海勒《第二十二条军规》、托马斯·品钦《万有引力之虹》、马尔克斯《百年孤独》、凯鲁亚克《在路上》，等等。

这条略显粗糙的文脉背后，贯穿着一个新的小说观念：小说只是小说家的想象和虚构，不再是对生活、现实和历史某种本质的反映。这种观念透射出小说家对这个世界重新认知和重新表达的欲望。小说家们发现，自我与世界之间不再是一个整体，有了分裂，有了沟壑，个体是异化的、孤独的、漂泊的，被世界放逐的，小说于是"成了个人精神的漫游与形式的历险"（吴晓东语）。因为回到异常复杂而变化多端的个人与自我世界，小说形式因此变得异常丰富，也导致了写作流派的众多与丰富。此外，因为这些小说回应了 20 世纪人类的困扰与绝望、焦虑与梦想，它们也成了 20 世纪现代小说的经典。与中国古典小说不同，现代小说完全变成了以作者为中心的小说，现代小说的晦涩和对读者的冷漠，导致了对现代小说的阅读不再是消遣和享受，而是某种严肃的痛苦的仪式。但不可否认，现代小说对自我认识和时代剖析达到了前所未有的深度。

我们列举两例，一则中国古典小说的纵向来路，一则西方现代小说的纵向来路，其实这两条路最终对接在了一起——由读者小说到读者、作者小说再到作者小说，构成一条小说发展线——另外还有一个有趣的现象，我们很多 20 世纪 60 年代以后出生的中国作家，最初的写作大多从西方现代小说入手，阅读、模仿、创造，开创了 20 世纪八九十年代的文学辉煌，后来这批作家意识到，过于个人化和拒绝读者的先锋写作难以为继，于是开始反思，开始倡导回归古典，向古典学习，古典当然是回不去的——章回体的形式和对读者的迎合都已经落伍过时——于是在古典与现代之间寻找一条中间道路，小说的魂魄是现代的，但对故事和人物的重视以及方法是古典的，这种努力一直延续到了今天的写作。

这是典型的从来路中寻找出路。

写作的来路，横向说叫启示。

小说家、诗人韩东说过一句斩钉截铁的话："没读过小说的人真的不能写小说。没读过好小说的人也写不出好小说。"如果你有意从事小说写作，如此强调小说阅读一点儿都不为过。阅读，而且是经典阅读，会在你的手中和心中铺就一条宽阔、结实的写作来路，这条来路可以有文脉的纵深感，但更多的是横向铺展，带有随意性和机遇性，古的今的、中的外的、传统的现代的作品落到手中，说不定在哪一个深夜击中你——即所谓的启示，在一瞬间发生，就催生了你自己的佳作。

这样的事儿已经成为写作的传奇了。

比如，卡夫卡的《变形记》，当之无愧的伟大的现代小说，完成于 1921 年。评论家们已得出结论，"卡夫卡从陀思妥耶夫斯基的《地下室手记》中得到启示，把人描绘成受折磨的害虫"（乔治·斯坦纳语）。读读面世于 1864 年的《地下室手记》，我们会发现，在开篇第 2 小节，主人公"我"便大吐苦水："诸位，现在我要告诉你们（不管你们是否愿意听），为什么我甚至不会变成一只臭虫。我要郑重其事地告诉你们，有许多次我曾经想变成一只臭虫。但是连这也办不到。"但是到了卡夫卡的《变形记》中，主人公格里高尔的"发现自己躺在床上变成了一只巨大的甲虫"，由变成臭虫而不得到变成了一只甲虫，这是文学上的一次巨大的启示，美国著名评论家乔治·斯坦纳称之为"卡夫卡悲剧性灵光的乍现"。时间到了1947年，21岁的马尔克斯读到了《变形记》，他大声惊叹："天呀，小说还可以这样写。"他在心里想："我姥姥不也这么讲故事的吗？"写出了《百年孤独》之后的马尔克斯多次谈到卡夫卡的《变形记》对自己的直接影响，这影响有两方面，一方面是"那时候让自己对小说发生了兴趣"；另一方面是"立志阅读人类有史以来所有重要的长篇小说"。是否可以这么说，没有卡夫卡便没有马尔克斯，没有《变形记》便没有《百年孤独》。

于是，我们看到了一种有趣而耐人寻味的启示：1921年的《变形记》，向上受到1864年《地下室手记》的启示，向下启示了1967年的《百年孤独》。这一过程堪称从小说到小说的伟大的来路和启示。

此外，类似的经典启示还有加缪的《局外人》。加缪公开声称："没有《邮差总按两遍铃》，就不会有我的《局外人》。"《邮差总按两次铃》是美国作家詹姆斯·M.凯恩的经典小说，《局外人》的叙事方法（将现在时、过去时和将来时混杂在一起）和故事人物（取材于一桩杀人案件、荒诞幽默的庭审）的灵感均来自《邮差总按两次铃》，但是《局外人》超越了《邮差总按两次铃》，成为20世纪西方文坛具有划时代意义的小说之一，"局外人"也由此成为整个西方文学、哲学中最经典的人物形象和最重要的关键词之一。

　　这是一种显性的启示，还有一种隐性的启示，作品与作品之间看不到"形"似，而是"神"似，小说的内在精神和气质是相袭传承的，比如在巴别尔、海明威和卡佛之间，我们看到了一种贯穿三位作家的"简约"风格，比如沈从文与汪曾祺之间，纯粹、灵动的人性之美是相通的，等等。

　　由此看来，写作的来路无非纵向文脉提供的观点和横向作品提供的启示。所谓来路，是在写作之已有艺术的砖墙上再垒上一块或一层砖，如果不要来路，就得从平地第一块砖垒起，如果没有足够的神力和实力，要么垒到一半高便倒塌了，难以企及已有的艺术高墙，要么费尽十倍之力，所抵达的高度终究与已有的艺术高墙持平。

　　我想说的是，21世纪已过去20年，回顾这20年，我们的文学似乎正在与19、20世纪文学的黄金时代告别，似乎不再愿意从伟大的经典中寻找写作的来路和获得强大的启示，而变成没有来路的写作。诸多例证已经显示，在手机智能时代，我们引以为豪的纯文学陷入了迷茫和徘徊之中：不再有真正的文学流派诞生与纷争；非虚构和科幻小说吸引所有人的目光，写作重回以读者为中心的时代，甚至有些势利的迎合；献身伟大小说和伟大文学的激情正在退却；对写作技巧的追求和对人内心的剖析正在让位于对社会事件的热衷描述；曾经靠读者口碑相传的推销变成了作家自我推销；年轻的写作者要么在类型小说的市场中挣扎，要么已经丧失了对经典的崇拜和洞察……

　　我们文学的迷茫和徘徊，难道是在放弃19、20世纪的经典标准而开辟新的标准吗？也许。问题是平地起高楼，没有地下坚固的地基，如何能成呢？

　　哲学家维特根斯坦说："伟大导师的作品是环绕我们升起而又落下的太阳。"写作的来路，就如同树苗接受太阳照耀并生长成参天大树的过程，没有来路的写作终究有些飘忽。

2020 年 7 月

没有批评，写作也会陷入沉默

我做文学编辑，常与作者谈稿件，面对面隔桌而坐，桌上摆着稿件或者电脑屏幕上显示着稿件。我对作者说稿件有点毛病。作者说什么毛病请老师明示。我随手扯过一张白纸，龙飞凤舞地写上几条。作者诚恳地接过纸单，频频点头说我按这个去改后再请老师指正。这诚恳是表面上的，不知内心里怎么想，因为多数写作者是骄傲的。

这一幕似曾相识。没错，医院里穿白大褂的医生与病人就是这副做派：说病，开龙飞凤舞的处方，拿药吃。有时候我也产生幻觉，莫非文学编辑是没穿白大褂的医生，看的是文学的病？

文学编辑做久了，染上了对作品指手画脚的毛病，从未发表的稿件说到已面世的作品以及名家作品，一路真刀实枪地批评下来，我便有了所谓的"野路子批评家"和"新锐批评家"的称呼。我很喜欢这两个称呼，一个"野"，一个"新"，正好透露了咱们与正路子的伪学术批评和旧派老派的"八股"批评拉开了距离，"野"乃野性有力量，"新"乃锐气敢亮剑。

但是，这里边又有了新的矛盾和失望。对一部未曾刊发的作品，提出批评和修改意见后会有回应，促成作品修改，批评似乎是有效的；但对一部已出版的作品或名家新作，"剜烂苹果"的批评文字写出后，难以得到回应，作家不会因为批评的在理，而去反思自己的写作，去修改作品，终究作品是作品，批评是批评，是两张不相干的皮——如果说作家有回应，要么是对批评家冷嘲热讽，要么是以热情的笑脸回应那些吹捧、表扬自己的评论，无论吹捧得多么肉麻和离谱都照单全收。"剜烂苹果"的批评除了对同时代的文学做出好坏判断、价值判断和表达某种文学态度之外，能在多大程度上对作家的写作和读者的阅读选择产生影响，我并不乐观。

鲁迅先生认为文艺批评有"剪除恶草"和"浇灌佳花"的功效，他说的文艺批评就是指他"发明"的那种"剜烂苹果"式的批评而非其他，但就我们今天的批评境况来看，批评的功效大打折扣，是恶草难除、佳花难灌啊。因为今天的批评家面临无法逃脱的双重困境，照美国批评家乔治·斯坦纳的说法，一是道德困境。批评边缘化、圈子化、利益化，难以抵制经济、社会、政治的诱惑，不再纯正和得到信任，信任感的丧失是批评最大的道德困境，读者不信任，作者不信任，批评变成可有可无的煞有其事和一本正经，当批评成为文学和作家的附庸，召之即来，挥之即去，那批评真正沦落为边缘的工具，因此，对纯文学的批评也成为相当边缘的追求。二是知识困境。与那些恒久流传的作品相比，有什么批评会永远有效和流传千古？如果批评家够诚实，他的答案是没有，而且他会明白，批评一部命运未卜的新作，批评多数是无效的，也没有一个批评家敢说，某部作品成名并流传是自己的批评的功劳，这样的批评家要么是无知，要么是自大狂，真正的批评家永远是时间，时间的风浪淘洗无数作品，能有几部笑傲到最后？由此来说，批评能在多大程度上参与一个时代的精神构建——比如提供知识、触摸真理、塑造心灵等——仍值得怀疑。

当然，尽管困境包围着批评家，并不意味着批评家坐以待毙。突出重围，堡垒从内部攻破——用批评拯救批评，我选择了鲁迅先生倡导的"剜烂苹果"式的批评来拯救我们失去道德优势和知识优势的批评。批评仍然有着谦卑但重要的作用，尽管与星辰一样耀眼的作家相比，能名垂千古的批评家凤毛麟角，或许批评家的重要价值并非名留青史，而在其当下价值——对同时代文学的判断。每一个时代的文学都有自己面临的问题：哪部书值得读，哪部书值得重读？在美学和艺术上是否有了新的动向和成果？多大程度上准确地描述和探讨了当下人的生存境遇和精神困难？它在文学长河中的位置在哪里？等等。从本源上来说，批评的目的是建立并维护一种健康的文学秩序，无论批评是面对喜欢与不喜欢、好与坏，抑或艺术价值高低，都是在为一种健康的文学秩序而努力。有时候批评是另一种人生哲学，它是批评者的生活感悟、生命体验与作家作品敏感地碰撞之后，所生发出来的不仅仅是一种关于文学作品的判断，更是一种关于人、关于世界的认识的表达。

没有批评，写作也会陷入沉默。

无论批评困境是否如山一样压在批评家身上，让人喘不过气来，但一些大胆率真不失真知灼见、甚至具有艺术攻击性的"剜烂苹果"式的批评文字，还是不合时宜地出现在了今天的文坛上，这得力于有开放意识和担当意识的批评平台：《文学报·新批评》《文学自由谈》《文艺报》等。"剜烂苹果"式的批评，是对文学批评生态的一种平衡。文学需要热情洋溢的赞扬，也需要言之在理的批评，有一段时间，赞扬多于批评，批评生态不是太好，强调批评，是对文学批评生态的一种修复。倡导"剜烂苹果"式的批评，是对真诚锐利批评之风的一种倡导，意在营造文学批评讲真话、讲道理的氛围，提升文学批评的针对性、战斗性和原则性。

当"剜烂苹果"式批评潮水似的在文学沙滩上涌动时，它招致了有些作家和评论家的不满和攻击。称这种批评"越过文学批评的底线，纯意识形态的思维，'文革'式的刻薄语言"，是"泼粪式词语"，并说"那就是预设立场，其立意不是文学评论，就是想要把著名作家拉下马"，"批评对象全是一线作家如莫言、贾平凹、迟子建等"，"这些批评是破坏性的"。

我是那场争论的被参与者之一，我写过批评迟子建、贾平凹的文章，被点名批评。我当时也写过一文来回复争论，在今天看来，我当时的想法无形中成了对"剜烂苹果"式批评的某种捍卫。大致观点是：一、我的批评文章只针对作品，不针对作家，只作文本分析，在分析的基础上做出判断。因为我知道，在批评中涉及作品之外的作家的生活、轶事、习惯等内容，便会招来是非，甚至会惹来"人身攻击"的猜忌，为了避免这些，我只谈小说，不言其他。我忠实于自己在阅读一部小说时的感觉，并真诚地把它们表达出来。我自信于自己的阅读感觉。二、那些批评文章不是报纸策划、组织的，更谈不上什么"预设立场"，什么"就是想要把著名作家拉下马"。事实很简单：我读了这些小说，觉得写得不怎么样，我就写下了我的真实感觉，刚好报纸有这样一块难能可贵的允许批评的阵地，我就发过去，编辑觉得不错，便发了出来。三、这类批评文字不是为了吸引眼球而作，真要吸引眼球也不靠这个。文坛上早已有靠裸奔、乞讨、求包养等行为来吸引眼球的"大事"了，谁还靠辛辛苦苦写点批评文章来吸引眼球？现在有一股怪调，一见到批评，一见到批评所谓的名家，就说是批评者是想出名，就说批评者是"博眼球的谩骂家"。我的理解是，出名这事儿，不是想要就能想得到的，是天意，是有注定的，想不来要不来的；至于是不是"谩骂家"，批评文章是证据，明眼人一看便知。我不理解的是，有些人只能听表扬、听吹捧，半句批评都听不得，一听便跳起来，为什么会这样？这一切是怎么造成的？四、如果"剜烂苹果"式批评有批评观的话，我想用"五要五不要"来表达：要批评质疑不要表扬吹捧；要明白晓畅不要晦涩空洞；要文采飞扬不要寡淡无味；要与作品交朋友不要与作家勾肩搭背；要刺激影响创作不要批评创作"两张皮"。我非常同意作家周晓枫对批评的看法，她说："针对作品，不看脸色和眼色，我觉得专业批评就是一叶障目、六亲不认。好的评论家，应该与写作者同道，或者背道而驰……真正称得上敌人或导师，可以同样赢得保持距离的尊重。他们拥有凛冽的独立性。"

多年过去，"剜烂苹果"式批评争论的火药味散尽之后，依然留给我们一个意味深长的伤痕，批评在新时代的命运似乎有了新的转机，批评成为常态，讲真话，讲道理，好的文风，批评正试图从道德和知识的困境中走出来。

有一天，我读到了法国著名画家爱德华·马奈的故事，有一件事深深触动了我。马奈的伟大天才没有被充分认识前，马奈的画作受到评论家的嘲讽、攻击。他的名作《草地上的午餐》在"落选者沙龙"上展出时，当时的评论家把一些极具嘲讽的攻击性的评论抛给了马奈和他的作品——比尔格说："我不想猜测为什么一个聪敏、杰出的画家会选择如此荒谬的构图。"佩罗盖说："马奈先生的作品，具有被全世界一直拒绝的品质。他所使用的严峻色调，像铜锯一样映入眼帘。"等等。面对嘲讽和批评，马奈备受折磨，陷入沮丧和痛苦之中，画作也因此减少。可是，若干年后，人们开始认识到马奈的伟大，他成为印象派的先驱，画家中的画家，而当时那些具有嘲讽和攻击性的评论话语，反讽似的成了马奈画作的伟大之处，批评家自己打了自己一个响亮的耳光。

马奈批评者遭遇的逆转命运和那记响亮耳光，以及他们那些攻击性十足的批评话语，让我甚为警醒：剜烂苹果时，我的那些直白、具有一定攻击性的艺术判断，是否也如比尔格和佩罗盖等人一样，深深地伤害了作家，误解了一部出色的作品。所以我需时时提醒自己，无论"野路子批评"还是"新锐批评"，在忠实于内心、忠实于艺术之美时，除了洞见之外，批评还应是善意、宽容、饱含爱意和诗意的。我对自己说，作为一个有修养的批评家，或许我该谨慎地使用嘲讽和攻击性的话语。

有这样几位批评家是我心中理想的批评家的样子：率性与才华集一身的金圣叹，他的批评打上了强烈的个人烙印；学识广博和视野开阔的钱锺书，他的批评既是嬉笑怒骂又是百科全书式的批评；真正有思想和见识的乔治·斯坦纳，他的批评既宏观又细腻，是用诗的语言在写批评的批评家……我想成为他们，但难以企及，所以心向往之，这就是所谓的理想，永远难以实现的那种东西。

鲁迅先生说："我又希望刻苦的批评家来做'剜烂苹果'的

工作，这正如'拾荒'一样，是很辛苦的，但也必要，而且大家有益的。"无论怎样，如果从三国时期曹丕的《典论·论文》算起，文学批评这门古老的事业已经存在将近 1800 年了，它还会继续下去。我们的批评也将继续下去。

2018 年 7 月 2 日

年轻的写作者正在远离经典的熏染和哺育吗？

　　说起小说写作的老师，有人提到出色的同行、聪明的读者、挑剔的编辑以及睿智的评论家。没错儿，当一个小说家回望，他会感慨和感激：在写作道路上艰难跋涉时，是道路两旁的这些人给予自己前行的力量和掌声——他们当然称得上自己的老师。此外，提到最多的写作老师，当属经典作品。作品是最无言最博学最慷慨的老师。不夸张地说，经典作品提供的技艺和能量哺育了一代又一代小说家。

　　这种普遍的师承关系，早已成为文坛佳话，像传奇一样流传着。

　　比如：马尔克斯28岁时，出版过一本小说，得了一个文学奖，"可是仍在巴黎漫无目的地飘荡着"。此时的他以福克纳和海明威为师，常做的事是拆解两人的作品，拆到不能再拆，直到了解作者个人的写作模式，再装回去。分解福克纳的作品，"感觉就像一堆剩下的弹簧和螺丝，根本不可能再组合成原来的样子"。对比之下，海明威作品，"零件就像货车的螺丝一样看得清清楚楚"，容易复原。所以马尔克斯说："福克纳启发了我的灵魂，海明威却是对我的写作技巧影响最大的人——不仅是他的著作，还有他对写作方法与技巧的惊人知识。"

再比如：对于马尔克斯，莫言明确表示：我读过他的书，是他的"弟子"。《百年孤独》对莫言的影响怎么夸大都不为过——很多中国作家都声称受过《百年孤独》的影响，但看不到影响的后果——而莫言不同，从小说观念到小说细节都有启发的影子，他早期的小说《球状闪电》《金发婴儿》甚至是直接模仿，后来的《丰乳肥臀》《酒国》也有马尔克斯的影子，直到《生死疲劳》《蛙》，莫言才成功地逃离了马尔克斯和《百年孤独》，成就了独一无二的莫言。回过头看，要是没有《百年孤独》，莫言会成为一个什么样的小说家呢？

翻开那些著名作家的传记，我们看到每个著名作家背后都站在一两位甚至更多的著名作家和他们的作品，诸如海明威背后站着伍德·安德森，卡佛背后站着约翰·加德纳，玛莎·吉斯背后站着卡佛，伍尔夫背后站着乔伊斯，等等。这条或隐或明的写作师承线索，几乎串起来整个 20 世纪伟大文学的成果，形成了一条无与伦比的文学生态链条。

以经典作品为师，当是一个小说家成长、成熟甚至开辟小说新疆界的有效路径。

但是事情总会有些变化。读过近年来文学期刊上刊发的一些小说后，我隐约感觉到，今天更年轻一拨的写作者——所谓的"90 后、00 后"——他们的写作似乎正在远离那些伟大经典作品的熏染和哺育，或者说他们的写作看不到与伟大作家作品的某种师承联系。

这里边或许包含两种情形，一是有意为之。今天年轻的写作者谁没在经典里浸泡过呢？有人是创意写作研究生毕业，有人说起崇敬的大师也是一个又一个。他们的写作仿佛在说：经典虽在我心中,但我为创造一个时代之作品而有意忘却和远离经典,我只做我自己。二是无意为之。我本就没读或者走马观花地读了,没像马尔克斯那样拆读经典,没从经典里获得写作经验和能量,只是顺着当下流行的热门的路子写着,写到哪儿算哪儿。

如是观察,第一种情形有,但这样的人凤毛麟角——做自己当然值得称道,但忘却经典这块垫脚石自己又能长多高呢——多为第二种情形,他们从经典中汲取的营养几乎为零,多数作品显示出写作者的"经典荒"。因为在这些小说的字里行间我们读不到站在前辈经典肩膀上的思考和写作,从小说观念、结构形式到叙述语言,均看不到经典作品的影子和经典作品带来的写作焦虑感,当然更看不到企图对经典的超越。相反,在经典作品中早已解决的写作难题,在我们眼下的作品中依然成为束手无策的难题;在经典作品中早已规避的写作陷阱,在我们眼下的作品中一次次地再犯和重蹈。

比如说小说观念。很多年轻小说家喜欢写乡下青年人进城后为在城里立住脚,与城里人结婚,赶上拆迁,争斗一场,发点小财后情感遇到暗礁,卷入另一场争斗,判刑坐牢,结局一场空……整个小说在巧合的社会事件中兜圈,很好读,写得也细腻,但是小说一直没有进入艺术的层面,没有将读者带入性格命运和人性命运的层面,未免十分可惜。如果作者琢磨过《德伯家的苔丝》和《包法利夫人》,他的写作就会获得一种新的观念:小说必须由社会层面进入艺术层面,将特殊事件作一般化处理,即将事件背景化,小说主体回到"人"——人的情感和价值上,比如对苔丝为爱生存亦为爱毁灭的人物塑造、比如艾玛身上那种追求完美而遭遇欲望与现实冲突的普遍困惑，将一个短期的社会事件变成了一部历久弥新的小说艺术。比如小说技巧上，这类由巧合推动的小说，如果没有将巧合叙述转为主题叙述，那这类小说只会是短时的热闹，而不会是艺术上的成功。——很显然，经典作品已经解决了的问题，在新作家这里又成了大问题。

年轻写作者对经典的忽视和漠视，不禁让我们怀念起20世纪八九十年代来。那时所有的有野心的年轻作家都在寻找自己写作上的精神导师和技巧老师，背诵、拆解、辩论甚至模仿经典作品成为一时热闹。莫言称之为"灼热的高炉"，围着经典作家和经典作品，像围着巨大的"灼热的高炉"烤火一样，有的人烤暖和了，有的人烤得快融化了，然后再开始逃离经典，开始创造自己的经典。这里边有一个逻辑很重要，如果没有被经典烘烤的过程，就没有逃离，就难有新的经典诞生。看看余华、莫言、苏童、毕飞宇等这一辈快进入经典行列的作家，哪一个没有从经典那里获得能量和技巧？他们年轻时写出的那些名作，哪一部不是如此明晰地刻着经典的影子？经典影子消失的那一天，就是自己的经典出现的那一天。

年轻的写作者们远离经典作品的熏染和哺育，难道是见怪不怪，觉得经典并不稀罕了？难道是觉得经典过时了，提供不了新营养了？抑或是微信时代丧失了解读经典的时间和能力？抑或是世道改变，小说也改变了，与经典保持距离，才能写出每一时代属于自己的那种小说？

但是我们必须记住，我们所处的技术世界，改变意味着进步，但我们所处的艺术世界，改变并不意味着进步，那些永恒的情感和思想早已存在于经典作品之中，真正的经典永远不会落满灰尘。而新经典的创造，总会有经典的足印和回声。

无论怎么说，写作要有来路，除非你是五百年一遇的天才，你不需要来路，你只奉命写下去路，否则，你想写出点名堂，必须得有来路，这来路就是无数的经典作品。远离经典熏染和哺育的代价，将会带来写作后劲的匮乏和写作水准的衰退。这或许是年轻写作者该警惕的事情。

2020 年 7 月

散文散说

一、散文姓"散"

散文，也称随笔，一散一随，道出了散文最大的特点：自由。

文体自由。可写实可抒情，可感性可理性，可大俗可大雅，可引经据典可遐思乱想，可赞扬可讽刺，可回忆可畅想，可家长里短可经国大业，可天上可地下，篇幅可长可短——长可很长，长如长江；短可很短，短如牛尾。

内容自由。任何人事、任何见识、任何情感、任何思想、任何物什、任何景观……均可入文。现实和历史、文化和艺术、乡村和城市、自我和他者、动物和植物，爱情友情和亲情……均可成为散文书写的对象。

散文是最自由的一种文体，自由即不循规蹈矩，不自我束缚，不被他者束缚，宽广似大海，自由似飞鸟。

二、散文、随笔、杂文

散文和随笔，很多人弄不清楚，我也不是非常清楚，其实没有必要弄清楚。散文就是随笔，随笔就是散文。现代散文已经是一个很包容很开放的概念了——除诗歌、小说、戏剧以外的一切文字，而且散文的概念有一种模糊之美，何必要将它作茧自缚地再细分为随笔、杂文、特写呢？前几年有人提出"大散文"概念，一是针对当时"小女子散文""闲适散文"等题材单一、视野狭窄的题材，二是强调散文的大境界，不要弄成"小摆设"，也是反对散文的细分。

散文有两个概念。古典文学的散文，包括古文、骈文和辞赋，骈文和辞赋基本上属于韵文范畴，但在行文体制上更接近散文。现代文学的散文，指诗歌、小说、戏剧以外的文学作品和文学体裁，包括杂文、随笔等。至于又将它分为广义和狭义，实则没有必要。

不过总是有好事者，去追问散文和随笔的区别。

有人比喻，女子进美发屋美发，烫花、染色、造型，一系列美发过程，就是散文；老头子到路边理发店剪个平头、推个光头，快速迅捷，就是随笔。有一定道理。

《辞海》是这样定义的：

散文：中国六朝以来，为区别韵文与骈文，把凡不押韵、不重排偶的散体文章（包括经传史书），统称"散文"。后又泛指诗歌以外的所有文学体裁。

随笔：文学体裁之一，散文的一种。随手笔录，不拘一格的文字。中国宋代以来，凡杂记见闻，也用此名。"五四"以来，随笔十分流行。一般以借事抒情，夹叙夹议，意味隽永为其特色。形式多样，短小活泼。

写散文时，尽量别苦恼我写的是散文还是随笔，尽情地写就好，管它是什么。

三、小说、诗歌对比中的散文

小说是生活——虚构一个自给自足的小世界，演绎日常生活里的家长里短、悲喜聚散、爱恨情仇，充满烟火气，很踏实，有地气。

诗歌是悬崖——语言的悬崖、精神的悬崖，在极致的语言中表达极致的精神，它在文学的顶端，有冒险意味和探索性。

散文处于小说和诗歌之间，散文是风景——自然的风景、生活的风景以及精神的风景，风景是经过有意无意修饰和整理的世界，它讲究而精致。

这样看，小说在地上，诗歌在天上，散文浮在半空中。

小说的历史有五六百年，形成了一套相对严谨的表达规则和技艺，也形成了一套小说发展进化的脉络。如果你不了解小说的技艺和脉络，你很难写出有突破性的作品，甚至很难写小说，你可以写，但是你不知道自己的写作处在小说发展链上的哪个层面，也许很低端，也许很高端。

散文不一样，散文少说也有两千年的历史——司马迁《史记》就是较早的散文——但你可以不知道它的任何历史就可以写散文，而且可以写得很好，因为散文发展历史的起承转合没有小说那么严密，一环套一环，散文是自由的，规则和技艺不强，只要写出你的所见、所闻、所感、所思即可，只要写得真诚、独特、有感染力，就会写出好散文。

四、散文观——何为好散文

何为好散文？这是一个永远都有人盘问、无法回避但也无解的问题。无解的问题才是好问题。

无解是因为无标准，也不是无标准，是人人都有一个标准，人人都有一个"好散文"的标准。"好散文"无法用形而上的概念来定义，"好散文"是用作品来定义的，作品总在源源不断地创造，所以"好散文"的内涵和外延总在不断扩展。

当然，当我们回望散文的来路，时间已经淘洗和定义了很多"好散文"。这样的"好散文"很多，就看你遇到了哪些。就我个人而言，我遇到的"好散文"有这些人的：欧阳修、范仲淹、苏轼、张爱玲、钱锺书、沈从文、蒙田、卡夫卡、端木松，等等。

可以不必纠缠何为好散文，但你最好有明确的散文观。所谓散文观，实则是对"好散文"的认识和思考。一个人的散文观非铁板一块，随时间而变，随思考而变，随阅读而变，随创作而变。比如我昨天喜欢柯灵——语言生动华美；今天喜欢鲁迅——深刻而有怜悯心；明天喜欢王尔德——幽默而多情，暗示散文观的变迁之路。

散文观是一个移动概念，是散文的审美观和创作观，是散文写作这支小乐队的指挥棒。散文观无对错，但有深浅。有深刻的散文观，可能写出深刻的作品；有肤浅的散文观，一定有肤浅的作品。

我很喜欢清代大才子李渔，他有一段话可以视作超强的散文观。

> 凡余为诗文杂著,未经绳墨,不中体裁,上不取法于古,中不求肖于今,下不觊传于后,不过自为一家,云所欲云而止,如候虫宵犬,有触即鸣,非有模仿希冀于其中也。模仿则必求工,希冀之念一生,势必千妍百态,以求免于拙,窃虑工多拙少之,尽丧其为我矣。虫之惊秋,犬之遇警,斯何时也,而能择声以发乎?如能择声以发,则可不吠不鸣矣。(见《一家言》自序)

这段话有关键两句:1. 自为一家,云所欲云而止。2. 工多拙少之,尽丧其为我。这两句话是散文写作的精髓:"自成一家"为"我","工多拙少"为"失我";前者为写作方针,后者为写作技法。

五、形散神聚或形散神散

形散神聚,今人称形散神不散,古人称神凝形释或神收形放。形散神聚堪称最流行、影响最大的散文理论——简洁、明了——它既是散文的创作方法,也是散文的评价标准——写散文要做到形散神聚,做到形散神聚了方为好散文。

形散神聚难道是散文的"宪法"吗?

传统观念认为:形散,指取材广泛,写法多样,结构自由。神聚,指中心、题旨集中,且贯穿全文。无论"形"多么散,都是为"神"服务的。

但是现代主义的文学观告诉我们，形式即内容，内容即形式，形与神同等重要，平起平坐，没有谁为谁服务，大家是彼此服务，彼此成就。

所以，写散文没有必要把形散神聚奉为圭臬。

形散神聚之外，还有形散神散，形聚神散。

形散神聚可能是好散文，但形散神散也可能是好散文——比如卡夫卡的散文，写在笔记本上，长短不一，想到哪里写到哪里；形聚神散也可能是好散文——比如周作人的有些散文《猫打架》《关于雷公》等，大量引用同类段落，题旨也不集中，也别有意味。

六、散文之魂——知识、智慧、情怀

散文之魂，我以为是提供知识、见识智慧、饱含情怀。这也是散文存在的核心价值，是读者还在向散文"索取"的东西。古人讲诗言志、文载道，言志，说"我"的内心和感悟，向内；载道，说社会的道德和义理，向外。我提到的提供知识、见识智慧属载道范畴；饱含情怀属言志范畴，所以到今天，散文仍然走在言志与载道的路上。

提供知识。这里的知识是大知识的概念，指有效的高密度的信息。提供有效的高密度的信息，散文责无旁贷，散文也因此可能洛阳纸贵。消遣和猎奇是一代一代读者永不丢弃的天性，散文提供的知识——历史、风物、奇人、轶事、衣食、住行等等——实则是应和这种天性，成为雅致的消遣和猎奇。读者对知识的获得在今天唾手可得，但散文提供的知识更具有信任感和感染力。我们发现没有，隔个几年，就有一位讲历史或者写历史的散文家声名鹊起，从余秋雨到黄仁宇，再到易中天，他们写历史都是散文笔法，非历史笔法，说明什么？说明读者对历史知识的渴求永远没有停止。我读了还没完结的《易中天中华史》，感觉可称为"易中天散文式中华史"，好读好看，不仅提供知识，还解析知识。

见识智慧。在散文中见识智慧、见识幽默，如夏季炎热天得到一杯冰泉，喝下去时，先是一激灵，然后冰凉滋润、沁入心脾，无比舒服和快乐。所以哲人薄伽丘说，人的智慧就是快乐的源泉。智慧和幽默，是对事物彻底地认知和洞察之后所拥有的品性。文无智慧和幽默，便无趣，便乏味，读者会拒之千里。好散文是智者的"闺蜜"，所以写散文时，我们不得不想了再想：我所写是否新？是否超越他人认知？是否有独到创造？这些问题的本质都事关智慧。

饱含情怀。情怀是什么？是我们内心对一切美好最深沉的追忆、向往和追求。这样解释情怀，还是显得宽泛，我能感受到它，但我很难准确地描述它。有一天我读到了诗人刘年的解释，我才将感受与描述画上了等号。刘年说："足够深，足够真，足够宽的时候，爱会大起来。大起来的爱，不仅包括情爱、友爱和亲情的爱，还有对别的家族别的民族别的肤色别的信仰者的爱，不仅有对人类的爱，还有对别种生命的爱，对那些没有生命的事物的爱，如山脉和河流，对一些非物质事物的爱，如艺术，如真理，如汉语，如希望等等。有些大诗，有些大词，技术和天赋已经无能为力，必须倾注大爱，驱动和控制。由爱而产生的慈悲、愤怒、痛和恨，才是有根的，有力的。爱是诗之魂，是感染力之源。爱，如同用蜡烛点蜡烛，你的火焰并不会损失什么，但世界会因此多一分光明、温暖和希望。大爱有个专业术语：情怀。"所以，散文的至高境界就是饱含这种情怀——由爱而产生的慈悲、愤怒、痛和恨。

七、雅与俗、局部与整体

读过一些散文之后，便有一些奇特的感受浮现出来。

比如雅和俗。有的散文满纸文辞雅句，但读到最后却显得很俗气；有的散文俗词俗句俗事，但读到最后却韵味雅致。这里边的原因可能跟写作的"度"和"姿态"有关，比如抒情的度把握不好就会变成滥情，性情的度把握不好就会变成矫情。刻意追求雅就俗，所谓雅到俗不可耐，是一种文学上的低级趣味；率性自然的俗就雅，所谓大俗即大雅，是一种文学上的道法自然。比如端着架子——学者的架子、官员的架子、装模作样的架子——来写，文字就会变假变俗；不摆架子，顺着自己的心志情怀自由舒展地来写，一切都是真的雅的。

比如局部和整体。有的作家局部好，整体差，你读他一两篇文章，觉得很好，读他整本书，就觉得有些单调乏味，每一篇都差不多，从文章趣味到文章做法都近似；有的作家局部平淡，但整体有气象，单篇文章看显得平淡，但那些文章编排成一本书，却很有意思，给人回味，形成一股气象。原因可能是作者写作胸襟的问题，有的人胸襟大，把整个世界装在里边，他的文字就会有一种整体的大美；有的人气量小，精致于小花草、小感悟、小思辨，文字就缺少一种大的气象。有时候，一篇文章也有类似情形，局部一两段好，整篇平淡无气韵；有的文章，局部看一般，整篇文章却好，有韵味。

八、散文的层面

散文本没什么层面，无非"言志"与"载道"两类，但从写作者的角度来说，心中有个导航地图，看到自己的写作在什么层面，好继续下面的道路。

我将散文分为三个层面。第一，现实层：现实历史感悟（现场感），生活故事（真实亲切）；第二，本色层：本色独造（自我生动），灵魂漫游（自由激情）；第三，人性哲思层：人性本质（冲突矛盾），思想哲学（深刻深邃）。

好散文无关层面，哪一层面都可诞生出色的散文。

九、从我到我们

我有时接到作者来电询问稿件怎么样？可用吗？我说稿件写得不错，不惊艳，也无瑕疵，但是不能用。作者不理解，很不高兴地质问我，为什么？我说，你可能没有意识到，你写得很嗨，很过瘾，但是我读得无动于衷，与我半毛关系也没有，既打动不了我，也引不起我的兴趣，因为这个稿件与我无关，与读者无关，只与你自己有关，所以不好发。有的作者能理解我的意思，有的不能理解，说我不清不楚。

散文有两类：一类是"我"的散文，也叫抽屉文学，写了锁在抽屉里或者压在箱底，有时自己偷偷拿出来看看，也很好，我称这种写作叫自私的写作，只与你自己有关，比如情书、交代材料等，不适合公开发表。还有就是你写的那点事，那点经历，那点回忆，跟别人无关，勾不起别人的共同记忆；还有一类是"我们"的散文，虽然你写的是个人的事儿，但这个事儿跟大部分人都有关系，即你的写作触碰了一种集体无意识，触碰了一种普遍情感。还有就是你写的是我们的事儿，比如文化、大历史、大事件，也属"我们"的散文。

很显然，与"我们"有关的散文才是好散文，那么问题就变得有些复杂了：有时写的是"我"，但与"我们"有关；有时写的是"我们"，但只与"我"有关。散文如何从"我"迈向"我们"，就成为散文很重要的一个问题。

散文家红孩说："那些优秀的散文，无一不是通过我达到我们的过程，这就如同读朱自清的《背影》，当我们看到作者的父亲，一定会联想到自己的父亲。散文的创作过程就是从我走向我们的过程，也就是从心灵走向心灵的过程。"

红孩说得很有道理。我们如何能做到从我走向我们，从心灵走向心灵呢？一个方法，按照福克纳先生说的去做——"占据他创作室全部空间的只应是心灵深处亘古至今的真情实感、爱情、荣誉、同情、自豪、怜悯之心和牺牲精神，少了这些永恒的真情实感和普遍真理，任何作品必然是昙花一现，难以久存。"

十、散文写作"三字经"

近日再读李渔的《闲情偶寄》，越发觉得《闲情偶寄》是一本奇书，李渔是一个奇人，奇在把雅事说得很俗，把俗事说得很雅，奇在雅和俗如此完美地融合在一个作家身上。支撑起这个"奇"字的当是作家的大才华、大学问。若把400年前的李渔搁到今天，他就是学术超人、畅销作家、著名出版家、著名编剧兼经纪人，等等。

《闲情偶寄》第一部分是谈雅事的，谈怎样填词写曲，后面部分谈唱戏、化妆、养生、装修、文玩等，所有说这是一本奇书。他谈怎样填词写曲，谈得明白晓畅，很有操作性，即使将它拿来指导我们今天的写作，也不过时，也有针对性和有效性。不妨初略节选几条李渔的写作"三字经"，算是他对我们今天写作的提醒。文艺相通，尽管他谈的是词曲，也可作为我们散文写作的"三字经"。

　　立主脑——古人作文一篇，定有一篇之主脑。主脑非也，即作者立言之本意也。传奇亦然。一本戏中，有无数人名，究竟俱属陪宾，原其初心，只为一人而设。

　　脱窠臼——"人唯求旧，物唯求新。"新也者，天下事物之美称也。而文章一道，较之他物，尤加倍焉。戛戛乎陈言务去，求新之谓也。……非特前人所作，于今为旧，即出我一人之手，今之视昨，亦有间焉。昨已见而今未见也，知未见之为新，即知已见之为旧矣。

　　密针线——编戏犹如缝衣，其初则以完全者剪碎，其后又以剪碎者凑成。剪碎易，凑成难，凑成之工，全在针线密集。

减头绪——头绪繁多，传奇之大病也。思路不分，文情专一。孤桐劲竹，直上无枝。

审虚实——实者，就事敷陈，不假造作，有根有据之谓也；虚者，空中楼阁，随意构成，无影无形之谓也。虚不似虚，实不成实，词家之丑态也，切忌犯之。

重机趣——机者，传奇之精神，趣者，传奇之风致。少此二物，则如泥人土马，有生形而无生气。勿使有断续痕，勿使有道学气。抑圣为狂，寓哭于笑。

戒浮泛——可浅显不可粗俗。词贵显浅之说，前已道之详矣。然一味显浅而不知分别，则将日流粗俗，求为文人之笔而不可得矣。元曲多犯此病，乃矫艰深隐晦之弊而过焉者也。义理无穷，说何人，肖何人，议某事，切某事。

忌填塞——填塞之病有三：多引古事，迭用人名，直书成句。其所以致病之由亦有三：借典核以明博雅，假脂粉以见风姿，取现成以免思索。古来填词之家，未尝不引古事，未尝不用人名，未尝不书现成之句，而所引所用与所书者，则有别焉；其事不取幽深，其人不搜隐僻，其句则采街谈巷议。

求肖似——言者，心之声也，欲代此一人立言，先宜代此一人立心，若非梦往神游，何谓设身处地？说一人，肖一人，勿使雷同，勿使浮泛。

文贵净——洁净者，简省之别名也。洁则忌多，减始能净，二说不无相悖乎？曰：不然。多而不觉其多者，多即是洁；少而尚病其多者，少亦近芜。

十一、散文的未来

我以为，当前散文最大的毛病不是其他，而是可读性太差。一本散文刊物打开，没有几篇能吸引人，让人乐意读下去，要智慧没智慧，要内容没内容，要文采没文采——只有自恋、自以为是的絮絮叨叨；只有花花草草、小情小调的回忆；只有滑稽和肤浅的满腹牢骚或者满脸炫耀……

造成散文可读性差的原因，我概括为以下"四太"：太晦涩，太枯燥，太无力，太生硬。有些散文过分沉浸于虚无的哲学、人生的思考，太玄妙太晦涩；有些散文陷入各种知识的泥沼拔不出来，太枯燥；有些散文缺少富有生命力的现实细节和现实关照，太没有力量；有些散文没有个人体验和个人情感的融入，太无情太生硬。这"四太"，在一篇或几篇散文中，有时是孤立存在，有时是交错存在，它们确实给散文自由而愉悦的阅读旅程设置了障碍。更可怕的是，这"四太"将扼杀散文的生命力，会让散文"死"去。

散文的可读性差，大多差在内容，所谓的乏善可陈即是。不知道是不是小说承担了讲故事的义务，散文写作有意无意的在忽略故事，虽说万事万物均可进入散文，而且散文在题材上是自由的、散漫的，但这并不意味着在将这些内容写进散文时，而不讲究它们的故事性，我的意思，不是说散文也要像小说那样讲一个个千回百转的故事，但一定要将内容写出故事般的吸引力来，这样，才能在散文的可读性上将读者锁定。我觉得这一点，散文写作者应该向小说家学习——致力于把一个小小的事情变得趣味盎然，变得意味深长，变得刀光剑影。

一个"泛散文时代"已经到来，人人都写散文，人人都是散文家，一条或真实的或幽默的或抒情的微博，都可能成为一篇读者喜爱的优秀散文，那数以亿计的博客上的博文，更不用说了，因其鲜活的生活、炽烈的情感、真实的秘密，而成为受到读者青睐的出色的散文。

如果为"泛散文时代"的散文写作做一些预测的话，我以为，内容上具有故事性、传奇性，表达上具有平实性，将是散文写作的方向。事实上，这也算不上什么预测了，因为散文的发展端倪已经显现，一些有着故事般的吸引力、讲述探索发现的传奇内容、叙述精练平实的散文，早已被无数次的点击阅读了。

自由而率性的散文之花，真正迎来了它自由绽放的春天，此后不会被人为地缚住手脚了，好读、耐读、可读将成为一把尺子——好的留下，差的消失。

2019 年 7 月

演讲稿

理解小说等于理解世界（师大讲稿）

法国有一位作家叫让·端木松，同学们对他可能不太熟悉。他在法国非常有名，他创造了一种知性与感性优美融合的散文文体，被称为法国的"良心作家"，他的作品影响了几代法国读者。2017 年，他以 93 岁高龄去世时，法国为他举行国葬，将他的地位与蒙田、帕斯卡尔、普鲁斯特等法国文豪并列。他的作品有翻译过来，比如《时间的味道》等。

端木松在他的一篇随笔里写过一句话，他说："对于这个无穷无尽的世界，只存在两条试图去了解的道路：艺术和科学。一方面是画家、音乐家、诗人、小说家、哲人；另一方面是天文学家、物理学家、生物学家、数学家、设计师。"

对这句话我深以为然。说得太对了。

世界无穷无尽，时间没有尽头，空间没有边缘，而我们人，生有涯，智有限，人与世界是不对等的，但我们必须去了解世界，为什么？因为我们要尽可能长久美好地存在下去。这存在包括肉体存在和精神存在。

一般来讲，对肉体世界的了解，我们依靠的是科学和科学家——如端木松先生说的"天文学家、物理学家、生物学家、数学家、设计师"。比如侵蚀全球的新冠病毒，我们必须通过科学和科学家去了解它，才能战胜它或者与它和平相处，否则我们将会被它打败，丧失生命。

那么，对于精神世界的了解，我们依靠的是艺术，"画家、音乐家、诗人、小说家、哲人"等。比如我们看梵·高的画，他的《向日葵》《星空》《麦田》，透过颜色和线条，我们可以感受到生命的燃烧和激情，以及平静宽阔的美。比如我们听音乐《黄河大合唱》和《梁祝》，你能感受到两种不同的精神世界，前者雄浑激昂，后者婉转缠绵。

谈及诗人、小说家对人类的精神世界的了解，我的主要观点是：理解文学、理解小说等于理解世界。这个观点可以分述为以下四点。

一、透过文学可以理解一个时代

大学者王国维先生说："凡一代有一代之文学：楚之骚，汉之赋，六代之骈语，唐之诗，宋之词，元之曲，皆所谓一代之文学，而后世莫能继焉者也。"那么把这句话反过来说也成立：透过一个时代之文学可以理解一个时代。

比如说盛唐气象。盛唐离我们1300多年了，气象去哪里找？去唐诗里边找。只要你摇头晃脑地一读唐诗，绣口一吐，出来的就是盛唐气象。

读李白——君不见黄河之水天上来，奔流到海不复回。君不见高堂明镜悲白发，朝如青丝暮成雪。人生得意须尽欢，莫使金樽空对月。（《将进酒》）大道如青天，我独不得出。（《行路难》）天生我才必有用，千金散尽还复来。（《将进酒》）仰天大笑出门去，我辈岂是蓬蒿人。（《南陵别儿入京》）……

读杜甫——读书破万卷，下笔如有神。赋料杨雄敌，诗看子建亲。（《奉赠韦左丞文二十二韵》）会当凌绝顶，一览众山小。（《望岳》）国破山河在，城春草木深。感时花溅泪，恨别鸟惊心。烽火连三月，家书抵万金。白头搔更短，浑欲不胜簪。（《春望》）……

什么是盛唐气象？是大境界，大胸怀，自信满满，想象夸张，妙语连珠。是雄壮，浑厚，是李白的豪放飘逸，是杜甫的沉郁顿挫，是激昂的情感，是悲凉的情调。是个人的悲欢与民族的命运紧紧联系在一起。说白了，盛唐气象就是"爷们"，所有人都活得很"爷们"。李白是，杜甫也是。"爷们"有两层意思，一是豪放、自信、自大；二是担当、责任、分忧。

所以说读文学可以理解一个时代。

要真正懂得一个时代，可以去读小说。这世界是很奇妙的，有时候，很多虚假的事儿组合到一起，呈现的是一个无比真实的世界；有时候，每个事件每个细节都是真实的，但组合到一起得到的是一个虚假的世界。小说是什么？是虚构的真实。正因为此，小说与历史之间出现了有趣的一幕——人们认为《三国演义》就是"三国历史"，《红楼梦》就是清朝贵族的真实生活——小说代替了历史，或者小说混淆了历史。虽然之前说，"小说者，街谈巷语之说也。"（《汉书·艺文志》）但孔子说，"虽小道，必有可观者焉，致远恐泥。"小说的形式是道听途说，但它的本质是真实，真实的世界和人心。

所以，我有一个观点不知道对不对，一个真实的时代，不在历史书里，而在小说里。比如，我们要了解20世纪的美国世界，我们可以去阅读一部非常有名的小说《了不起的盖茨比》，作者菲茨杰拉德。那是一个"喧嚣的年代"，享乐主义，财富是成功的唯一标尺，"人的声音里都充满了金钱"。小说写的是什么呢？

这部小说可以分解为三个故事。第一个是富翁的派对故事，一个年轻的潇洒的富翁盖茨比，每晚都在海边的豪宅里举办大型派对，挥金如土，彻夜笙箫。从中西部家乡来到纽约的穷职员尼克，租住在盖茨比的豪宅旁边，与盖茨比相识了。

第二个是一段未了之情促成的励志故事。尼克了解到盖茨比内心深处有一段不了之情。年轻时的盖茨比并不富有，他是一个少校军官。他爱上了一位叫黛茜的姑娘，黛茜对他也情有所钟。后来第一次世界大战爆发，盖茨比被调往欧洲。似是偶然却也是必然，黛茜因此和他分手，转而与一个出身于富豪家庭的纨绔子弟汤姆结了婚。黛茜婚后的生活并不幸福，因为汤姆另有情妇。物欲的满足并不能填补黛茜精神上的空虚。盖茨比痛苦万分，他坚信是金钱让黛茜背叛了心灵的贞洁，于是立志要成为富翁。几年以后，盖茨比终于成功了。他在黛茜府邸的对面建造起了一幢大厦。盖茨比挥金如土，彻夜笙箫，一心想引起黛茜的注意，以挽回失去的爱情。尼克为盖茨比的痴情所感动，便去拜访久不联系的远房表妹黛茜，并向她转达盖茨比的心意。黛茜在与盖茨比相会中时时有意挑逗。盖茨比昏昏然听她随意摆布，并且天真地以为那段不了情有了如愿的结局。然而真正的悲剧却在此时悄悄启幕。黛茜早已不是旧日的黛茜。黛茜不过将她俩的暧昧关系，当作一种刺激。

第三个故事是一个交通事故带来的血案。一次黛茜在心绪烦乱的状态下开车，偏偏轧死了丈夫的情妇。盖茨比为保护黛茜，承担了开车责任，但黛茜已打定主意抛弃盖茨比。在汤姆的挑拨下，致使其情妇的丈夫开枪打死了盖茨比。盖茨比最终彻底成了牺牲品。盖茨比至死都没有发现黛茜脸上嘲弄的微笑。盖茨比的悲剧在于他把一切都献给了自己编织的美丽梦想，而黛茜作为他理想的化身，却只徒有美丽的躯壳。尽管黛茜早已移情别恋，尽管他清楚地听出"她的声音充满了金钱"，却仍不改初衷，固执地追求重温旧梦。人们在为盖茨比举行葬礼时，黛茜和她丈夫此时却早已在欧洲旅行的路上。不了情终于有了了结。尼克目睹了人类现实的虚情寡义，深感厌恶，于是怀着一种悲剧的心情，远离喧嚣、冷漠、空洞、虚假的大都市，黯然回到故乡。

这部小说表现了 20 世纪 20 年代美国的真正现实。

二、透过小说可以理解一个沉默的遥远的自己

古希腊著名的哲学家苏格拉底有一个著名的哲学观点：认识你自己。认识别人很难，认识自己更难。为什么？因为认识自己就是认识心灵的内在原则，苏格拉底称之为认识德性。认识心灵的内在原则当然很难。人一辈子都处在认识自己的过程中。如果一个人能认识自己，那是一个了不起的成就，苏格拉底说，"真正的知识来自内心，而不是靠别人传授。唯有从自己内心产生出来的知识，才能真正拥有知识和智慧。"就是说，认识自己的过程就是真正拥有知识和智慧的过程。我的职业是一名文学编辑，读了 20 多年的小说，对苏格拉底的话我深有体会，阅读小说、理解小说就是一个认识自己的最好方式。

人的内心是一个多维的世界。读了加拿大著名作家门罗的小说《多维的世界》后，我得出了这样一个结论。

《多维的世界》讲述一个叫多丽的女人在自己的孩子（三个分别只有几岁）被精神状况糟糕的丈夫劳埃德杀害后的生活和故事。小说有三条叙事线索交叉推进：一条是多丽要转很多趟车去看在监狱的丈夫；一条是多丽现在的生活，悲剧发生后，多丽搬离原来居住的小镇，在酒店做服务员，在社区接受桑兹太太心理矫正治疗；一条是对过去生活的回忆，与丈夫的爱情以及悲剧的发生。

小说的核心问题是，为什么多丽在劳埃德杀害了自己的孩子后，还要不辞辛劳地不停地去监狱探望他？

可以说，整个小说的叙述就是在回答这一异常复杂的问题。

原因是在多丽现在的生活中，与她交往的人，对她好的人甚至她的心理医生，看起来是爱护她、保护她，实际上是在孤立她。小说中写道：但是，想想吧，我不是和他一样吗？过去的事情，把我也孤立了。任何人但凡知道这件事，都不希望和我有什么瓜葛。对他们来说，我唯一的作用就是让他们想起他们根本承受不了的事。

劳埃德是悲剧的制造者，既是多丽最恨的人，也是她最后的唯一的依靠。小说中写道：在所有的人中，劳埃德才是那个她应该在一起的人。……现在除了劳埃德，还有谁能记得孩子们的名字，还有谁记得他们眼睛的颜色？偷偷去见劳埃德，她并不觉得愧疚，而是有一种命中注定、顺应命运安排的感觉。她觉得，她活在这个星球上并没别的原因，只为和他在一起，努力去理解他。

　　对孩子的爱和愧疚如绳索一样捆绑了多丽。在小说中，劳埃德把杀害孩子的责任一口气推给了多丽。这是多丽无法接受的。但是这也确实是孩子被杀害的原因——如果多丽没有在与劳埃德的争吵后逃出去，或许孩子就不会遭此毒手。她将对劳埃德的恨或者就是单纯的恨内化，将恨意对准她自己。她对孩子十分愧疚，她去见劳埃德是为让"孩子们"明白，又或者说让多丽自己明白，孩子们的死根本不是自己的错，以减轻愧疚。

　　小说结尾意味深长。多丽坐着公交车要去伦敦，然后再转车去见劳埃德。但是在路途中发生了一个状况——一个小男孩出了车祸，从卡车上飞了出来。多丽没有听公交车司机的命令，下了车，救了这个小男孩一命。多丽没有再去看劳埃德。

　　这个让人内心震撼的小说写出了人的多维性和复杂性。这个多维和复杂就是我们自己。

　　小说有时会给我们带来一种内心的反省。比如我读我国知名小说家晓苏的小说《狗戏》，读后它带给我内心的反省：我的内心是否也像小说中的父亲，被金钱异化了呢？《狗戏》的故事如下：农民马立光出外打工扛麻袋，又辛苦又赚不了多少钱。这时，他发现一个玩狗戏的河南人，河南人让狗子给观众表演翻跟斗、作揖和吸烟等节目，轻轻松松赚了不少钱。马立光于是受到启发，回家训练自己的一条黑狗。但是他的训练失败了，黑狗在学会了翻跟斗和作揖之后却怎么也不肯吸烟，还咬伤了马立光的手。马立光一气之下打死了黑狗，然后将狗皮剥下来挂在墙上。就在马立光希望破灭的时候，他五岁的儿子马远出于好玩把墙上的狗皮取下来披在自己的身上。马立光看见儿子披着狗皮计上心头，便决定让儿子装成狗子与他出门唱狗戏。三个月之后，马立光带着儿子马远回到了家里，这时他们已经发财了。然而就在回家的这天晚上，怪事出现了。儿子马远半夜突然翻身下床，"马立光和黑珠同时把四只眼睛朝马远床那里投去，一幅奇怪的情景呈现在他们眼前。他们发现他们的儿子马远既没有屙尿也没有喝水，他光着身子用四肢在地上爬行……他爬得很快，马远的样子实在像一条狗。"

这是一个令人心酸的故事，也是一个触动人内心的故事。

三、透过小说可以理解爱

美国作家索尔·贝娄说，一个人的一生可以用几个笑话来概括。

是否也可换一种思维和说法：一个人的一生可以用几部书来概括？

多数书，给予我们知识、见识和思想，如卡夫卡说的，"一本书必须是一把冰镐，砍碎我们内心的冰海"，它们参与了我们的人生建构，长为我们身上的肉和骨头，做了我们人生观、价值观形成的底色。多数书如吃下去的食物被我们的胃消化了，与我们的身体和精神融为一体，不可寻见，只有少数的那几本，在我们身上留下印记或者伤疤，成为我们情感苦痛和精神蜕变的一支"安慰剂"和"催化剂"。而以伤疤形式留存于身体的这样几本书，足以来概括我们的人生。

于我而言，人到中年，似乎也有了一点回首往昔的谈资，驻足回眸，有一本书成了我半世人生的"安慰剂"和"催化剂"。那本书是歌德的《少年维特之烦恼》。

1995 年，我 20 岁，在一个小县城的师专里毕业后，留校做了"阅读与写作"的教师。我深知，教授我的同龄人我不够资格，知识、阅历、思想均不够，唯有海绵吸水似的去学习，去阅读，去思考。那一两年是我文学阅读的"饥饿期"，教课之余就是泡图书馆，几乎囫囵吞下了学校小半个图书馆，与马尔克斯、博尔赫斯、卡夫卡、福克纳、海明威等大师初识。那时阅读也赶时髦，这些现代派大师正热，读他们很有面子，而瞧不上托尔斯泰、歌德等古典主义大师，认为他们迂腐古旧了，哪有现代派"带劲儿"——今日想来真让人汗颜。

1997 年秋天的一个黄昏，我在隔壁汪老师房间聊天，门开着，突然进来三四个女学生，她们是汪老师的老乡，文科班新生。其中一位女生，白面孔，短头发，长相活脱脱一个小赫本，纯净雅致中有一股子韧劲儿。这位超凡脱俗的女生惊艳到了我这个"乡下佬"，我们说了几句话，看她时我心怦怦跳得厉害。老实说我喜欢上了这位女生。这种突然而至的喜欢来势凶猛，几天来眼前晃荡着的都是这位女生。我向汪老师求救，能否再邀那位女生来他房间坐坐？来了，我装着碰巧进去找汪老师。聊天，聊了很久，说说笑笑，感觉女生对我也有点"意思"。

时间在情感的煎熬中过得并不快，到冬天了，我想向她表达我的"意思"，我生性懦弱，直接表白不可能，找汪老师转达吧又不好意思，于是想到借歌德的《少年维特之烦恼》一书来表白。外国文学史上讲过这本书，但我没有真正读过。没想到，我那时瞧不上的歌德先生的名著派上了情爱表白的用场。于是，忐忐忑忑地将书送了出去。

　　三天后，我收到了那位女生回送的一本书：《牡丹的拒绝》，当代作家张抗抗女士的散文集。国色天香的牡丹它在拒绝什么？读"牡丹的拒绝"一文，才发现写的是洛阳城的牡丹，在冷寂的四月没有像往常那般富贵开放，它"拒绝本该属于它的荣誉和赞颂"。在文中牡丹并没有拒绝爱情，只是这个书名被女生拿来应景，发出了一个拒绝接受的信号。

　　收到这本表示拒绝的书，我很失落和怅惘，用俄罗斯诗人阿赫玛托娃的诗句来说，是"受尽煎熬的灵魂被洗劫一空"，但内心的胆小和虚无的师道尊严让我停止了继续去追逐这一段情感。我重新到小镇上的书店再买了一本《少年维特之烦恼》，开始阅读。

　　书的开篇写道：至于你，善良的人哪，你正在感受着这样的压抑，现在总可以从他的烦恼中汲取安慰了。如果你因为命运不好或自己的过错而找不到一个更亲近的知己，那就让这本小书做你的朋友吧。

　　这本书一下子击中了我，我沉浸于少年维特与绿蒂烈焰四射、粉身碎骨的爱情中不能自拔，我同情可怜的维特，也憎恨懦弱的维特——难道需要用死亡去证明自己坚定的爱情吗？这本书也拯救了我，一方面，我与那位女生没有开始便速朽的情感，在维特的故事中得到了续演或再现，我变成了维特，绿蒂变成了那位女生，我的情感故事在小说中得以完成；另一方面，维特的开枪自杀惊醒了现实中的我，歌德在小说中说，"凡是使人幸福的事，又会成为不幸的源泉"，这种"不幸"的忠告似乎很快驱逐走了我的失落和怅惘。

　　从《少年维特之烦恼》开始，我开始重新认识和崇拜古典主义大师们，也开始我漫长的对他们未曾完结的阅读。

我成人之后，有很多小说让我对爱的理解更加宽阔和深刻。

比如：马尔克斯的著名长篇小说《霍乱时期的爱情》以及他的短篇小说《我只是来打个电话》等。

马尔克斯在《霍乱时期的爱情》里很有感慨地说，"世上没有比爱更艰难的事情了。"说这话时马尔克斯58岁了，他的口气肯定而干脆。我们没有什么理由不相信一个58岁的老头儿说出的关于爱的看法，他走过的漫长的道路和他在路上耳闻目睹的像尘土一样多的故事或传奇，以及成熟得还来不及枯萎的大脑智慧，足以使他的看法成为箴言。"世上没有比爱更艰难的事情"，这句话包含着爱之艰难的三种可能性：爱一个人是艰难的；被一个人爱也是艰难的；两人相爱更是艰难的。

所以在《霍乱时期的爱情》中，马尔克斯似乎为了阐释这三种可能性而安排了三个人物——费尔米纳、乌尔比诺和阿里萨，他们就像三角形的三条边一样彼此相交连接在一起，组成了一个关于爱与被爱、选择与拒绝的故事，在这个爱的等边三角形中，我们无法依靠道德是非来分辨哪些爱来自对虚荣的满足，哪些爱来自对平庸的放弃，哪些爱来自对爱的守候，因为每一种爱（无论是只开花不结果还是又开花又结果）的历程都是艰难无比的。

故事是这样的：年轻的穷小子阿里萨与中产家庭小姐费尔米纳一见钟情，炽烈的爱火在他们胸中迅速蔓延，星星之火即将燎原之际，费尔米纳的父亲——一个性情暴躁、一心想"使他的女儿成为一位高贵夫人"的做骡马生意的小商人，用一盆冷水浇灭了两个年轻人的爱火。费尔米纳被父亲拖上马车，远走他乡，她粗暴的父亲认为距离可以割断燃烧的爱火。尽管如此，阿里萨电报员的职业优势，仍可以神秘地让他得到费尔米纳的一些消息，包括她返回故里抵达港口的时间。当费尔米纳的船到达港口时，她并没有看到阿里萨，不是阿里萨没有来，相反阿里萨得到她返回的日期兴奋得几宿睡不着，而是一场不期而至的暴雨让码头混乱不堪，他们相互错过了。费尔米纳不满，"热恋的激情变成了不满的冷峻"，一气之下，把阿里萨从自己的生活里抹去了。在费尔米纳拒绝阿里萨的日子里，全城最受青睐的单身汉乌尔比诺医生——"他个人的才华和风度令人倾倒，他家里的财富令人羡慕"——走进了费尔米纳的世界，费尔米纳很快接受了他，他们在一起走过了近五十年光阴，日子在爱的甜甜蜜蜜和磕磕碰碰中结束。而阿里萨，从被拒绝的那一刻开始，便在悲痛欲绝中开始了漫长等待，等待就像一艘漂到了昏暗的茫茫大海上而失去了动力的船只，没有目标，孤立无援，但阿里萨"孤寂的心灵中深藏着一个信念，在这个世界上，没有哪个人比他爱费尔米纳爱得更深。"直到五十一年九个月零四天后，费尔米纳的丈夫乌尔比诺从梯子上摔下来死后，这艘等待的船才得以靠岸，只是这艘船都快报废了。两位古稀老人终于走到一起，他们因怕人打扰在船上挂上标识霍乱的旗帜，一直向爱的"黄金港"驶去，费尔米纳盯着阿里萨，她悟到：生命限死亡相比，爱才是无限的。

马尔克斯将费尔米纳、乌尔比诺和阿里萨三人之间的爱情故事演绎成一段动人心魄的绝唱大戏：费尔米纳与乌尔比诺相爱一辈子，阿里萨等待费尔米纳一辈子，二者都需要莫大的勇气和智慧。

马尔克斯笔下的爱情在今天还有么？

前几天，我们几个文学编辑在酒桌上还感慨：当代中国作家中似乎没有人写出像马尔克斯这样纯粹伟大的爱情小说。这是什么原因呢？

其实咱们中国古代也是有这样纯粹的小说的。比如元代王实甫的《西厢记》，写崔莺莺和张生的爱情故事。故事有些俗，崔张一见钟情，但有叛将孙飞虎和郑恒两大障碍，最终爱情障碍排除，终成眷属。比如明代大戏剧家汤显祖的《牡丹亭》，讲述天生丽质、多愁善感的官宦杜宝（太守、巡抚）之女与书生柳梦梅的惊天地泣鬼神的爱情故事，是一部伟大的作品。

回到我们感慨的那个问题：当代中国作家为什么没有人写出如此纯粹伟大的爱情小说？

我们讨论的结论很接近：一是纯粹的爱情故事被写尽了；二是我们的作家们不相信有那样的爱情了。

陈寅恪先生的一个关于爱情的论断为我们提供了理论支撑。

陈寅恪先生说爱情有五等。一、情之最上者，世无其人。悬空设想，而甘为之死，如《牡丹亭》之杜丽娘是也。二、与其人交识有素，而未尝共衾枕者次之，如宝、黛等，及中国未嫁之贞女是也。三、又次之，则曾一度枕席，而永久纪念不忘，如司棋与潘又安，及中国之寡妇是也。四、又次之，则为夫妇终身而无外遇者。五、最下者，随处接合，惟欲是图，而无所谓情矣。

我们今天的作家们热衷写的是第五等爱情，因为他们相信这是今天的现实。

四、透过小说可以理解一个美好世界的温暖之光

有时候，文学会散发出一种光芒，叫伯利恒之光。

一个智障小男孩出生在一个日子过得紧巴巴但彼此相爱的家庭。小男孩爱实话实说，不说实话耳朵会刺痒，比如去看医生，他会对医生说你有口臭，诸多类似情形弄得父亲颇为难堪。圣诞节快到了，天气寒冷，看完医生后小男孩要一顶温暖的帽子，父亲给他买了。在回家的公汽上，小男孩向父亲提出要买一部手机，父亲拒绝了，理由是打电话可以打座机，另外家里收入用作交房租、水电、吃饭后便所剩无几。

小男孩父亲是一名仓库管理员，母亲失业在家。圣诞节到了，父亲要送一件特殊礼物给他们。父亲出了趟远门，冒着严寒去火车站，为了用那盏从伯利恒空运过来的油灯把自己的手持油灯点燃，等待了许久。圣城伯利恒是耶稣诞生地，父亲带回家的是伯利恒之光。在油灯的油快耗尽了之前，父亲赶到了家点燃了桌上的蜡烛。

父亲去洗热水澡了，小男孩看到桌上的蜡烛，一口吹灭了。母亲看到后慌了，赶忙用火柴点燃了蜡烛，并嘱咐孩子千万不要说出吹灭了蜡烛的真话。圣诞晚餐开始了，父亲看着跳跃的火苗，对儿子说这可不是普通火苗啊，它是伯利恒之光。小男孩抢着说伯利恒是耶稣诞生地。当小男孩正要说实话他吹

灭过蜡烛时，被他妈妈偷偷摁住了，他第一次憋住没有说出实话，那一刻他的耳朵也不再刺痒。父亲用手笼住火苗，提议道我们来祈祷吧。

伯利恒的圣火给一个家庭带来了温暖、力量和希望。这是捷克著名小说家斯维拉克在小说《伯利恒之光》中讲述的故事。这也是文学的一种光芒。

2021 年 11 月 18 日

散文写作应注意的五个问题（安溪讲稿）

一、开场的话：散文在散文之外

很高兴来安溪和安溪的文友们交流。

我是《福建文学》的小说编辑，读小说编小说到今年17年了，对小说有一些感想，以为会安排我谈小说，没想到安排我谈散文。谈散文就谈散文吧，文学就这么一块小地方，一块精神的小菜园，也没必要搞得小说和散文仿佛水火不容似的。文学是一座高山，小说在这个山坡，散文在那个山坡，诗歌在另一个山坡，写作者们都在爬山，文学在山顶都是相通的，小说、诗歌、散文在山顶相遇，那里有别样的风景。我有时偶尔在想，文学的山顶是个什么情形：天际高远，白云飘荡，众神悠闲，天使来来往往——这不是天堂的样子吗？众神有哪些？写散文的蒙田、写诗歌的里尔克、写小说的马尔克斯……

我平素也写点散文，对散文写作有一些冷暖自知、切肤痛痒的感受；散文我也读过不少，我曾经为一本叫《文学教育》的杂志写了三年散文评论专栏。从每月新出的报纸杂志中，选一篇好散文——当然是我认为的好——然后写一篇评论，散文与我的评论同时刊发出来，这样写了三年，便出了一本书——《新世纪中国散文佳作选评》。2011年至2013年是我散文阅读量最大的三年。也算是对中国当下散文有了一个大致的印象。

对中国当下散文我有几个整体印象：1.众声合唱，缺乏大神降临。缺乏刘亮程、余秋雨这样的具有散文开拓价值的"时代大神"。散文的先锋性、探索性缺失。2.小家子气，自我太盛。散文成了一方宁静的清澈的世外桃源，与火热的、惊心动魄的当下生活之间，隔着一道"防火墙"，墙内总是亲情友情爱情，乡村土地炊烟，回忆回忆回忆。3.日常的精致主义。在散文的道场内写散文，缺少精神高度、人类视野、表达的极致。真正的散文在散文之外。有几位写得很好的"散文先锋"：周晓枫、祝勇、鲍吉尔·原野、任林举。4.最好的散文出自小说家之手。每一个小说大家都是散文大家。

举个例子：

冬至这天大雪初停。

不知谁家店铺又在踏雪开张，鲜红的鞭炮屑溅在白雪之中，血滴般真挚。一只大喜鹊乘着一道黑白的弧度冲下来，在雪地里小心翼翼寻找着食物，留下两排白骨般嶙峋的脚印。鸟爪，炮屑，白雪，在这个冬日的黄昏里一起烈烈燃烧。天尽头是大块大块铁灰色的云朵，如一座浩大的堡垒耸立天边，预示着另一场雪将在午夜到来。

梁姗姗手搭凉棚看了看天边巍峨的云堡，这铁灰色的堡垒正镇压着人间的这座小城，使这小城看起来颓败羸弱，好像已经在这里被流放了一千年。小城里错落着新拔起的酱红色楼房，灰色的低矮平房，还有大片早已被废弃的工厂，二十年前这里曾是人声机声鼎沸的繁华之地，后来在一夜之间，这些工厂吐出了所有的工人，此后渐渐沦为无人的沙漠。只剩下杀气腾腾的野草和诡异的蝙蝠，静静吞噬着钢铁的机器。小城中央有一座没有来得及拆掉的牌坊，朱漆斑驳，垂花荼蘼，斗拱间住着几代燕子，不知是哪个朝代留下来的。破旧的牌坊后面，便是这座新建起来的超市。

这是小说家孙频的作品《光辉岁月》中的一个片断，写得好吗？好。短短几行字，画面、颜色、小城的历史、氛围，都出来了。色、香、味都有了。这是小说家的文字。

总的来说，当下散文对我来说，构成不了阅读刺激和阅读挑战，当下散文写作不是那么令人满意。不过，2017年我们有了一篇最有名的散文——《我是范雨素》。"我的生命是一本不忍卒读的书，命运将它装订得极为拙劣。"一个家政保姆写出了2017年最感人的散文，而非职业或半职业作家。这是令人思考的话题：散文写作在散文之外，好的散文家是生活家、玩家、学问家、思想家。

二、当代散文的发展脉络：
政治、个性、文化、思想

尽管当下散文写作不那么令人满意，但是关于散文的话题还是值得谈论，为什么会如此？问题出在哪里？

我们先来梳理一下当代散文发展、变迁的大致脉络。这个脉络清楚了，散文的问题就清楚一半了。我本想装着很有学问、很学术地来谈论这个问题——这是大学中文系的基础课程——但是转念一想，何必搞得那么一本正经呢，本人也没什么学问，何必装呢。我们大家一起来梳理、探讨。

我想请大家回忆一下自己的散文阅读史，你读过哪些散文？哪些给你印象深刻？为什么至今忘不了？这三个问题回答出来，就是一部一个人的散文阅读史，它也是中国散文史的缩影。

我总结一下，散文阅读经验大致有三个方阵：

第一个方阵：鲁迅、周作人、林语堂、张爱玲、沈从文、巴金、钱锺书、杨绛、柯灵，等等。

> "我家的后面有一个很大的园，相传叫作百草园。现在是早已并屋子一起卖给朱文公的子孙了，连那最末次的相见也已经隔了七八年，其中似乎确凿只有一些野草；但那时却是我的乐园。"（鲁迅《从百草园到三味书屋》）

> "又是春天，窗子可以常开了。春天从窗外进来，人在屋子里坐不住，就从门里出去。不过屋子外的春天太贱了！到处是阳光，不像射破屋里阴深的那样明亮；到处是给太阳晒得懒洋洋的风，不像搅动屋里沉闷的那样有生气。就是鸟语，也似乎琐碎而单薄，需要屋里的寂静来做衬托。我们因此明白，春天是该镶

嵌在窗子里看的，好比画配了框子。"（钱锺书《窗》）

第二个方阵：刘白羽、秦牧、魏巍、杨朔，等等。

　　我的心不禁一颤：多可爱的小生灵啊，对人无所求，给人的却是极好的东西。蜜蜂是在酿蜜，又是在酿造生活；不是为自己，而是在为人类酿造最甜的生活。蜜蜂是渺小的；蜜蜂却又多么高尚啊！

　　透过荔枝树林，我沉吟地望着远远的田野，那儿正有农民立在水田里，辛辛勤勤地分秧插秧。他们正用劳力建设自己的生活，实际也是在酿蜜——为自己，为别人，也为后世子孙酿造着生活的蜜。

　　这黑夜，我做了个奇怪的梦，梦见自己变成一只小蜜蜂。（杨朔《荔枝蜜》）

第三个方阵：莫言、贾平凹、苏童、余华、王安忆、迟子建、史铁生、余秋雨、刘亮程、周晓枫、王小波，等等。

　　萧红出生时，呼兰河水是清的。月亮喜欢把垂下的长发，轻轻浸在河里，洗濯它一路走来惹上的尘埃。于是我们在萧红的作品中，看到了呼兰河上摇曳的月光。那样的月光即使沉重，也带着股芬芳之气。萧红在香港辞世时，呼兰河水仍是清的。由于被日军占领，香港市面上骨灰盒紧缺，端木蕻良不得不去一家古玩店，买了一对素雅的花瓶，替代骨灰盒。这个无奈之举，在我看来，是冥冥之中萧红的暗中诉求。因为萧红是一朵盛开了半世的玫瑰，她的灵骨是花泥，回归花瓶，适得其所。（迟子建《落红萧萧为哪般》）

高尚、清洁、充满乐趣的生活是好的，人们很容易得到共识。卑下、肮脏、贫乏的生活是不好的，这也能得到共识。但只有这两条远远不够。我以写作为生，我知道某种文章好，也知道某种文章坏。仅知道这两条尚不足以开始写作。还有更加重要的一条，那就是：某种样子的文章对我来说不可取，绝不能让它从我笔下写出来，冠以我的名字登在报刊上。以小喻大，这也是我对生活的态度。（王小波《人为什么活着》）

这三个方阵基本勾勒了当代散文的发展变迁脉络：智慧的为人生的写作，已成为散文经典；政治的夸大的社会赞歌，给人反思的文本；个性的文化的思想的散文，走在经典的路上。

散文的发展脉络给我的启示是：什么作品会留下来？是什么让它们穿越了时空，成为一代一代读者的精神选择？是什么呢？大师福克纳说，是永恒的"关爱、荣誉、怜悯、尊严、同情和牺牲"，他对年轻作家说："占据他创作室全部空间的只应是心灵深处亘古至今的真情实感、爱情、荣誉、同情、自豪、怜悯之心和牺牲精神，少了这些永恒的真情实感和普遍真理，任何作品必然是昙花一现，难以久存。"

这不是大话、空话，只要你把散文当成艺术的一分子，所有的真正的艺术，最终必须触碰到一种集体无意识，碰触到一种普遍的情感——爱、怜悯、恐惧、希望、愤怒、同情等。如果你的写作不碰触到这些永恒的真理，那么你写的爱情只是情欲；你写的怀旧只是念物癖；你写的失败里没有希望；你写的悲伤里留不下伤痕；你写的家长里短里与我无关；你写的游山玩水只是显摆；你写的人生感悟只是肤浅甜腻的心灵鸡汤，一句话：你写的不是人的内心、灵魂，你写的只是人的分泌物。

回过头来看看，那些留存下来好的散文，是不是涉及了福克纳先生说的话。《我是范雨素》为什么迅速走红？是因为它不仅写的一个叫范雨素的人，而是它写了无数的范雨素，我们每个人都是范雨素。其实它写的是我们的现实，我们的恐惧，我们内心的不安。

如果再回过头来看，用福克纳先生的标准来评判今天的散文，你是不是会生出一些不满意感来呢，我们究竟有多少散文涉及了艺术的真理问题，涉及了文学山顶的问题。这样的散文并不多。

三、散文写作应注意的五个问题

前面谈得有点大、有点虚，有点云里雾里——不过，文学的顶端就是云里雾里，不是写实主义，不是现实主义，是精神的虚无主义、现代主义，最实质的问题，一个写作者必须要劳神费力地解决的问题是：如何从"实在"进入"虚无"，如何为现实插上飞翔的翅膀，进入精神的天空，进入神性的大空。

下面谈点小的、实在的、可以操作的内容。

在座的各位，写散文的多于写小说的，散文创作队伍庞大，为什么会这样呢？因为"散文易学"，散文能短平快地表达。有句话大家都知道："散文易学而难工。"这句话是大学者王国维说的，他说："散文易学而难工，韵文难学而易工。"古诗词我们读书时学过，很难学，没学会，一句也不会写，如果没学会就写，一写别人就笑话你——最基本的平仄都不会还敢写。韵文是写都不敢写。散文不同，谁都敢写，我们小学写的作文就是散文，小学就会写了，一直写到现在，终于同王国维先生一样悟到了"易学难工"。

散文难工吗？话分两头。难工，任何真正的艺术、顶尖的艺术都难工，因为它要进入人的内心，进入人的精神层面，而且是要征服多数人，的确很难，做到"工"，有时要靠上天垂青，靠一辈子焦虑、努力。也不难工，看你"工"到什么程度，比如我要写到安溪第一，福建第一，努力琢磨，努力写作，能够做到，我要写到全国知名，也能做到，但要靠点运气和才华。所以也不要把散文想得那么难。

其实，现在最主要的问题是，我们把散文看得太小儿科，太容易。与小说、诗歌比起来，散文的地位偏低，小说家和诗人都是兼散文家的，这个时代，专门的散文家很少，专门靠写散文成名天下的很少。作家们小看散文了，其实散文里边的"道道"还是很多的，写一篇皆大欢喜的散文还是不那么容易的。

什么是好散文？好散文有标准吗？我肯定地告诉大家，没有标准。有多少种人，就有多少种好散文。打个比方，只要你把死的写活了，把哭的写笑了，把无色的写得五彩缤纷了，把有写出无了，把无写出有了，把我写出我们了……那么，你就写出好散文了。

好散文没有标准，它是一个开放的概念，你写出的任何一篇好散文都是在为"好散文"建立标准，但是差散文有标准，因为我们看到了很多差散文，那些差散文给我们的启示是，我们如果写，绝不能写这样的散文。

我下面谈的"散文写作应注意的五个问题"，都是从差散文那里来的，都是差散文的标准之一，给大家写散文时提个醒儿，避免出现这些问题，绕开这些道儿走，能让大家在散文领域走得快些，走得远些。顺便插一句，写作这事儿是不能教的，只能靠悟，而且写作这事儿永远不可学会，当你哪一天说"我学会写作了"，那就意味着你要开始重复了，创造性丧失了，写作就是创造，每一篇都是一个未知的创造。

应注意的五个问题之一：避免散文腔、散文调、散文气，但是要有自己的调调、自己的气韵

何为散文腔、散文调、散文气？简单说，就是一个人这么写了，无数人跟着这么写，写得又像又不像，学得又似又不似，久而久之，这样就形成了一种散文写作类型的腔调。散文写得有腔有调——就是大师海明威说的"寻找到了属于自己的句子"——本来是很好的事，是写作的大事，但是您做了那不该做的两个人，一个春秋时期越国美女西施的邻居东施，一个是战国时期燕国的年轻帅哥，即"东施效颦"和"邯郸学步"；您还做了宋代的那只鹦鹉，据说"鹦鹉学舌"故事出自宋代一本书里。因为流行，因为自己喜欢，所以写散文时就学别人的腔

别人的调，很多人这样学，这样写，就俗了，就没有创造了。

现在散文里还有哪些散文腔呢？

老干部散文腔。"前不久，受某某单位再三邀约，我随某某研究会采风团走进中国茶都安溪，县里有关领导同志十分重视，全程陪同我们作家参观、采风，作家们走访茶叶市场、参观清水岩，感受了火热的安溪发展和美丽的安溪风光。"多么空洞、虚荣的腔调。

文化散文腔。"如果把夏禹时期一个叫仪狄的人酿造的第一壶酒作为中国酒的起源的话，那么，酒在华夏大地上至少走过了4000年的历史，一部酒史几乎逼近于华夏五千年的文明史。史籍《吕氏春秋》《战国策》最早有："仪狄作酒""昔者，帝女令仪狄作酒而美，进之禹，禹饮而甘之"的记载，是为中国酒起源的文字佐证。"（石华鹏《魏晋酒事断想》）多么做作、生硬的文化腔调。

乡土怀旧腔。自从新疆散文家刘亮程《一个人的村庄》走红之后，乡土题材散文有了新的模仿方向，很多人像刘亮程那样写起乡土来。狗多么招人喜欢、草的生命多么值得歌唱、猪圈也充满大自然的味道……乡村成了乐园，成了香饽饽，其实没那么简单，不是那回事儿。

小女子抒情腔。"花开见佛。佛在哪里？万木凋零的旷野，一株绿草是佛；宁静无声的雪夜，一盆炭火是佛；苍茫无际的江海，一叶扁舟是佛；色彩纷呈的世相，朴素是佛；动乱喧嚣的日子，平安是佛。何时见佛？在流年里等待花开，处繁华中守住真淳，于纷芜中静养心性，即可见佛。"（白落梅《岁月静好，现世安好》）多么甜腻、迷惑人的心灵鸡汤似的腔调。

闲适散文腔。林语堂之后，闲适散文现在变成了心灵鸡汤腔调，微信上的很多 10 万＋的文字就是这类。比如《帮你是情分，不帮你是本分》《等一个不爱自己的人，等于在浪费自己的生命》等。

还有一些散文腔调，大家可以自己去发现。

大画家齐白石先生有一句著名的话："学我者生，似我者死。"这句话也适合我们散文写作。愚蠢者像别人，聪明者学别人。你写的散文如果写得很像上面提到或没有提到的腔调，那么你便很难写出来，你要做的是，学别人如何创造自己的腔调，寻找属于自己的句子，好散文都有自己的腔调，自己独一无二的腔调，当你做到让别人学你时，你便出色了。

之二：写作有风险，抒情需谨慎，诗意要小心避免煽情、肉麻，避免很文采、很华丽，素朴、真挚是最大的诗意

年轻时或者初学写散文时，最在意两样东西：一样是抒发情怀；一样是文采诗意。这两样东西好不好呢？也好，适度就好，一过了度就不好了，抒情就变成了煽情、肉麻，肉麻的文

字读起来是很怪异的；文采诗意就变成了华丽辞藻的堆砌。

以下这段文字就犯了以上两个毛病：煽情、堆砌辞藻。

"离故乡越远，心的距离反而越近。平时案牍劳形，魂逐飞蓬，难以抽身跨越空间的距离，亲手去叩响故乡斑驳的门扉，每每乡愁袭来时，我总是走到水湄江畔，让江水流浸我情感最柔软的部位，洗刷长久淤积起来渴望返回故园的愁绪。谁让我们出发时，母亲在行囊里塞满如水的乡愁，谁让我们落脚的地方有江有河。水一旦与我们生命的血质糅合在一起，水就会成就我们的性格，支配我们的生命。

能宽容，能藏纳，能摧变万物的是水；时硬如钢时软如绸，时傲如铮铮铁骨，时嗔如羞答少女的是水；如镜泊般沉静，如虹带般秀逸，如狮虎般豪迈的是水；"滔天接地而狂呼，拥地抱天而低言"的是水；"蕴伟力而静物，遇强阻而必摧，绕山岳而顺柔，坦荡荡而存天地"的也是水……

水既然能成就一个人的性格，那水也能成就整个世界乃至人类的性格：湿润而刚毅，博大而细腻，澄明而守拙。可眼下这个一切都被利缰名索牵引着的时代，慢慢滑向物化的顶峰，淫乱自恣，剥茧抽丝，谄佞暴虐，伪装虚饰。哪里还有半星水的气质，水的性格。要躲避和反抗这个喧哗浮躁的时代，本能促使我不断地靠想象返回我的故地，进入故地的那条小河。

故地原来是人安身立命的所在，是生命的本源，亦是生命的终止。难以排遣的乡愁，其实是人渴望返回故地的精神期盼，是人渴求返回本真存在和诗意家园的灵魂指归。"（石华鹏《与水为邻》）

现在散文的抒情性正在降低，今天人们的情感抒发主要靠歌曲解决，不像知青文学、校园文学抒情性很强。所以我们在散文中抒情时一定得谨慎，如果抒情时做到点到为止，或者欲言又止，就很好了。

关于文采，《论语》上有句话说得好："质胜于文则野，文胜于质则史，文质彬彬，然后君子。"意思是说质朴多于文采，就未免粗野；文采多于质朴，又未免虚浮，文采和质朴两者适当，才是君子。

之三：避免晦涩、枯燥、无力、生硬，追求散文的可读性和耐读性

我写过一篇批评文字，叫《散文的末路和未来》，收在评论集《故事背后的秘密》里，谈了我对当下散文的一个毛病的分析。大家可看看。

我以为，当前散文最大的毛病不是其他，而是可读性太差。一本散文刊物打开，没有几篇能吸引人让人乐意读下去，要智慧没智慧，要内容没内容，要文采没文采——只有自恋、自以为是的絮絮叨叨；只有花花草草、小情小调的回忆；只有滑稽和肤浅的满腹牢骚或者满脸炫耀……

　　造成散文可读性差的原因，我概括为以下"四太"：太晦涩，太枯燥，太无力，太生硬。有些散文过分沉浸于虚无的哲学、人生的思考，太玄妙太晦涩；有些散文陷入各种知识的泥沼拔不出来，太枯燥；有些散文缺少富有生命力的现实细节和现实关照，太没有力量；有些散文没有个人体验和个人情感的融入，太无情太生硬。这"四太"，在一篇或几篇散文中，有时是孤立存在，有时是交错存在，它们确实给散文自由而愉悦的阅读旅程设置了障碍。更厉害的是，这"四太"将扼杀散文的生命力，会让散文"死"去。

　　文字表达上的可读性。罗伯特·根宁（美国新闻学者）公式和鲁道夫·弗莱施（此人曾为美联社顾问）公式可供借鉴。前者的标准是：①句子的形成。句子越单纯，其可读性越大。②迷雾系数。指词汇抽象和艰奥难懂的程度。迷雾系数越大，其可读性越小。③人情味成分。人情味成分越多，其可读性越大。后者的标准是：①真实性。指"稳定与具体"的词汇总数。②传播力。指"有力与生动"的符号总数。③词和句子的平均长度。词的音节越少，句子越短，其可读性越大。④含有人情味的词汇量和句子的百分比。"个人词""个人句"越多，其可读性越大。

　　内容上的可读性。散文的可读性差，大多差在内容，所谓的乏善可陈即是。不知道是不是小说承担了讲故事的义务，散文写作有意无意在忽略故事，虽说万事万物均可进入散文，而且散文在题材上是自由的，散漫的，但这并不意味着在将这些内容写进散文时，而不讲究它们的故事性，我的意思，不是说散文也要像小说那样讲一个个千回百转的故事，但一定要将您的内容写出故事般的吸引力来，这样，才能将读者锁定在散文的可读性上。我觉得这一点，散文写作者应该向小说家学习——致力于把一个小小的事情变得趣味盎然，变得意味深长，变得刀光剑影。

之四：不要作，不要假，不要装，要真实、真诚

关于散文的真实、真诚，诗人、散文家余光中先生说了一句很好的话，他说："一切文学的类别，最难作假，最逃不过读者明眼的，该是散文……散文是一切文学类别里于技巧和形式要求最少的一类：譬如选美，散文所穿的是泳装。散文家无所依凭，只有凭自己的本色。"

散文穿的是泳装。这个比喻贴切。你一装，读者就能看出你在搔首弄姿；你一假，读者就能看出你的虚伪；你一作，读者就能看出你的结局不会好。

什么散文是装、假、作？

半夜一时，有钥匙开门，妻子回来了。《秋千架》试演昨天才结束，留下杂事一大堆，这个时候回来，还算早的。为了这台戏，她想了四年，忙了两年，近三个月，没有一天的睡眠超过五小时。她叫了我一声，我发傻地从书桌边站起来，眼前这部书稿，已校改到最后几篇。"汇报一下，今天吃了一些什么？"她直直地看着我，轻声问。我有点想不起来了，支吾着。她

眼圈一红，转过脸去，然后二话不说，拉我出去吃夜宵。合肥的街道，这时早已阒寂无人。好不容易找到一家路边小店，坐下，我正在看有什么吃的，转身与她商量，她已经斜倚在椅子上睡着了。拍醒她，一人一碗面条。面条就叫"马兰拉面"，光北京就开了几十家分店，很多人都以为与她有什么关系。吃完，结账时，店主人开起了玩笑："看你长得有点像马兰，便宜你五角！"我说："是嘛，就因为有点像，她还乐滋滋地给马兰写信，可人家不回！"店主人同情地叹了一口气："人家是大人物啊！"她不知道我与店主人这样一来一往还会胡诌出什么来，赶紧把我拉开，回家。路上想起，总有记者问我们："你们两个谁更有名？"我立即抢先回答："当然是她，连坏人都崇拜她！"

（余秋雨《霜冷长河》）

余秋雨先生的《文化苦旅》开辟了散文的新路子，创造了"文化散文"这一散文形态。

之五：由"小我"写出"大我"，由"我"写出"我们"，那就是好散文了

我有时接到作者来电询问稿件怎么样？可用吗？我说稿件写得不错，不惊艳，也无瑕疵，但是不能用。作者不理解，很不高兴地质问我，为什么？我说，你可能没有意识到，你写得很嗨，很过瘾，但是我读得无动于衷，与我半毛钱关系也没有，

既打动不了我，也引不起我的兴趣，因为这个稿件与我无关，与读者无关，只与你自己有关，所以不好发。有的作者能理解我的意思，有的不能理解，说我不清不楚。

散文有两类：一类是"我"的散文，也叫抽屉文学，写了锁在抽屉里或者压在箱底，有时自己偷偷拿出来看看，也很好，我称这种写作叫自私的写作，只与你自己有关，比如情书、交代材料等，不适合公开发表。还有就是你写的那点事，那点经历，那点回忆，跟别人无关，勾不起别人的共同记忆；还有一类是"我们"的散文，虽然你写的是个人的事儿，但这个事儿跟大部分人都有关系，即你的写作触碰了一种集体无意识，触碰了一种普遍情感。还有就是你写的是我们的事儿，比如文化、大历史、大事件，也属"我们"的散文。

很显然，与"我们"有关的散文才是好散文，那么问题就变得有些复杂了：有时写的是"我"，但与"我们"有关；有时写的是"我们"，但只与"我"有关。散文如何从"我"迈向"我们"，就成为散文很重要的一个问题。

散文家和散文评论家红孩说："那些优秀的散文，无一不是通过我达到我们的过程，这就如同读朱自清的《背影》，当我们看到作者的父亲，一定会联想到自己的父亲；当我们看到贾平凹的《丑石》，一定会想到生活中无数的'丑石'。其实，纵观天下的事情，完美如意并不钟情于我们，我们拥有的更多的恰恰是生活的艰辛与苦难，同天上的星星比起来，我们是星星，更是丑石。丑石的追求，亦即散文的追求。我们应该感谢散文，它总是在提醒和鼓励我们，散文的创作过程就是从我走向我们的过程，也就是从心灵走向心灵的过程。"

红孩说得很有道理。我们如何能做到从我走向我们，从心灵走向心灵呢？一个方法，按照福克纳先生说的去做——"占据他创作室全部空间的只应是心灵深处亘古至今的真情实感、爱情、荣誉、同情、自豪、怜悯之心和牺牲精神，少了这些永恒的真情实感和普遍真理，任何作品必然是昙花一现，难以久存。"

2017 年 5 月 17 日

注：福建安溪县首届作家讲习班 2017 年 5 月 26 日在安溪举办。

理想的批评家和批评家的理想

（厦门讲稿）

很高兴来厦门，与"文艺评论培训班"的朋友们聊聊文艺评论。我是一名文学编辑，谈小说、诗歌、散文写作较多，专门谈文艺评论较少。我为什么一口答应永盛兄的邀约呢？因为两个原因，一是我自己编辑之余也写点文艺评论，这么多年下来，也写了一批文章，出了几本评论集，自我感觉对文艺评论写作也有点经历和感触，可以与各位评论同仁交流一下；二是我身上还有一个职务，《海峡文艺评论》的主编，编这个刊物，就得求教各位评论家，从大家这里获得高质量的稿子。所以我来的目的很明确：交流、约稿。

不久前，中央宣传部等五部门联合印发了《关于加强新时代文艺评论工作的指导意见》（以下简称《意见》）。这个《意见》内容丰富而明确，既有指导性也有操作性。可以说，是我们从事文艺评论工作的"法宝"和"参照系"。该《意见》明确了加强新时代文艺评论工作的总体要求（为人民提供更好更多的精神食粮）。提出了几点要求：要把好文艺评论方向盘（价值导向和理论建设）；要开展专业权威的文艺评论（评论标准和方法）；要加强文艺评论阵地建设（传播力）；要强化组织保障工作（有价值感）。我们《海峡文艺评论》杂志明年准备专门策划一期"何为专业权威的文艺评论"的话题来讨论。

今天与大家交流两个问题：一、理想的批评家；二、批评家的理想。

一、理想的批评家

美国著名的文学批评家乔治·斯坦纳在《人文素养》一文的开篇，提出了一个对批评家的灵魂之问，他说："如果能当作家，谁会做批评家？如果能焊接一寸《卡拉马佐夫兄弟》，谁会对着陀思妥耶夫斯基反复敲打最敏感的洞见？如果能制造《虹》中迸发的自由生命，谁会跑去议论劳伦斯的心智平衡？"

他还说，批评家过的是二手生活。使语言保持生命力的，不是批评。他还说，有永恒流传的诗歌，但很少有永恒流传的批评。

斯坦纳的这些话无疑会让从事批评的我们沮丧，但是他又说："批评有其谦卑但重要的位置"，"没有批评，创造本身也或许会陷入沉默"。这些话又给我们一种存在感和价值感。

乔治·斯坦纳，是我从事文艺批评工作的偶像。

文学写作需要偶像，文艺批评写作同样需要偶像。偶像如大海航行中的灯塔，它永不熄灭的光亮，为写作者指明方向，提醒我们别走偏了道；为写作者带来希望，鼓励我们别轻言放弃，坚持下去。偶像是榜样，榜样的力量是无穷的，他能给予我们文字一种强大的力量：我们也要像他们一样，知识、见识、文风都像他们一样。我们的评论写作，从模仿偶像到打破偶像，再到功成名就地致敬偶像，如一个人从出生到长大的过程一样，必须经历。向偶像致敬的写作，可以产生强劲的写作动力，可以触摸艺术的高标尺，也可以产生一种巨大的幸福感。这一切的前提是，我们的偶像必须是大家级或者大师级的。

我们心中的偶像批评家，就是我们眼中理想的批评家。

我理想中的批评家是这样的：他是一个文学美食家，品尝过"文学的天下美味"之后，来告诉读者哪部书值得读，哪部书值得重读；他是一名审判员，审判作品，不审判作家，对同时代文学做出美学和艺术的判断：是好是坏还是中等？是优是劣还是过得去？并不断去追问：今天的写作是否在形式和技术上有了变化？今天的写作在多大程度上准确地描述和探讨了中国人的生存境遇和精神困难？在这样一个转型时代写作的走向如何、是否出现了从内容到形式的全新文本？它在文学长河中的位置在哪里？等等；他是一名批评科学家，一直都在践行俄国诗人普希金对"批评"的精彩论断："批评是科学。批评是揭示文学艺术作品的美和缺点的科学。它是以充分理解艺术家或作家在自己的作品中所遵循的规则、深刻研究典范的作品、积极观察当代突出的现象为基础的。"他是走在作品前面的人，是有文体意识的美文家，在他的批评文字中有对比喻的迷恋，有对文采飞扬的追求，有时候他还是一个诗人，对批评充满诗意的表达……

有这样几位批评家是我心中理想的批评家的样子：率性与才华集一身的金圣叹，他的批评打上了强烈的个人烙印；学识广博和视野开阔的钱锺书，他的批评既是嬉笑怒骂又是百科全书式的批评；真正有思想和见识的乔治·斯坦纳，他的批评既宏观又细腻，是用诗的语言在写批评的批评家；知识与洞察力兼具且文采飞扬的罗伯特·休斯，他的艺术批评打破偶像，"攻击准确到致命的程度"……我想成为他们，但难以企及，所以心向往之，这就是所谓的理想，永远难以实现的那种东西。

每个人心目中理想的批评家都不一样，我想与大家介绍一下我的这几位偶像批评家。

1. 金圣叹

金圣叹（1608—1661），明末清初苏州吴县人。人间奇才，能文善诗，为人率真，狂放不羁，以才子自居。金圣叹不姓金，原姓张，叫张喟，某年年终考试时作文怪诞而被革除，为了参加科举考试，改名金人瑞，字圣叹，科举考了第一名，不去做官，以读书著述为乐。评点了不少古典著作而成名。他是少有的能名垂青史的批评家。400多年了，他的批评还在被人阅读。

明末清初小说批评派创始人，开创了文本细读法。他的批评与作品相得益彰。

中国历史上最著名的文学批评家，可能不用加之一。胡适认为他是"大怪杰"，有眼光有胆色。林语堂称他是"十七世纪伟大的印象主义批评家"。

1641年，金圣叹完成奠定他在文学史地位的著作《批水浒》。

1656年，又写出了另一传世之作《评西厢记》，成了毫无争议的文学批评第一人。连顺治皇帝看到他的作品都忍不住啧啧称赞，并说"此是古文高手，莫以时文眼看他"。

批评风格：充满灵性，一针见血，有人情味儿。

2. 钱锺书

钱锺书（1910—1998），字默存，号槐聚，曾用笔名中书君。江苏无锡人。著名学者、作家。学术著作有《管锥编》《谈艺录》《宋诗选注》等。文学作品有小说《围城》散文集《钱锺书散文》等。他著述不算多，但都成为20世纪中国重要的学术和文学经典。

20世纪的文化昆仑。掀起一股"钱锺书热"。

熔铸为卓然一家的"钱学"：一是自成"钱学"；二是别人研究他而成"钱学"。

批评风格：渊博，睿智，学贯中西，隽思妙语，写出了最美妙的汉语。

3. 乔治·斯坦纳

乔治·斯坦纳（1929—2020），美国著名文艺批评大师与翻译理论家，当代杰出的人文主义知识分子，熟谙英、法、德等数国语言与文化，执教于牛津、哈佛等著名高校。主要研究语言、文学与社会之间的关系及"二战"大屠杀的影响。代表作有《语言与沉默》《悲剧之死》《巴别塔之后》等。

人们如此赞誉他——当今知识界最伟大的人物之一。

一位来得太晚的文艺复兴巨人……一位欧洲玄学家，却有着了解我们时代主流思想的直觉。

一位伟大的讲师，具有先见之明和悲剧情愫，他可以在半页纸上草草写满文字，而且不作任何引用。

批评风格：思想的洞察力和预见力惊人，文采飞扬，对语言的研究入木三分。

4. 罗伯特·休斯

罗伯特·休斯（1938—2012），澳大利亚人，当代著名艺术评论家、作家、历史学家。他曾任美国《时代》周刊的首席艺术评论员，并为该刊撰写艺术评论长达三十年之久。在当代艺术运动不被认可的岁月里，他化身成了传统主义的鞭挞者和一名艺术斗士。著有《绝对批评：关于艺术和艺术家的评论》《致命的海滩》等。著作影响了澳大利亚乃至全世界艺术评论的发展。被《纽约时报》誉为世界上著名的艺术评论家。

作为美国最受争议的艺术评论家，他以热爱与憎恶交织、才智与权威并存的眼光审视 16 世纪罗马至 20 世纪 80 年代苏河区的艺术品、艺术家以及艺术界。

批评风格：知识渊博，艺术感觉敏锐，文风犀利。

二、批评家的理想

作为一个所谓的批评家，我的理想是：希望所有的小说都写得震撼人心，写得完美，基本不需要批评，让赞美压倒一切。但这只是一种良好的愿望而已，这种景况难以出现，不符合写作规律，任何一个作品都是可以批评的，看你站在什么角度，看你使用什么标尺。所以批评不可或缺，没有批评，写作是否也会陷入沉默？

作为一个所谓的批评家，我一直都在问自己：文学批评真正要面对的是什么呢？要回答这个问题里的"真正"二字，对我来说，其实是在拷问批评家的批评价值观。

一方面，"批评家"这顶帽子带给人优越感，仿佛真理在握的样子，在这种有些虚幻的优越感下，批评家是否会以一个知识优越或者思想优越者的身份，来捧杀或者棒杀一部作品呢？还是会以一个谦卑的普通读者的身份，表达自己的喜欢或者不喜欢，判断好还是不好呢？

另一方面，"批评家"这顶帽子有时也是灰暗的，与那些光芒四射的作家作品相比，批评家会自问，一篇批评文章的生命力有多久？一个出色批评家的声名能穿越多少时空？更不用说对那些很快便会销声匿迹的作品的批评了。一个批评家总会在"有意义"和"无意义"的纠缠之间摇摆着前行。

无论怎样，如果从三国时期曹丕的《典论·论文》算起，文学批评这门古老的事业已经存在将近1800年了，它还会继续下去。文学批评真正要面对的是什么呢？我以为，从本源上来说，是建立并维护一种健康的文学秩序。无论批评是面对喜欢与不喜欢、好与坏，还是本体研究，都是在为一种健康的文学秩序而努力，这文学秩序是在"个人偏好与政治偏向之外"回答文学是什么，文学为什么存在，我们需要什么样的文学等问题。

有时候，我还愿意相信，文学批评是另一种人生哲学，它是批评者的生活感悟、生命体验与作家作品敏感地碰撞之后，所生发出来的不仅仅是一种关于文学作品的判断，更是一种关于人关于世界的认识的表达。

1. 批评家的职责

文艺批评家是干什么的？应该干些什么？

不同的批评家有不同的回答，我还是愿意介绍我的偶像级别的批评家的观点。

前面提到的乔治·斯坦纳认为，批评有三个功能：

首先，批评向我们表明什么需要重读，如何重读。批评的用武之地，是帮助读者在浩如烟海的作品中作出选择。优秀批评的标志是，它敞开了更多的书，而不是封闭了更多的书。

批评的第二个功能是沟通。批评家设法建立过去和现在的对话，也要设法敞开不同语言之间的交流。批评家坚持认为，文学不是活在孤立中，而是活在许多语言和民族的碰撞交流之中。

批评的第三个功能是最为重要的功能。它关注于对同时代文学的判断。他不但必须追问，是否代表了技巧的进步或升华，是否使风格更加繁复，是否巧妙地捎到了时代的痛处；他还需要追问，对于日益枯竭的道德智慧，同时代艺术的贡献在哪里，或者它带来的耗损在哪里。作品主张怎样用尺度来衡量人？用什么尺度来衡量人？

一句话：文学批评的任务，就是帮助我们作为健全的读者阅读，以精确、敬畏和快乐为榜样。

英国著名的批评家、诗人 W.H. 奥登有一本很有名的书《染匠之手》，他在其中一篇文章中谈到了批评家的职责。

他说：批评家的职责是什么？在我看来，他能为我提供以下一种服务或几种服务：

①向我介绍迄今我尚未注意到的作家或作品。

②使我确信，由于阅读时不够仔细，我低估了一位作家或一部作品。

③向我指出不同时代和不同文化的作品之间的关系，而我对它们所知不够，而且永远不会知道，仅凭自己无法看清这些关系。

④给出对一部作品的一种"阅读"方式，可以加深我对它的理解。

⑤阐明艺术的"创造"过程。

⑥阐明艺术与生活、科学、经济、伦理、宗教等的关系。

从奥登先生的论述中我们感觉，批评家应该提供的服务是高学识、高智商、高思辨的"三高"服务，如果一个批评家做到了其中的一半，他就应该是一位出色的批评家了。

奥登先生是一位个性鲜明、态度明晰的批评家，他有两个观点给我留下深刻印象：

一个是，他说对他认定的低劣作品保持沉默。他说："低劣的作品经常伴随着我们，但任何特定的艺术作品一般只在某个时期内才是低劣的；其显露的低劣之处迟早会消失，被另一种特性所取代。所以，不必去攻击这种低劣之处，它终将消亡。

如果麦考利从未写下评论罗伯特·蒙哥马利的文章，我们今天照样不会处于蒙哥马利是伟大诗人这一幻觉之中。对于批评家，唯一明智的做法是，对他认定的低劣作品保持沉默，与此同时，热情地宣扬他坚信的优秀作品，尤其当这些作品被公众忽视或低估的时候。有些书被不恰当地遗忘了；然而没有书被不恰当地记住。"

另一个是，他说对语言的败坏必须公开而持久地抨击。他认为，对语言的败坏是"文学上的一种罪恶"，"作家不能自创语言，而是依赖于所继承的语言，所以，语言一经败坏，作家自己也必定随之败坏。关切这种罪恶的批评家应从根源处对它进行批判，而根源不在于文学作品，而在于普通人、新闻记者、政客之类的人对语言的滥用。"

2. 批评家的品质

一个出色的批评家应该具有什么品质呢？或者说，一个批评家身上具有什么品质才会让他出色呢？

诸如足够的知识储备、对批评的喜爱、大量的批评训练等等必要品质，这里不再赘述，这些是批评家的"标配"，我们必须强调让批评家脱颖而出的那些最重要最稀缺的品质。从我前面提到的几位偶像批评家身上我得出了以下看法：

一是艺术的敏感力。

所谓艺术敏感力，是指一个批评者有狗的鼻子、鹰的爪子、狼的眼睛，能够敏锐地感受和捕捉到艺术的美、艺术细微变化之间的妙；能分辨艺术与非艺术、真艺术与伪艺术、好艺术与坏艺术的界限；能指出艺术在形成过程中的叙述、语言、结构上的个性。

拿金圣叹来说，他的艺术敏感力超强，具体表现在：①能体味小说中人物的个性风情。他的点评中喜欢用"画某人"、"活画某人"等夹批；②能感受到叙述的语言特色和弦外之音；③能捕捉好作家的神来之笔。比如他能发现《水浒》第二十四回是"过接文字"、"不肯草草处"，是大作家手笔，越是小处越是不同；④是一位有人情味的真性情的读者。

二是思想的洞察力。

所谓洞察力，即透过现象看到本质的分析能力和概括能力。洞察力需要知识的积累、知识的贯通和思维的穿透。洞察力不仅包含看得深，还包含看得远，有对未来的预见性，能够打通过去和现在，连接未来。

比如透过美国传播学者、批评家尼尔·波兹曼的《童年的消逝》我们可以感受到评论家的洞察力。波兹曼提出了"童年的消逝"这一理论。他的"童年消逝"理论的洞察力表现在两个方面：一方面解释了电视媒介时代儿童成人化的趋势，导致童年的消逝；另一方面它也适宜我们今天网络时代，短视频不仅导致"童年的消逝"，而且导致"成人的弱化"——文字能力变弱、抽象逻辑思维下降、智力下降，理论具有了生长性和经典性。

三是文字的表现力。

鲁迅先生在《作文秘诀》一文中讽刺了文章在修辞方面的两种弊端：朦胧和难懂。前者是遮丑，遮住无知；后者是卖弄，卖弄知识。我们现在的评论文风又有多少进步呢？评论的八股文、僵化的学院风等等，批评文风总不太令人满意。对抗朦胧和难度，鲁迅先生提出了"秘诀"："有真意，去粉饰，少做作，勿卖弄而已。"改变批评文风就从我们开始吧。

2021 年 10 月 9 日

短篇小说的病症及医治药方（济南讲稿）

一、开场的话

我从福建来，这是第三次到济南。每次来感觉都非常舒服，因为有好多好朋友在这里：赵月斌、王宗坤、范玮、夏海涛、杨文学、范金泉等老师，还有一些早就通过小说认识了但没见面的朋友。朋友相见，把酒谈文学，不亦快哉。

济南与福州，两座城市，楼房、汽车、商店看上去差不多都一样，也有不一样的，就是看不见的——城市里看得见的都一样——比如城市气息不一样，福州是温润、娴静的南国小女子，济南是大气、开阔、有礼数的北方汉子；福州的空气中有茶味，济南的空气中有泉声；如果用济南的泉水泡福州的茗茶，该是一种什么享受？还有口味不一样，我喜欢福州的鱼丸、拌面，也喜欢济南的火烧、煎饼。

很高兴来济南与大家交流。我讲的题目叫"当前短篇小说的病症及医治药方"。我后来一琢磨，觉得这题目的口气太大了，我把自己想象成了名医，以为自己能为当下小说把脉，望闻问切，诊断病症，并开出治病药方。怎么可能呢。当前小说是一个庞大而复杂的存在，而且一切皆处于变化之中，谁又能盖棺论定、一锤定音呢？其实不能，我充其量只是一个"游医"，天天读小说、编小说，见得多一点，想得多一点而已，所以我得声明：所谓的当前短篇小说的病症及医治药方，仅仅是一个"游医"的个人看法，仅供各位参考。

二、微信时代的文学命运

如果让我给我们这个时代命名的话，我称它为微信时代。微信像洪涝时期的洪水一样包围了我们，我们无处可逃——在一切可能的场合，我们不得不掏出手机，来，扫一扫，加一个。家里、路上、办公室里、商店里、饭店里……有人的地方就有微信的鸣叫声或振动声。毫无疑问，这是既让我们惊喜连连又让我们烦躁不安的我们与科技"共谋"的现实。我们被微信这张网网住了，我们是织网人。

前三个月的一组数据从宏观上证明了这个命名的合理性：我国移动宽带用户总数达到 9.78 亿户，微信及海外微信月活跃账户达 8.89 亿——这意味着绝大多数移动互联网用户也是微信用户——94% 的用户每天打开微信，六成以上的用户每天打开微信超过 10 次，每天打开 30 次的重度用户占 36%，55% 的用户每天使用微信超过 1 小时。

当然，我们每天都使用马桶，你不能说这个时代叫马桶时代，逻辑不对，马桶只是我们的附属工具，工具性突出，但我们每天使用微信便不同了，就像使用我们的另一只手、另一只脚、另一个脑袋一样，理所当然，且须臾离不了，微信或者说移动互联网已经成为我们身体的一个"器官"。问题的复杂就复杂在科技"器官化"上，我们使用它，它也在使用我们、控制我们、塑造我们。今天我们使用微信，已经不只像当年我们使用汽车火车那样只是多了一只脚、使用电灯多了一双眼、使用挖掘机多了一只手那般简单了，我们多了一颗无限强大的微信"脑袋"。"脑袋"是最不受控制的，科学家已经证明人的大脑是高度可塑的，微信那只"脑袋"正在塑造我们自己脖子上的这只脑袋。

它塑造了什么呢？它塑造了我们的新思维。媒介学鼻祖、加拿大的麦克卢汉提出了著名的论断：媒介就是信息。在此论断基础上，美国著名的科技学作家尼古拉斯·卡尔提出：媒介不仅是信息，还是思维。1882年，尼采买了一台打字机，这台打字机挽救了他严重下降的视力，因为他闭着眼睛也能打字写作，有人发现打字机微妙改变了尼采作品的风格，尼采说："我们的写作工具参与了思想的形成。"今天的微信比尼采那台打字机强大了几何级倍数，它正在重新塑造着我们的思维。

它为我们提供了雪崩一样可怕的庞大的信息，但却让我们害上了信息焦虑症，面对信息，要么顶礼膜拜、被征服，要么粗暴易怒，不相信，冷漠；它永不停止地吸引了我们的注意力，但无数的链接和窗口又分散我们的注意力，我们陷入尴尬和反讽之中，它吸引我们的注意力只是为了分散我们的注意力；它让我们整日滑屏不止，很是忙碌，仿佛日理万机，却毫不留情地将我们的日子和生命切割得支离破碎，我们的生活和思维是碎片化的，那是另一个打着无数补丁的我们；它用简短、令人愉悦的画面和内容，消解了我们曾经冗长的带有仪式感的获取和思考，深度和漫长的所有东西似乎都不受欢迎；它主宰了我们的意识，我们只能被动性地接受，因为我们太依赖它了……

我们每天理所当然地使用微信——因为它是长在我们身体的一个"器官"么——用它做一切可以做的事情，做一切愿意做的事情：购物、餐饮、娱乐——满足我们的生理需求；做生意、开公司、搞推销——满足我们的成功需求；晒日子、秀恩爱、插科打诨——满足我们的虚荣需求；求知、获取信息、发表意见——满足我们的存在感和心理安全需求；等等吧。我相信，与微信和移动互联网将我们塑造成的那个信息焦虑症、注意力分散、碎片化、仪式感丧失、被动性的大脑相比，无数人在微信和移动互联网的世界里，活得风生水起，过得如鱼得水，他们同时找到了两个自己，一个真实的自己，一个虚伪的自己。如此看来，微信和移动互联网是一个狂欢性的和非虚拟性的除了我和外部世界之外的第三维世界。

浅薄——美国人尼古拉斯·卡尔选择这个词来概括互联网对我们思维塑造的后果，他用 20 万字的《浅薄：互联网如何毒化了我们的大脑》一书，来论述网络让我们丧失了以前的大脑，甚至夸张地说网络让"我们丧失了人性"。浅薄的对立面是深刻，不过卡尔重新阐释了浅薄，浅薄不是原来那个贬义词，是我们获取信息的思维方式，是由深刻过度来的浅薄，在移动互联媒介之前，我们认识世界是由现象到本质的认识过程，得到的是深刻的世界，而今天我们认识世界则是由本质到现象，回到的是浅薄的世界。卡尔说："当信息轻易可得，我们总被简短、破碎、令人愉悦的内容吸引。"尽管卡尔赋予了浅薄新的内涵，但他的骨子里仍然认为移动互联将会把我们变得越来越浅薄——那种头脑简单的浅薄。

这就是我们面对的无法绕开的时代——微信和移动互联网时代。

这个时代，我们的阅读在屏幕上完成，快速而分散，我们无法再像以前那般安静、专注、深入地去阅读一部部沉甸甸的文学作品。我们的屏幕上滑过的是什么呢？是铺天盖地的朋友圈和公众号，是短小漂亮的十万＋的心灵鸡汤，是没完没了的类型小说——尽管它们可能长达几百万字，但它的本质是一个个破碎的短故事。尽管多数文学期刊的公众号为了招揽读者，发布适合读者口味的"公号体"文章，但真正又有几人去阅读严肃的文学期刊呢，结果期刊文学少有人问津，留下一堆文学的"公号体"文，所以青年评论家曾于里预言性地提出了文学以及文学期刊正在变成"公号体"。这一说法不是没有道理。

尼古拉斯·卡尔说，以前我带着潜水呼吸器在文字海洋中缓缓前进，现在我像一个摩托快艇手，贴着水面呼啸而过。

毫无疑问，在今天，文学正在变成一种失落的艺术。

我说的文学是指那种严肃文学，从15—20世纪将近500年来所承接着伟大传统的文学，用英国著名评论家利维斯的话说，是"对人性足够深刻而又充满同情的理解；对现代性的警觉；语言须能精致准确表达出想要表达的对象；完整流畅的整体结构"的文学。如果说媒介即信息、媒介即思维的话，那么这种伟大的文学诞生于纸质印刷时代，纸质印刷媒介缔造出来的是深阅读，是深邃辽远的对话，是宁静独处阅读的氛围和神经系统，如今我们的媒介变成了微信和互联网，它塑造了我们新的神经系统，它全面地颠覆了我们的阅读习惯，让我们远离了阅读严肃文学的崇高品质，那种专心致志的孤独宁静的阅读和沉思反省的深入能力。

在这样的移动互联媒介面前，拥有伟大传统的严肃文学显得多么老土和不合时宜——文学名著落满灰尘，尽管一个阅读器就是多少座图书馆，也少有人轻便地点开；文学期刊刊发大量向经典致敬的小说，也少有人问津。尽管一些著名的文学评论家对此表现了担忧，并提出"应通过文学培养人在智力和道德方面高度敏感的感受力，来抵制低劣的大众文明"，只有通过严肃文学"对世界丰富而生动的理解""使我们能够概念地、批判地、隐喻地和想象地思考"来拯救微信时代的"浅薄"头脑，但我们似乎没有看到曙光。

难道这就是微信时代严肃文学的必然命运吗？意大利学者、小说家翁贝托·艾柯说，苏格拉底表达了"一种永恒的担忧：新的技术成就总是会废除或毁坏一些我们认为珍贵、有益的东西，对我们来说，这些东西本身就代表着一种价值，而且它们还具有深层的精神价值"。

也许，废除和毁坏无法避免，何不开放性地与这个时代达成默契，重新"建设"我们的文学。严肃文学没有死，它只是在新的蜕变中。美国著名编剧詹姆斯·弗雷写过一本书叫《让劲爆小说飞起来》，我以为"劲爆"一词是不是我们在微信时代开辟严肃文学新疆域的有效"武器"呢。我愿意想象这种"劲爆"文学的基本元素：它有强大的吸引力，故事富有戏剧性；它触动读者的身心，感人或者令人愉悦；它道出人类社会重要的东西，或明或暗；它的表达简洁、准确和美。

其实，这一切仍来自伟大的文学传统，但是它已经拥有了全新的样子和高超的表达技巧。

三、当前短篇小说的病症

谈论文学的方法有两种，一种是从外部谈论文学，我们上面是从外部在谈论文学，文学在当下的处境；一种是从内部谈论文学，小说的结构、人物、表达等是小说的内部构造，下面我们从内部来谈谈短篇小说。

近二十年来，我读过的中国当下小说难以计数——长篇中篇短篇、有名的半有名的没名的、男的女的老的少的，真是很多。因为读小说是我的工作，我是名小说编辑；因为我真的很爱咱们中国的小说（绝不是空话），所以读很多。我是名"小说民族主义者"，读了很多当下小说和读了很多伟大的外国小说之后，我的民族自卑感就出来了，咱们这么大一个国怎么就没震撼世界的小说呢？总希望中国能出很棒的小说，把外国人打下去。

由爱生恨。我爱咱中国小说，可咱中国小说不爱我，总出不来很棒的小说，像外国小说那样来震撼我——一个不安分的忠实的小说读者，所以，慢慢地，我内心对当下小说生出一丝恨了，是恨，不是冷漠；恨是因为在乎，冷漠是因为不在乎；随你去，是死是活都不在乎，冷漠比恨可怕，我是很在乎咱们当下小说的，所以恨，恨铁不成钢。

因为恨，所以我会琢磨：咱们当下小说害了什么毛病？

我一介读夫，也尝试着做回小说医生，为咱当下小说把把脉，望闻问切，诊断下病症，也尝试着开点药，医不医得好，是另一码事儿，我本一"游医"，那些学者、教授持证上岗，比我胜任，但我的心意到了。

病症之一：软骨病

又称肌无力，一身肥肉，没力量。读当下小说，越读越没劲儿，读了一篇又一篇，回过头来，脑袋一拍，靠！我读它干吗，还没生活精彩呢。咱们的小说，一篇篇故事不是讲得四平八稳、圆圆满满、规规矩矩，就是讲得急急忙忙、丢三落四、直奔结局而去；而且，这些故事不是红杏出墙，就是三角、四角恋；不是官场腐败权术，就是底层挖煤挖矿死人；不是成长记忆青春期混乱，就是职场法宝办公室小资等，让人无法容忍，好像天底下就这点事儿。最无法容忍的是，一窝蜂，一苦难，全中国都写苦难了，最最无法容忍的是，披着小说外衣的故事比《故事会》还难看。一句话，故事强奸了我们的小说，故事俘虏了我们的作者。

历史很搞笑，小说以前读不到一点儿故事，就怕不先锋不艺术，就怕别人看懂；如今，满眼故事，就怕不大众不通俗，就怕别人看不懂，提到小说艺术脸会红。不是说这些故事不能写，能写，但您不能写得跟报纸的"特别报道"和电视里的"深度新闻"一样，甚至还没它们吸引人，如果小说是故事，是二手新闻，要不在这个靠一根指头就可获得海量资讯的时代，要小说干啥呢。小说成其为小说，应该在这些故事身上，还往前走一步，走两步，甚至更多，让小说闪耀出艺术的光泽来，那小说的生机和力量也就出来了。往前走一步，就是说这个故事需具备表达普遍世相的意义，往前走两步，这个故事需具有深入生命真实的能力，走更多呢，那是少数天才的事情了。

如果一部小说止于故事，那只能说明一点，这小说不值得写。每时每刻产生那么多小说，又有多少是真正值得写的呢？写过长篇大著《纠正》的美国当红小说家乔纳森·弗兰岑说过一句话很有道理，他说，"小说，如果不是作者对于令人恐惧之事或未知领域的个人历险，就不值得写，除非为了钱。"

小说的"骨"，小说的力量，说白了，终究是小说作为一门艺术呈现出来的力量对读者的征服。征服就是穿越，从故事的柴米油盐到人情世故，从普遍世相到深入生命真实，一路穿越，小说取得最后决定性胜利的是小说的情怀，小说的呐喊，小说的哲学意味等。

病症之二：絮叨症

也称唠叨症，说话啰嗦，没完没了，言语烦琐，冗长不简洁。现在一些小说，一打开，读者头就大，平庸、啰嗦的文字铺天盖地而来，像公款吃喝，不要钱似的，满桌的铺张浪费，满桌的杯盘狼藉。一篇小说从第一句话开始，就得了絮叨症，不知道寻思些对读者的阅读神经刺激作用大的话，来开始自己的叙述。再怎么着，您第一句话总得动动脑筋想想法子把读者抓住吧，不要一上来就这人姓甚名谁，多大年纪，性格怎样，家住哪里，祖上干什么的，没完没了啰啰嗦嗦地失去叙述方向。老外就聪明，第一句话特讲究，比如保罗·奥斯特《布鲁克林的荒唐事》开篇第一句：我在寻找一个清静的地方去死。有人建议布鲁克林。第二天上午我便从韦斯切斯特动身去那地区看看……多好的叙述，读者被吸引，小说便拉开序幕。

人人都会说，小说是语言的艺术，但有几人真正领悟和体悟过这句话的含义。语言是小说中的深潭，要多深有多深，小说家才华高低的区别就表现在语言上，一个人才华有多大语言就有多好。语言不仅仅是小说的工具，更是小说存在本身。我以为，当代小说留给我们少有的美好印象，是和几位作家的语言才华连在一起的，余华、苏童、莫言、迟子建，仅此几位，用语言搭建了自己的文学形象和文学名声。这几位的语言共同点是节制、有力，一句当两句三句用。从所谓的"70后"开始，语言开始变得铺张起来，不节制，说话啰嗦，言语烦琐，看不到任何的叙述才华，两句三句当一句用，这里边包括很多新的代表人物，只有少数人的语言才华为人所称道。

我眼中好语言的标准是，准确、节制、独到。前两个标准不说，就说"独到"，独到是指一个作家的语言形象——叙述的神态、口气，表达事物时拥有的诗性气质、语言习惯，它是一个作家区别另一个作家的"标签"，是"独一个"。"独到"是语言艺术追求的表现。其实，能刺激读者的语言都是好的语言，小说写出来，好和糟的判断是存在于读者感觉中的，要不得的是，咱作者写了一大堆，读者无动于衷，这个语言刺激是失败的，其他的还有什么用呢。德国人顾彬批评咱语言不好是有一定道理的。

病症之三：青光眼

视野短浅，看不远看不清，视神经萎缩。这一病症在当下小说中的临床表现是，看不远，视野局限，小说没有精神维度和精神高度，或者说没有格局和没有气魄。有些小说，故事、叙述、题旨均无可挑剔，能吸引人，也能感动人，但读完后，就是让人觉得缺少点什么，还是不够过瘾，不够震撼，其实缺的是格局和气魄，是小说的"艺术味"的欠缺。我们当下很多走红的小说家都遇到了这个问题，就是所说的瓶颈，穿不过去，修炼得很不错了，就是成不了"仙"。

我说不出为什么会这样，也说不出怎样才能让小说具有气魄和格局，我只是隐隐觉得，这跟一个写作者自身的人生状态、人生胸怀、人生气象丝丝相连，这也跟一个写作者相信什么，追问什么有关，追问得越彻底，越有可能出现格局和气魄，但这已经不是小说技巧、小说训练的事了，与神性相关了。但凡艺术，一旦归结到神性那里，便不可言说了。

这样看来，咱当下小说的确病了，而且病得不轻，而且是综合征，像垂暮的老人，全身是病。

但是说了半天，我发觉我说的都是些小说常识，也没什么新意，但问题大的是，咱们当下小说把这些常识弄丢了，被所谓的市场、商业牵着鼻子走了，印数论成败，名气论英雄，殊不知小说已经变成一地鸡毛的东西了，看似繁荣，实则轻浮和空虚。那就回到常识吧，回到小说"艺术"的轨道上来，用创造"艺术"的态度来创造小说。

四、仅供参考的医治药方

既然有病，就治。我开的一味药是：呼唤"文艺腔"，让"文艺腔"回到小说中来。

既然小说已经变成了人云亦云、婆婆妈妈、轻如鸿毛的俗物，那不如让它"雅"起来；让它"艺术"起来；让它小众起来——其实真正的小说正在小众化——成为精神贵族的奢侈消费品，当有一天我们民族的精神贵族越来越多，小说也便大众起来了；让它在这个不再需要小说提供知识、信息、娱乐的时代，提供只有小说才能提供的丰富的精神大餐。要重新体现小说的这些价值，好的方法是，操起"文艺腔"，写起新的小说来。

曾几何时，人们将"文艺腔"踩在脚下，解恨地跺上几脚，然后定下几宗罪：甜腻、虚假、空洞、风花雪月、华而不实、无忧说愁、没话找话，等等，这些文艺腔的代名词是文艺腔的内容，文艺腔的腔调呢？是指文绉绉的、咬文嚼字的、拿腔捏调的、爱激动爱抒情的腔调。甚至，有人把"文艺腔"延伸到文艺领域之外，认为社会认识和政治意识中也有"文艺腔"，指那些缺乏逻辑、认识肤浅、看不到问题实质，而站在自己角度说"窄话"的人，多半讽刺读死书的大小知识分子。

有人问画画并写作的陈丹青，"生命是有限的，什么是无限的？"陈答，"文艺腔无限。""什么会让你快乐？什么会使你不快乐？"陈答，"听文艺腔我就不快乐，也不是不快乐，是想一头撞死——人怎么可以这样说话。"

看来，文艺腔的确为人所诟病。但文艺永远离不了文艺腔，拿近的说，从琼瑶阿姨到安妮宝贝到郭敬明，早已一路演进一路传承下来了，还将继续上演下去。其实，文艺腔本身无罪，有罪的是，将"文艺腔"代替"文艺"，以为"文艺腔"就是全部"文艺"，这个要不得，会误导小孩子们。

那么，我这里呼唤的文艺腔，并不是彼文艺腔，是我的一种借用，有原来的意思，更多的是指"大文艺腔""真文艺腔"。我以为，"大文艺腔""真文艺腔"的意思落在"大"和"真"

上，用开阔的、高端的、真正的艺术的眼光来创造小说，扫除当下小说从故事到语言到精神的"假大空"。

谁是"大文艺腔""真文艺腔"呢？谁是我们的榜样呢？——中国的鲁迅、沈从文，外国的莎士比亚、毛姆、王尔德、陀思妥耶夫斯基、耶茨，在我眼里就这几位。

比如鲁迅，"如果我能够，我要写下我的悔恨和悲哀，为子君，为自己。会馆的被遗忘的偏僻里的破屋是这样的寂静和空虚。时光过得真快，我爱子君，仗着她逃出这寂静和空虚，已经满一年了。……"（《伤逝》）比如沈从文，"女儿一面怀了羞惭，一面却怀了怜悯，依旧守在父亲身边。等待腹中小孩生下后，却到溪边故意吃了许多冷水死去了。在一种近乎奇迹中这遗孤居然已长大成人，一转眼间便十五岁了。"（《边城》）

比如莎士比亚，"来吧，黑夜！来吧，罗密欧！来吧，你黑夜中的白昼！因为你将要睡在黑夜的翼上，比乌鸦背上的新雪还要皎白。来吧，柔和的黑夜！来吧，可爱的黑颜的夜，把我的罗密欧给我！等他死了以后，你再把他带去，分散成无数的星星，把天空装饰得如此美丽，使全世界都恋爱着黑夜，不再崇拜炫目的太阳。……"（《罗密欧与朱丽叶》）比如毛姆，"你没法子不问自己，人生究竟是为了什么，人生究竟有没有意义，还仅仅是盲目命运造成的一出糊里糊涂的悲剧。""我想弄清楚为什么世界上会有恶。我想要知道我的灵魂是不是不灭，还是我死后一切都完了。"（《刀锋》）

比如……

读到这些，您是否有似曾相识的"文艺腔"的感觉呢？这些，的确称得上"文艺腔"，但是"大文艺腔""真文艺腔"，鲁迅的力量与深刻，沈从文和王尔德的美，莎士比亚和陀思妥耶夫斯基的气魄，毛姆和耶茨对人生终极问题的追问，都是我们当下小说所缺的，如果吸收这几位小说和人生的养分，定会消除弥漫在我们创作中的软骨病、絮叨症、青光眼等病症的阴霾。

我以为，就我们当下小说的状况来看，是到了该抛弃卡夫卡、福克纳、马尔克斯、鲁尔福、卡佛等大师的时候了，他们一度曾解放了我们的叙述禁锢和小说思维，他们教会了我们技巧和思维，这些大师很多地方是不可学的，但有他们对我们眼光的培养便可以了。这些大师开辟了小说新的疆域，突破了叙述的边界，而我们当下的小说不是"疆域"和"边界"的问题了，而是应该回到"文学""艺术"原点的问题，即文艺的"美""吸引力"和"气魄"的问题。

老话说，缺什么补什么。那就回到"大文艺腔""真文艺腔"的鲁迅、沈从文、莎士比亚、毛姆、王尔德、陀思妥耶夫斯基、耶茨那里，重新吸取小说在故事、语言、精神上的养分，治我们当下小说的病。

五、几点具体建议

写故事就是写逻辑、写关系、写麻烦。把逻辑关系写出来，故事便精彩了，无论情节逻辑、人物逻辑、心理逻辑，心中有数。

学会虚构，学会解放想象力。无中生有，平常生活之上的虚构；有中生无，新闻事件之上的虚构。

人物置于作品中心，吸引读者。故事与人物，孰重孰轻，要把握好，靠人物、人心、人性来推动故事，便能写得有深度。

多条线索，让小说丰富起来，写出不确定性。避免一条线走到底，即使一个故事，也要玩魔方一样，玩出花样来。

不停地去写，去修改。把自己当个艺术家，别当成畅销书作家。

2019 年 7 月

作品分析

《白夜行》：东野圭吾的推理世界

在中国读者尤其是学生读者的阅读天空中，仿佛弥漫着一股东野圭吾气息，一个话头就是一点火星，能将这气息瞬间点燃，于是关于东野圭吾的谈论便烟尘四起了。

我到一所中学去与同学们谈文学阅读，偶然提到东野圭吾，没想到校长在场的肃静场面，如油锅里进水——"哗"的一下子炸开了。我才知道东野圭吾的威力。后来遇到省图书馆的朋友，她告诉我她们图书馆几年来借阅量排名第一的都是东野圭吾。近几年各类图书阅读和销售排行榜东野圭吾更是前几名的常客。

宋代文人叶梦得对宋词大家柳永的畅销这样描述："凡有井水处，皆能歌柳词。"东野圭吾似乎也配得上这样的套语："有小说读者的地方，就能听到东野圭吾的名字。"

不知不觉，日本作家东野圭吾的作品在中国畅销了十多年。从涓涓细流到海浪席卷沙滩，东野圭吾小说捕获了无数粉丝的心思，小说出来一部被追读一部。显然，东野圭吾小说制造了一种潮流式的阅读现象，他因此也由推理作家向"世界作家"过渡。有两种力量会让一个作家长久地被读者需要，一是外在力量——口耳相传的良好口碑，那种原始的又如直销推介的广播力是对一本书最好的评价；二是内在力量——作品本身拥有的不可拒绝的阅读吸引力和说服力。像东野圭吾这样几何量级的流传与畅销，这两种力量缺一不可，缺了前者一个作家没有人气；缺了后者一个作家走不远。照目前情状，东野圭吾还将畅销下去。

东野圭吾是推理小说界的"大神"，被誉为"百年一遇的推理大师"，他在他的小说中制造了无数令人惊异的迷局，历经九曲十八弯之后，他自己又解开了它们。小说之外，"东迷"眼中的"东野叔"自身也是谜团重重：

一、写作33年出版93部小说，平均每年2.8部。如此高产，且水准有口皆碑，如何做到？难道有些作家是一台超级智商的写作机器？东野圭吾还在写，这个写作数字还在增加，他说只要读者不被他的想法吓到才行。说这话时，1958年出生的他已60岁了。

二、理工男东野圭吾，写小说不久便参与日本著名推理小说奖——江户川乱步奖的角逐，27岁获此大奖，初获声名。然后沉寂漫长的10年，之后他的作品开始畅销。这期间一个作家经历了怎样的心路历程？

三、东野圭吾寡言低调，很少接受媒体采访，躲在聚光灯外，除了和自己的编辑互动之外，日常生活甚是神秘。

四、在畅销与艺术水准之间，东野圭吾的小说究竟具有怎样的价值？该如何评价他……

这些谜团如秋冬的晨雾包裹着山峦一样包裹着东野圭吾，这让他既神秘又迷人。如此看来，远离人群的作家本人是不会站出来为我们解开那些谜团的，晨雾的消逝等待温暖的阳光，解开一个作家身上的谜团，只得靠我们走进他复杂睿智的小说世界和他丰富低调的人生世界。

一、推理外衣下对爱的解析

有人说，东野简直就是日本的金庸，一个举着武侠的旗子，写着一本又一本的言情；一个举着推理的旗子，写了一本又一本的言情。

这种说法既在理也值得商榷。在理的是，就读者影响力来说两位小说家不分伯仲，各自拥有庞大的读者群，再者，撕去"武侠"和"推理"的类型标签，两位小说家确实在讲述着一个又一个言情故事，在各类故事中解析和勘探爱所表现出来的种类和情态。

值得商榷的是，东野圭吾是日本的金庸吗？我不这么以为，东野圭吾和金庸是两类并不能画等号的作家，金庸小说走的是通俗文学的路子，东野圭吾走的是一条通俗文学与严肃文学之间的中间道路；金庸是非现实派的以情节制胜的小说家，东野圭吾是社会现实派的以心理探究制胜的小说家。窃以为，东野圭吾的小说要比金庸的小说在人性探究上细腻深刻一些。

读东野圭吾，感受最深的一点，是他写出了种种令人战栗却又不肯罢手的爱。与我们常常提到的小爱（爱人间的清新浪漫之爱）和大爱（人与人之间的助人爱国之爱）相比，他的小说热衷于为我们描述介于小爱与大爱之间的爱的某种新范式：酷爱——残酷之爱。

比如，有一种爱叫暗黑的注视。他如一株葳蕤的植物，长在阴湿和黑暗里，他却时刻注视着另一个人，以既温情又阴郁的眼神，这种注视永远存在却不曾与对方相交。《白夜行》中，魔性之女雪穗，童年时被亮司父亲蹂躏，活在灵魂空洞的阴影中，但她聪慧、漂亮，不断追求物质上的成功；而另一位暗黑骑士亮司目睹了父亲的罪恶，杀害了父亲，开始暗无天日的逃亡，亮司觉得愧对、心怜雪穗，一直在暗中注视和保护雪穗——每个和雪穗有密切关系的人都遭到了某种不幸。两人心中彼此都有对方，但从未相见，身似两条平行线，但心彼此相望。一个在明，一个在暗，为了逃避追踪，他们成为感情和他人生命的掠夺者。东野圭吾所描述的人间纯爱和极致的阴暗交织在一起，让两人"只希望能手牵手在太阳下散步"成为一种绝望的念想。

比如，有一种爱叫把命奉上。嫁给物质还是嫁给爱情？这是一个永恒的选择，人类不可能将它逐出自己的精神乐园。嫁给物质加爱情，这样最好，但这是完美的童话，更多人必须做出选择。当一个罕见的数学天才每天只能在中学教职上虚度自己的人生，无趣和颓败一点一滴地剥夺他的生命力和热情时，一个快餐店女店员让他的生活起了涟漪，暗恋——爱情都谈不上——成了他富足的精神生活。他们比邻而居，数学天才目睹了女店员和女儿失手杀死前夫的现场，从那一刻开始，孤独的数学天才开始帮助女店员逃离罪责，他的天才用在设计一桩为女主人逃避追踪的案件，而自己承担杀人的后果，他不顾一切，用生命维护了那段暗恋。东野圭吾在《嫌疑犯 X 的献身》中，写下了这段不求回报、自我牺牲、无私无怨的爱。可以说，爱既拯救了颓败的数学天才，也埋葬了他的生命，但他异常满足。

比如，有一种爱叫"绞刑架下的守护"。如果用一句话来描述《圣女的救济》的叙述内核，东野圭吾在小说中的一句话可以担此任：所谓的婚姻生活，就是守护站在绞刑架下的丈夫的日日夜夜。此话怎讲？绫音与丈夫义孝是有感情的，但绫音一直没有生育，丈夫提出如果一年内不怀孕就分手。绫音同意了这份协议，一方面她幻想用爱来感化丈夫，让丈夫明白有爱没有小孩也能幸福；另一方面她开始策划一起谋杀，绫音往净水器里藏砒霜，从此她不再让任何人靠近厨房半步，藏毒的净水器不再使用，丈夫的饮水需求由自己打理，尽管每一天紧张无比，但绫音心底有了一种掌控义孝命运的欢喜。如果一年期到丈夫不提出分手，她不会启动谋杀，这是一次漫长的用爱作为凶器的谋杀，但渣男丈夫终究出轨绫音的徒弟，在履行协议的前三天绫音外出度假，丈夫第一次自己走进厨房打开了净水器，死于砒霜中毒，而绫音不在现场。在警察看来，这种只存在于理论上的谋杀在现实中实现了。妻子的爱与丈夫的不爱就在绞刑架启动的那一刻。

东野圭吾笔下的这三种炽烈而绝望的爱无不叫人不寒而栗。面对《白夜行》中的亮司，我们会站在死亡的悬崖上一辈子注视和保护那个与自己永不相见的人吗？面对《嫌疑犯 X 的献身》中的石神，我们会为一种被拒绝的爱去用杀人的方式掩盖杀人的罪证吗？面对《圣女的救济》中的绫音，我们能像她一样为了把握婚姻的主动权而隐忍那种绞刑架下的煎熬吗？略萨说："小说在完善我们，生命只有一次，但却渴望和想象着有几千次。"其实，我们平凡的生活很难与这样极端的爱相遇，但东野圭吾的小说如略萨所说"在完善我们"，完善我们的人生体验——经历那种至纯、极致又阴郁的人间之爱；完善我们的人性认知——感受爱面前的善恶互隐、恐惧与安稳的交织。这是小说作为一种艺术对人生的自我认识和对人性的开掘和发现，而我们需要这种认识和发现。

这类故事极端、心理复杂的推理小说占了东野圭吾创作的三分之二强，它们塑造了东野圭吾作为一个作家的形象：冷酷。冷酷的文字、冷酷的情绪、冷酷的人物、冷酷的内心。东野圭吾小说深入骨子的冷在其他作家身上甚为少见，成为他的风格之一种。

其实东野圭吾小说也有暖的一面，这暖表现为两个方面，一个是在极致的冷之后小说呈现出来的暖意，比如《白夜行》中笼罩于黑暗中的雪穗一直有一种坚强的信念，"凭着这份光，我便把黑夜当成白天"，还有《少女的救济》中的绫音和《嫌疑人X的献身》中的石神对纯爱的信仰——这份黑暗中的光以及爱破碎之后对爱的信仰，都是一种治愈人的暖意；另一个是跳出推理犯罪题材之后，从故事到人物到题旨均是暖的，比如大受好评的《解忧杂货铺》《正月的决意》《第十年的情人节》等，都是暖意融融的小说，都是对焦躁生活的温暖治愈。比如《解忧杂货铺》，直接就是为青年解决爱情、事业、成长中遇到的烦恼和疑惑的，给人一种方向性和价值性的启示，很温暖。

有读者说，看东野圭吾的书很像患了感冒，有时候很冷，有时候很暖。我深以为然。这是东野圭吾小说奇妙的魅力。

二、描摹时代硬伤与探究人性真相

推理小说发展百余年，已经积累相当多的写作传统和经典作品，要想在推理领域有所作为，至少得翻越三座"大山"：由解谜快感让推理故事充满娱乐性的克里斯蒂；由科学和智力构成奇巧故事的柯南道尔；开启社会派推理的松本清张。前两位属于推理小说的正宗——本格派，以逻辑至上的推理解谜为主，长处是情节离奇，诡计多端，短处是自圆其说脱离社会现实；松本清张发展了本格派推理，开创社会派推理，摆脱本格派单纯侦破案件的拘囿，关注和批判社会现实、政治历史，启迪读者人生。可以说，社会派推理拓展了推理小说的表现领域和表现深度，促成了推理小说由通俗性向严肃性的过渡。

东野圭吾说："松本清张是影响我创作生涯最深的作家。"也就是说东野圭吾自认是松本清张的徒弟，但眼下这位徒弟大有青出于蓝而胜于蓝的趋势。要知道松本清张是殿堂级的推理作家，少有人能望其项背，"后生仔"东野圭吾要"胜于蓝"该有多难。而事实是，在 21 世纪所引领的新的阅读潮流和写作潮流中，东野圭吾用他的小说重重地画下了超越师父的记号。

我以为，东野圭吾对推理小说的贡献至少有三点。第一，融合本格派和社会派，取两派之长，在小说中既营造案件侦破的难度和紧张感，也借推理悬疑来展现广阔的社会，展现社会变动与变革造成的人性的震荡。第二，在社会派推理小说基础上，开创社会心理推理小说。东野圭吾小说充分吸收 20 世纪心理学、精神学研究成果，借助生动的故事进入人模糊而复杂的内心世界，表现人的孤独、欲望、善恶以及救赎。第三，他将推理小说由通俗文学推向了严肃文学的位置，这一点表现为东野圭吾小说的现代性价值，即他的推理小说回应了现代小说的追求和价值观，由"外在的事"向"内在的人"转变。东野圭吾小说中藏着诸多现代小说作家，比如卡夫卡、福克纳、罗伯格里耶等人的影子，致使他的推理小说具有突出的现代意味——反思一个时代对人的塑造和异化。与此同时，东野圭吾小说强烈的故事性赋予了以生涩的象征和隐喻见长的现代小说的亲和力与吸引力。

一句话，东野圭吾小说的魅力在于强烈的悬疑性与突出的文学性的完美融合。

推理小说最大的特点是设置悬疑，然后一步步解开，在这个过程中读者获得解谜一般的快感，这一点吸引很多人投入其中，享受平淡时光里的一段智力游戏，所以推理小说阅读者众，受人迷恋。由此，悬疑设置的智力水准高低将成为一部推理小说成败的首要因素。

读东野圭吾，你不得不为他奇异绝妙的悬疑设置吓一大跳，警察必须借助数学家、物理学家、化学家等人的帮助才能侦破案件，解开悬疑；读者必须多次把书页往前翻阅或者停下阅读来梳理解疑的逻辑，方能理解其中暗藏的玄机。东野圭吾设置悬疑的高智商、高科技、高情商等"三高"特征，让他的推理小说具备了征服无数读者的超强吸引力。悬疑的本质与案件的谋杀动机有关，谋杀动机越复杂，悬疑展示的疑惑空间越大，在东野圭吾之前，20世纪以来最受人青睐的谋杀动机是金钱和性，到东野圭吾这里，谋杀事件的动机变成了没有来由的恶意，变成了不安全的爱意，变成了无法消弭的孤独等。这一由外向内的转变，将推理小说的悬疑指数提升了许多倍。

比如在《白夜行》《圣女的救济》《嫌疑人X的献身》等小说中，杀人动机就分别对应或交织了前面提到了三种内在动机，动机之外的案件设置也就相应地复杂和丰富，远远超出多数读者的经验和智力。其实推理小说写到今天，迷局的设置多少有些穷途末路的味道了，而东野圭吾却屡创奇迹，在于他善于在复杂动机的故事中回归到事物最原始最简洁的层面。所谓回归到事物最原始最简洁的层面，至少有两点可以说明，其一，"逻辑的尽头不是理性与秩序的理想国"，而是某种疯狂。在《嫌疑人X的献身》里，他设置的迷局是同一个人不可能死两次，用杀一个人去掩盖另一个人的杀人，石神为了保护靖子，营造靖子不在现场的证据，他杀死一个身形似死者的流浪汉之后偷梁换柱，让警方找不到靖子杀死前夫的证据。其二，不合逻辑是最大的逻辑，最愚蠢的作案手法是最高明的作案手法。《圣女的救济》中，绫音将砒霜放在净水器里，她必须日夜守着，不让丈夫使用净水器，当哪一天丈夫背叛自己时，她让丈夫自己使用净水器，自己杀死自己。绫音用了一种最愚蠢最简单的方法——守护净水器不被使用——完成了一个"理论上可行，现实中难成"的迷局。

悬疑性之后，文学性构成一部推理小说成败的本质因素。很多推理小说走不远，走不出通俗境地，多因文学性欠缺。据说欧美推理小说在斯蒂芬·金之后无大作为盖因悬疑陈旧而文学性拓展不足。东野圭吾作品独步推理小说界，其秘密在于其丰富的文学性。

文学性即艺术性。当一个故事结束，案件的真相被完全揭露的同时，情感的真相、人性的真相、社会的真相等随之显露出来了，小说留给读者复杂的感受和体味，我们便说，这部小说完成从故事到艺术的跨越，它的文学性便彰显出来了。

　　《白夜行》堪称东野圭吾作品中文学性价值最突出的小说之一。首先在于小说对复杂人性的复杂呈现。这复杂性表现为小说留给读者繁复多样的体悟空间和阐释空间。有人被小说缜密而冷静的推理折服，惊异于主人公亮司十九年逃亡十九年犯案而警察却找不到他。更多人则在故事结束之后，为小说所要表达的内容和题旨争论不休：有人被雪穗和亮司那种无望却坚守的凄凉爱情所打动，同情雪穗和亮司，为他们的罪责寻找宽恕的理由；有人则不能理解这样洗白雪穗和亮司，认为雪穗从未想过追求幸福，十九年来重复着夺取，灵魂终于在亮司坠楼那刻燃烧殆尽，亮司说想要在白夜里行路，作为雪穗的影子一直在赎罪，然而不论幼年如何崎岖畸形，他们仍旧用受害人的鲜血将罪恶的果实繁育到瓜熟蒂落；有人看到了童年不幸的雪穗在竞争激烈的商战中如何越来越成功的励志形象，尽管这成功包含不光彩的手段；有人看到了那个十九年来一直藏在暗黑世界的亮司身上所传递出的不可消弭的孤独感；当然，很多人从雪穗的那句告白中找到情感共鸣，雪穗说，我的天空里没有太阳，总是黑夜，但并不暗，因为有东西代替了太阳。虽然没有太阳那么明亮，但对我来说已经足够。凭借着这份光，我便能把黑夜当成白天。我从来就没有太阳，所以不怕失去……有多少种体悟和阐释，小说的文学性便有多突出。

　　其次在于小说对社会现实和时代硬伤的回应。推理外衣之下的社会性，一直是东野圭吾小说的鲜明魅力。东野圭吾以日常生活为推理舞台，走出那种真空般的纯逻辑推理，像他的师父松本清张一样，回应社会关切，影响社会生活，给读者以人生启迪。《白夜行》中，透过雪穗和亮司的成长环境以及杀人动机，我们可以看到东野圭吾笔下的日本现实：经济高度发达之后，亲情淡漠，彼此不再信任，抗拒被社会教化，反成长，反教养，低欲望，婚姻生活利益化。东野圭吾在这些时代硬伤中寻找精神突围，他让雪穗和亮司的悲剧之爱呈现出一种凤凰涅槃般的美来，既是一种时代反思，也是一种个人拯救。

东野圭吾小说的文学性还在于塑造丰满的人物形象、精巧的故事结构和精练讲究的文字。东野圭吾擅长在空间的变迁中塑造人物，时间被他隐藏在案件背后不显山不露水，所以细节与对话在他的推理中处于重要地位，他的小说也因此具备了现代经典小说某些特质。

三、东野圭吾的文学道路与读者选择

东野圭吾 1958 年出生，日本大阪人。从 25 岁正儿八经开始写作算起，写了近 40 年，写了 90 多部作品。他是一个高产的作家，他的作品数字还在增加，因为他还没有宣布封笔，他还在写，他说只要读者不被他的想法吓到才行。

东野圭吾到高中才开始接触小说，此前从未看过小说。考入大阪府立电气工学专业，大学期间开始尝试写作，这时并未萌生当作家的想法，只是看自己能否写一些东西。大学毕业后到一家电装公司做了一名技术工程师，典型的理工男下班之后全心投入写小说，并把写好的作品寄去参加江户川乱步奖（江户川乱步是日本推理小说之父，是他 60 岁生日时设置的推理小说奖）当作目标。

我们的文学青年走上文学之路，是投稿，给文学刊物投稿，地方刊物、省级刊物、国家级刊物，一步一个台阶地投稿，知名度会慢慢打开；东野圭吾不同，是投奖，从1983年开始，将稿件投给一年一度的江户川乱步奖。1983年进入预选；1984年入围决赛，离大奖一步之遥；1985年终于如愿以偿，凭借校园青春推理小说《放学后》摘得第31届江户川乱步奖；东野圭吾正式出道。东野圭吾以27岁的年龄获得大奖，令其创作信心大增，加上获奖一事被所属公司知晓，边工作边写作的生活受到影响，遂毅然于1986年辞职奔赴东京，开始了自己职业作家的道路。

职业作家的道路并不好走。虽然借着大奖的声誉，作品出版不成问题，但此后10年，东野圭吾的作品一直备受冷落，他的日子也不好过，他说那10年间自己一直鼓励自己，要坚持写下去，每年必须有作品出版，一是有版税维持生计；一是只有写才有希望。直到1996年《名侦探的守则》出版畅销，东野圭吾才重新受到关注。

此后的辉煌一路走来：电影改编、获奖，一本一本畅销。

这中间，有两件事必须交代。

一件是关于江户川乱步奖。江户川乱步是日本顶级的推理小说大师，以他名字命名的江户川乱步奖名气很大，获这个奖可以一夜成名，另外，这个奖奖金也高，1000万日元，相当于60万元人民币。东野圭吾28岁辞职可能与这一笔高额奖金有关，认为写作可以养活自己。实际上从全世界范围来看，绝大部分写作者都是清贫的。

另一件是东野圭吾的婚姻生活。东野圭吾1983年与一位女子高中的兼职老师结婚；1997年离婚。14年婚姻中，包含

了东野圭吾写作倒霉的 10 年。东野圭吾真正走红是从 1998 年
《秘密》的出版开始的。这是一个给人想象空间的时间段。一
个志向远大的年轻作家，一个高中女教师，或许有对"文青"
崇拜的爱情，或许有作品冷落伴随的困顿生活，以及幻想破灭
之后的渐行渐远的婚姻。我们不能说离婚让东野圭吾的创作获
得了解放，但他的成功真的是从离婚后开始的。不禁让人唏嘘。

　　前一段时间，我和《人民文学》《文艺报》的三位年轻编
辑在福州鹿森书店做了一个关于文学和文学期刊的沙龙，交流
阶段，有一位初中生家长提了一个问题，他说：我的小孩很喜
欢看东野圭吾的小说，像着了魔一样，一本接一本地看，我担
心孩子只看东野圭吾会导致阅读视野狭窄，另外也不知道东野
圭吾的书怎么样，便买了诺贝尔文学奖得主莫言的小说给他看，
但是孩子不喜欢看，说看不下去，还是钟情东野圭吾，不知道
这是怎么回事？

　　三位编辑回答了这位家长的问题。回答的大概内容是：第
一，孩子喜欢东野圭吾，就让他看好了，不要硬塞给他莫言的
小说，对阅读来说喜欢是第一位的；第二，东野圭吾是很不错
的小说家；第三，比起现在很多小孩没有阅读文学的习惯相比，
您应该感到高兴，您的小孩有良好的阅读习惯。

　　这位家长的问题也带给我这个文学编辑一些思考：孩子们
的文学启蒙如何开始？如何将优秀的文学作品推荐给他们？当
然，这里还涉及一个文学深层的问题：如何看待东野圭吾和莫
言？即如何看待畅销和经典？阅读的喜欢和不喜欢的背后包含
什么样的阅读心理和阅读能力？

　　东野圭吾和莫言，都是很厉害的作家，彼此并不妨碍。喜

欢东野圭吾不喜欢莫言，没有问题；喜欢莫言不喜欢东野圭吾，也没有问题。

他们属于两类不同的小说家，一类是娱乐加人性的故事；一类是思考加人性的故事。各自系统，各呈风采，这里边包含了现代小说的发展脉络。

最后，我想强调一句，或许因为我的个人偏爱，我将大部分赞美献给了东野圭吾，主要原因是在对当代文学阅读普遍低迷的今天，他的写作吸引了众多读者，他的努力让我们看到了严肃文学发展的新的方向，他走在通俗文学和严肃文学的中间道路上，他是这个时代讲故事的高手——推理只是他的幌子，他真正的目的在于人和人的内心——但是我想说，他的作品水准有的很高，有的一般；有的耐读，有的不耐读。无论从读者的接受度，还是作品的完成度，他都是非常成功的作家，也是可以作为榜样来学习借鉴的作家。

2020 年 4 月 20 日

《一个海难幸存者的故事》：从新闻到文学的魔法进程

一、从新闻开始

一则短命的新闻如何拥有像经典小说一样长久的魅力？或者说，一则新闻需要拥有什么样的魔力才能长久地吸引读者、征服读者？在写作时不时需要借助新闻来激发想象力的今天，这个问题似乎变得耐人寻味。

大师马尔克斯的非虚构作品《一个海难幸存者的故事》，面世近 50 年之后仍在征服着读者，征服着我们，我不禁有些迷糊：这个故事仅仅是一部新闻作品吗？它是披着新闻外衣的文学作品，还是新闻"发酵"变成了文学？

一个事实是，极少的新闻作品可以流传，绝大部分新闻敌不过时间，变成旧闻后被遗忘，而文学与生俱来的本领是对抗时间，征服不同时代的读者，所以我不得不怀疑，新闻作品《一个海难幸存者的故事》一定拥有了文学的某些品质，才让它逃脱了被遗忘的命运。

1955 年 4 月，《观察家报》连续 14 天刊登以幸存者之口讲述的"海难报道"，报道极为轰动，报纸销售一空 —— 人们争相阅读，一个显见的原因是人们对新闻真相的需求。

15年之后的1970年2月，出版商将这14篇海难报道结集出版，命名为《一个海难幸存者的故事》，这一基于商业考虑的出版行为也大获成功——因为在此之前，马尔克斯因《百年孤独》的出版成为炙手可热的当红作家，出版商们从故纸堆里发现，这则海难报道出自马尔克斯之手，有什么比出版一位当红作家的新书更重要的事呢，况且这件事足够吸引眼球："写小说的马尔克斯竟然写了非虚构作品！"当然，这部书在收获商业上成功的同时，也收获了口碑，人们认为这本书超越了绝大多数以人与大海搏斗为主题的小说。

2017年6月，《一个海难幸存者的故事》中文版面世，首次进入中国读者的视野，此时距这部书首次出版过去47年，距马尔克斯去世3年。可以肯定的是，这部书在我们这里会受到追捧，除了因为它的作者是马尔克斯外，更重要的是它拥有的无可比拟的文学征服力。

1955年，1970年，2017年，这是一部书的时间漂流轨迹，从"新闻真相"到"商业考虑"，再到"文学魅力"，它的存在价值随时间的改变而更替。有多少轰动一时的"新闻真相"不再具有任何价值，有多少基于"商业操作"的"成功作品"只是昙花一现，而《一个海难幸存者的故事》躲过了这些悲哀的结局而幸存下来，抛开"马尔克斯"这个金字招牌，回到文本中，回到我们阅读的真实感受中，其实我们发现这一切应归咎于它永恒的文学价值。很显然，《一个海难幸存者的故事》漂流到现在，它随着时间流逝完成了一种蜕变：由具有时效性的新闻报道作品变成了一部具有永恒魅力的非虚构作品。

这样的非虚构作品倒是可以套用美国作家杜鲁门·卡波特发明的一个词——非虚构小说。1965 年，卡波特出版了一部讲述一桩谋杀案事实的新作《在冷血中》，先在报纸连载，后出单行本，反响很好，引起轰动。在一次活动中卡波特说他首创了新的艺术形式：非虚构小说，即用小说的形式、文艺的笔法报道事实。此后"非虚构小说"这个词在文学界有了自己的位置。我们可以看到，新闻报道与非虚构或者非虚构小说之间，隔着一条叫文学的河流，蹚过去便名垂千古，蹚不过去便入故纸堆被人遗忘。

当年，马尔克斯撰写海难报道到第 6 天时，社长问马尔克斯："小加夫列尔，请您告诉我一件事，您写的这是小说还是事实？"马尔克斯回答："是小说。之所以是小说，因为是事实。"

的确如此，马尔克斯很清楚他写的是一篇新闻报道作品，但他的叙述才华让他下意识地写成了一部非虚构小说——所叙述的全是事实，所用的是小说技法。关于此书，马尔克斯说："对我来说，唯一有待解决的文学任务就是让读者相信它。"

马尔克斯的好友、著名小说家略萨对《一个海难幸存者的故事》评价中肯且到位："这本书集冒险文学的所有成功特点于一身：客观性，不断推进的情节，优秀的戏剧性转折，悬念与幽默感……一切都是真实而感人的，既无怜悯，也无煽情。这要归功于马尔克斯的文学天才。"

二、从新闻到文学

从新闻报道到非虚构或非虚构小说，有多远的路要走？这取决于一个作家的想象力、洞察力和表达力。想象力将决定一则故事的曲折程度和真实程度；洞察力将决定故事背后所蕴含的人性力量和精神力量；而语言表达力，将决定这则故事对读者的吸引程度与亲和程度。"三力"合谋会让从一则从新闻开始的讲述最终离开新闻，成为一部非虚构或非虚构小说，离开新闻有多远，非虚构或非虚构小说的魅力便有多大。

我以为，《一个海难幸存者的故事》离开新闻报道已经很远了。不仅因为马尔克斯的讲述有着扣人心弦的故事推进和戏剧效果，重要的是他赋予了这种讲述以丰富的文学性，以至于让读者对"人"的关注胜过了对"事"的关注。海难真相对五十年后的读者——比如我们——来说毫不重要，因为我们不是事件的关联者，它构成不了故事的吸引力，吸引力来自马尔克斯的文学天才，他的想象力、洞察力和表达力共同塑造了一个既有希望又有绝望、即幸运又勇敢、既是英雄又是懦夫的"海难幸存者"形象。这个故事的艺术形象已经走出新闻作品的地盘，成为与《老人与海》《海底两万里》《少年派的奇幻漂流》等经典小说比肩的非虚构或非虚构小说。

善于对现实施以魔幻手法的马尔克斯，在《一个海难幸存者的故事》仍然"故伎重演"，他施以叙事"魔法"，让一则被过度消费的新闻毫无痕迹地转向了一部具有独特个性和文学魅力的作品。如果我们切割文本来分析的话，马尔克斯《一个海难幸存者的故事》的"文学魔法"大致表现在以下几个方面。

一是赋予人物命运感。新闻报道集结时，马尔克斯写了序言《故事背后的故事》，如果没有这个序言，海上漂流十天的记述会让我们震惊——震惊生命与大海博斗的惊心动魄，震惊一位海上英雄的诞生。但有了这个序言，我们在震惊之余，会生出"人生如梦、命运无常"的人生慨叹来。马尔克斯在序言里讲述了那个海难英雄后来的遭遇：被迫离开海军，消失于公众视野，十多年后成为一名默默无闻的安详的公共汽车公司办公室人员。马尔克斯依然称他为英雄："那是一个有勇气亲手将自己的雕像炸毁的英雄。"如果说海上漂流十天是一个紧张而巨大的场景描述的话，那么马尔克斯这篇短小的序言赋予了人物漫长且令人唏嘘的命运感。这则序言和 14 篇记述完成了一部非虚构或非虚构小说从"叙述之力"上升到"叙述之美"的转化，这"美"是一种审美感受，是对人生从苦难到辉煌到归于平淡的慨叹："没有食物也没有淡水——救生筏上的他在海上漂流了十天——被授予民族英雄称号——得到了选美皇后的亲吻——通过广告大赚一笔——之后遭当局遗弃——被时代遗忘。"这条简单的故事线索勾勒出了海难英雄孤独且苍凉的命运感，这种命运感会长久地感染读者——这也是《一个海难幸存者的故事》走出新闻作品的局限而具有长久魅力的原因吧。

一则新闻往往是记述有限时空范围之内的人和事，这人和事无不充满"视觉暴力"或"思维暴力"，要么吸引眼球，要么耸人听闻，它具有极端的个体特性，如果它要向一部非虚构或非虚构小说迈进，突破有限的时间和空间，人和事的逻辑演变就会变得舒展和宽阔，极端的个体性被平常的普遍性代替，人物的命运感便有可能呈现出来。打一个比喻，就像烟花在一个小屋子点燃它会爆炸，成为新闻事件；如果将烟花拉到一个空旷之地上燃放，它会很美丽，让人欣赏，成为一部非虚构或非虚构小说。我坚定地认为，在这个新闻里，如果马尔克斯没有写下《故事背后的故事》这则序言，只是14篇报道集结，那么它还是一部新闻作品，而不可能具有文学长久的品质和魅力。

二是精准地写出了绝境中的生命状态：希望与绝望的搏斗。如果说事实真相是新闻的魂魄的话，那么表达人的精神现实和生命状态则是非虚构或非虚构小说的魂魄。我不得不佩服马尔克斯的笔力，他让一个人支撑起了一台戏，而且这台戏丰富、吸引人，与这个人演"对手戏"的是：海浪、鲨鱼、海鸥、记忆中的女友、梦中的战友、饥渴、疼痛……其实这个人真正的"对手戏"，是与命运搏斗时内心交织的希望与绝望。马尔克斯精准地写出了这台震撼我们内心的大戏，他让我们看到了生命坠入绝境中时希望与绝望搏斗的场面。"心里升起的第一个感觉就是无法控制的恐惧"，"饥渴难耐，失望已极"，"听天由命，心里充满了绝望"，"重新燃起我的希望之火……每一朵浪花在我看来都像藏有船上的灯光"，"顿时又激起我活下去的愿望"，"只剩下一种看透生死的全然冷漠，我想我就要死了"，"因为知道自己正在慢慢死去，我感觉好了许多"，"我始终没有失去那最后的遥远希望，希望有人会想起我"……恐惧、失望、绝望、希望、冷漠、希望构成了海上十天求生的内心变化轨迹——这是马尔克斯向我们揭示的生命的秘密，我们从一位海难幸存者身上窥视到了——最终运气和希望成了胜利者。

马尔克斯所描述的这种生命状态，已经不属于海难幸存者贝拉斯科一个人了，它属于所有读到这部书的人，包括半个世纪之后的我们，海难的真相、英雄的荣耀已退居次要，真正打动我们、震撼我们、永远具有吸引力的是生命中希望与绝望的搏斗。"永存最后那遥远的希望"，是这部书留给我们的生命礼物。当文字的叙述到达此番境界时，它早已溢出了一部新闻报道的边界，而进入非虚构或非虚构小说的领地了。

三是赋予现实"魔幻"的魅力。在不足9万字的叙述里，马尔克斯让一些充满魔幻气质的细节点缀其间，犹如月光映照在波澜之上，暗光浮动，魅力无穷。有两处细节给我深刻印象，过目难忘：一处是海上第三天时，"我"的伙伴曼哈雷斯总是坐在"我"的筏子另一端，与"我"聊天，"我"很清楚，前几次是梦，但到后来，"我"一点都不怀疑，曼哈雷斯总是准时出现在同一个地方。第二处是海上第九个夜晚，"我"像个真的死人一样了，在筏子上"我"想，这是家中的亲朋好友为我守灵的最后一个夜晚了，为我设立的灵堂明天就要拆掉，对我的死，大家慢慢就接受了。想到这里"我"心中恐惧万分。这两处细节，一处活人与死人交谈，一处活人看到自己的死亡，其实在现实生活中是不会出现这种情况的，但是我们可以从两方面来理解，一方面是现实的真实，"我"长久在海上漂流后出现的幻觉，这情形会出现；另一方面是一种文学性的真实，马尔克斯擅长运用"魔幻现实主义"写法，调动自己丰富的想象，"虚构"了这两个细节——或者那位幸存者的讲述里并没有提到这两个细节，但基于现实生活中的幻觉，这"虚构"的细节也真实感人，文学的力量更大。不过，这里的"魔幻"更值得重视，因为这些文字写于1955年，而让他以"魔幻"著称的《百年孤独》于1967年面世，可以说，《一个海难幸存者的故事》是马尔克斯开启"魔幻"现实的先锋之作。

马尔克斯赋予现实魔幻魅力的写法，最能证明他是把新闻当非虚构小说来写的。一方面，对现实的魔幻写法让现实抵达了本质真实和艺术真实；另一方面，我产生一种怀疑，马尔克斯写的这两个细节，是否真是幸存者贝拉斯科的讲述和真实遭遇，有可能是马尔克斯虚构的细节，就是说为了达到文学的说服力，他自作主张替幸存者讲述了这些本没有的遭遇。当然这一怀疑无法确证，但事实是，对现实的魔幻写法让故事更加真实，更加有魅力。

四是语言叙述的幽默感。从叙述来说，《一个海难幸存者的故事》是地道的"马尔克斯式叙述"：信息量大，有活力和穿透力，富于哲思，还有一丝书卷气，最重要的是幽默。马尔克斯很幽默，是那种智慧和博学的幽默，也是那种具有亲和力的幽默。

比如，一群年轻海军在外八个月之后要启程回家了，他们多么开心、轻松，马尔克斯用一段幽默的对话描述了这种心情——

> 路易斯·任希弗已经有好长时间没有航行了，我敢肯定他会晕船。就在这次航行的第一天凌晨，穿衣的时候他问我：
>
> "你还没有晕船吗？"
>
> 我跟他说没有，然后任希弗说了句：
>
> "再过两三个小时，我就会看见你连舌头都要吐出来。"
>
> "我看你才这样。"我回敬了他一句。他又说道：
>
> "想看我晕船，那得整个大海都晕了才行。"

再比如，"我"被一个偏僻小渔村的人发现了，安顿到一户人家，全村的人都来看我。此刻，马尔克斯写了"我"想起两年前在波哥大看玻璃柜里的苦行僧的情形之后，便写道：

> 我看见一张张面孔在我面前晃过，有白的，也有黑的，没完没了。天热得让人难受……心想，完全可以安排一个人守在门口卖票，放人进来参观一个海难幸存者。

仅就这两个例子来说，马尔克斯的幽默便是那种渗透在语句背后的生活智慧和达观的人生态度。我以为，幽默是语言叙述最可贵的品质和气质，它甚至可以拯救一部快要断气的作品，幽默的可贵在于你无法假幽默，假幽默会被读者一眼看穿并耻笑，而真幽默要的是智慧和达观的生活态度。没有哪一个读者不喜欢幽默，幽默的语言和叙述是一部作品征服读者的有效武器。

三、流传下去

命运感、生命状态、魔幻细节、叙述幽默，马尔克斯用这四件"文学魔法"让一则新闻变成了非虚构或非虚构小说。这是否也为我们提供了关于"从新闻到非虚构小说"话题的某些思考方向？从新闻到非虚构小说，就像一个人在阅读中的漫长旅行，他翻开一部小说，走了进去，他看到了有着新闻特质的生活，深入进去，他看到一个戏剧化的故事，再进入一步，他又看到了生活，只不过此刻生活变成了寓言，变成了象征，他的阅读旅行结束了，新闻、生活与非虚构小说融为了一体。其实新闻到非虚构小说的距离是一个起点回到起点的过程，只不过它绕了地球整整一周罢了。新闻到非虚构小说的路途，说近也近，说远也远，或许，新闻与小说的根本问题，不在于路途的远近，而在于写作者是否能把握各自的领地，各自的精彩：新闻是清晰、简单的，非虚构小说是模糊的、复杂的；新闻是生活表象的另类故事，非虚构小说是生活内在的普通故事；新闻强调现场真实，非虚构小说强调艺术真实；新闻是平坦大地上的起伏山峦，非虚构小说是蔚蓝天空中的心灵翅膀……

记者问马尔克斯：你认为小说可以做新闻做不到的某些事情吗？

马尔克斯回答：根本不是。我认为没有什么区别。来源是一样的，素材是一样的，才智和语言是一样的。

尽管马尔克斯嘴上这么说，但他做的却是另一套，他把新闻《一个海难幸存者的故事》当成非虚构小说来写，他用实际行动证明非虚构小说做了新闻做不到的事情：永不过时地充满魅力地流传下去。

2019 年 4 月 15 日

《三个黎明》：每一道晨光都簇新而明净

一

巴里科是谁？

那部堪称伟大的电影《海上钢琴师》的原著作者。他有很多身份：小说家、剧作家、评论家、电视主持人、写作学校校长等。不过他最值得尊敬的身份是小说家（创造性和辨识性兼具），其他身份是他吸引读者和获取市场的隐身衣。

巴里科，1958年出生，意大利都灵人，今年（2021）63岁了，很多这个年龄的作家开始走下坡路，他的创作力依旧坚挺，不见衰退的迹象。

巴里科是一位让人期待又不会让人失望的小说家。也许，不让人失望与期待之间构成某种因果但绝非必然关系，有一类作家，不时让读者失望但读者仍期待；还有一类作家，偶尔让人失望便不再期待，而巴里科属于这两者的例外。

巴里科的写作堪称少有的完美：可观的全球市场销量和不失水准的艺术性、节制的作品数量与独特的先锋美学追求，这几对看似难以调和的矛盾体，他几乎做到了完美平衡和价值最大化。可以说，他是这个全媒体时代如鱼得水的成功作家。从卡尔维诺到艾柯再到巴里科，让我们对陌生的当代意大利文学有了一种绚烂的"偏见"：建立在丰赡知识上的想象力、对小说形式永不枯竭地探求、开辟严肃文学的大众化阅读和世界影响力、让写作始终运行在一条纯粹而深邃的路上……这似乎是严肃小说写作的完美之途。

征服了全世界观众的电影《海上钢琴师》让原著作者巴里科站到了文学前沿，人们知道，没有"永不下船的1900"这个绝美的故事创意，就不会有这部伟大的电影。由电影寻到文字，我们惊讶地发现，巴里科钻石般闪亮的文学光芒并不逊色于电影的七彩光影，在剧本和小说之间"摇摆"的特别文本《1900：独白》，是那种第一句话就吸引我们并让我们沉浸其间，随作者的想象之船开始犁浪前行的作品，文采飞扬，想象独特，既不失生活的厚实，又有深沉的人文思考。

其实，读过巴里科的多数小说后我们发现，《1900：独白》是巴里科名声最大，但并非他最好的作品，他的《蚕丝》《不要流血》《愤怒的城堡》等甚至更胜于《1900：独白》，这些小说铺展的故事和题旨比《1900：独白》更丰富、更幽深、更斑斓。

某种程度上，巴里科为我们提供了一种未来严肃小说的样子：现代主义与现实主义杂糅而成的奇特景观，即现代人的情感和欲望与现实故事的寓言化传奇性融为一体、互为表里。他的现实主义并非根据现实生活绘制和复制形象，而是超越现实之上的传奇想象；他的现代主义并非拒人于千里之外让人头昏脑涨的符号和隐喻，而是有限度的拼贴和解构，但留下故事和人物的索引图直抵精神空间。用翻译家吴正仪的话说，巴里科的小说具有"亦真亦幻的神秘色彩"，"童话般的美妙，历险式的惊悚"。

二

2021 年第 1 期《世界文学》杂志刊发了巴里科写于 2012 年的中篇小说《三个黎明》。这是《三个黎明》首次被译成汉语。

《三个黎明》的故事和结构仍很酷，很"巴里科"，这个短短 5 万字的小说呈现出来的境况，如黎明之际的天空一样，明暗交织，朦胧中透着澄澈，亦真亦幻。

三个故事，发生时间为三个黎明，地点为三家不同酒店。时辰相似，场景大致固定，故事主要由对话推进——与其称其为故事，不如称其为三个生活片段，或生活场景。

第一个故事。夜半时刻，一家旅馆的大堂里，一个优雅的有故事的女人与一个男人搭讪上了。两个陌生人的交谈果然如搭讪的套路那般从天气怎样怎样开始。女人似乎从一个聚会上下来，光鲜而疲惫。说着说着，女人提出借男人的房间休息一下，因为天快亮了。于是一对刚结识的中年男女，转场到房间里继续交谈。男人自称是做秤的，有很多业务要去处理，女人一直拖着男人说话而使男人无法脱身。女人讲述自己的故事，她的生活并不如意，时常陷入麻烦之中，但是她一直梦想着重新开始，她说她曾有过一个孩子，孩子让她焦虑，她想放弃这一切。当男人问她为何在十七岁时就有了一个孩子时，女人说"这并不是一个美丽的故事"，她不想再提它了。说话中，女人脱掉了裙子和胸衣，钻到被子里去。男人站在床边。交谈于是有了色诱的成分。在黎明前的混沌黏稠的空气中，男人也敞开心扉讲述自己的遭遇，他13岁时家中的一场大火让一切平静的生活破碎了，他开始一种逃离的生活。女人让男人到床上来，男人清醒地拒绝，男人总觉得应该离开这里，但一直没有迈开脚步。黎明到来了，"远处的天空被一缕模糊的光线照亮，对一切都不再肯定"，警察来敲门了，带走了男人。男人没有反抗，平静就范。女人是便衣警察，男人随身带着的那只手枪，被女人抢在手中。"一切都在掌握之中，"女人说，"手枪在我这里。"警察点头表示同意。故事结束。

　　第二个故事。一个六十来岁的门卫，在郊区一间寒酸酒店的大堂，目睹了一个男青年对一个单纯少女的庸俗和粗鲁行为。男孩女孩是一对恋人。门卫趁女孩下楼取毛巾的时候，奉劝女孩离开这个男孩。这无疑是一个老门卫突兀且无厘头的要求。女孩生气地问为什么？门卫说我蹲过13年监狱，我在里边读过很多书，"我有些年纪了，什么都见过"，我能看出那个男孩有暴力倾向，你得离开他。女孩说我喜欢坏，我就是坏，我在世界面前保护自己，坏有什么不好。青春期的叛逆与见过世面的教训冲突到一起，老门卫依旧语重心长：年轻的时候需要谨慎，因为年轻的脾气秉性将会持续一生……年轻时候的坏好像是你可以拥有的一种奢侈，其实不然，坏是一道冰冷的光，"在那里任何事情都会失去色彩，而且将会永远失去"。这个16岁的可爱女孩与这个"有些年纪，什么都见过"的门卫达成了一项协议：女孩马上离开，门卫用讲述自己的故事作为交换。逃离途中，门卫讲述了他枪杀过一个人的故事，这个故事对女孩来说有吸引力且惊悚。当把女孩送上一辆汽车，那个男孩追出来了，男孩殴打了门卫，门卫没有还手，胸前的肋骨断了，门卫忍受着剧痛苏醒过来时，发现黎明的光线还在。

第三个故事。一个56岁的女警察在一个破旧的旅馆看守着一个13岁的男孩，这个男孩涉嫌一桩自家房屋被烧毁、父母双双被烧死的案件。女警察觉得自己"很久没做出点漂亮的事了"，她做出了一个大胆决定：不将男孩带回警局，而是把他送到海边一个美丽的地方，让他自由成长。载着男孩的警车半夜驶出旅馆，向那个地方开去。女警察与男孩各自的故事开始讲述。他们去的地方，是她生命中的那个男人居住的海边，她们有过美好的过去，但警察的生活让她远离了那个男人。男孩也回忆他在那桩失火案件中的无助。黎明之时，她们抵达了目的地，"地平线处升起了水晶般的光芒，照亮了一起"。女警察将男孩留在了男人那里。她开车离开之前，望着面前的那所房子，思考着永不休止的生命长河中，事物以神秘的方式保持永恒，那种神秘的方式就是永恒之爱。她离开了，她很快就会退休，她对自己的所作所为很满意，那是她"想找回的感觉"。故事结束。

很多小说一复述就没什么意思了，而《三个黎明》却不一样，越复述越有意思，复述如一种唤醒，让这个小说一再苏醒过来，复述虽然会遗失一些东西，但浮现出来的更多。三个黎明的三个故事，场景设置简单，要么在酒店里，要么在汽车里，故事主要由对话推进，如此一来，小说的情节和人物的诸多信息隐藏在对话后面的潜台词中，这样正契合了海明威的"冰山理论"——"冰山移动的尊严就在于仅露出水面的八分之一。""冰山理论"的运用成功，海明威讲过在于两点：一是

"一个作家对自己写的东西足够了解，他就可以省掉那些他已经知道的东西"；二是"这个作家的写作足够真诚，读者就会对他所写的东西具有强烈的感受，仿佛他们想要说的都被作家写了出来。"作品所省去的东西比写出的东西更重要，巴里科足够了解自己要表达的，也足够真诚，这是《三个黎明》的独特魅力之一，所以对这三个故事的复述变得有必要和有意思。

三

黎明到来，每一道晨光都簇新而明净。《三个黎明》讲述三个关于新生的故事。

第一个故事虽然讲述便衣女警"色诱"控制在逃的做秤男子，但在交谈中彼此敞开了心扉：女人梦想着重新开始一切，放下那些无法收拾的事情，尽管人生"不可能换牌"，但"可以换张牌桌"；男人也开始讲述他从什么时候变成了现在这样，13岁时的一场家庭大火改变了他的人生，在与那个有着"狼一样的眼睛"的美丽女子交谈中，男子也决定放下一切，包括逃亡的生活。所以当警察到达时，一切平静如水。

在第二个故事中，老门卫执拗地劝说单纯女孩离开那个"坏"男孩，最终达到了目的，尽管老门卫认为自己拯救了那女孩，让她离开了暴力和悲剧，实质上是老门卫在拯救自己。他的一生悲剧始于年轻时坏的脾气秉性，如果可以选择，他会在年轻时绕过那种境遇，当自己的人生无法再来过一次时，当他遇见眼前的女孩可能遭遇他类似的悲剧时，他必须阻止事情的发生，他"唯一愿望就是让事情回归正常"，所以说他让女孩获得了新生，也让自己获得了新生。

第三个故事里即将退休的女警察决定摆脱自己的焦虑人生——那种隐秘而又无法战胜的结局——她"决定做一件对的事情"：释放看守的小男孩。当她完成这一件可能给自己带来灾难结局的事情时，她感觉棒极了，又找到了"年轻时纯洁而不顾一切的"人生感觉，这种新生一般的感觉让她体验到了永无休止的生命长河中隐秘的激情和爱。与之相比，职业和世俗中的那点失败和焦虑又算得了什么呢？她不仅给了那个小男孩新的生活，也给了自己新的人生。

三个新生的故事带给我们一种深切入骨的感动：我们平淡而不算成功甚至一败涂地的人生中，我们总有希望从头开始的那一念头，至少我们这样尝试过，我们终究会明白，说服他人放下一切，或者拯救他人，或者给予他人新生活，本质上是在让自己重新开始、重新选择、重新体验恒久之爱的过程。巴里科在这三个"温柔的恐怖故事"中释放出自己内心宽广博大的真诚和善意，疲惫的中年女人和杀人的做秤商人、从监狱出来的门卫和任性单纯的女生以及焦虑的女警察和失去人生方向的小男孩……所有人的故事在黑暗离去的那一刻全部结束，在黎明降临的那一刻重新开始，这无疑是小说动人的一刻。

其实，单独来看这三个故事，情节和人物未免显得有些单薄，更像三个生活片段的撷英，但深谙小说叙事之道的巴里科，借用三个现代叙事技法让单薄的故事和人物变得丰富和意味深长。一是运用"冰山理论"，让写出来的八分之一带动生活海洋下的八分之七，人物对话和行动后面的内容构成一个巨大的叙事黑洞，吸引读者去联想和填充，看似单薄的叙事变得丰厚。二是制造一种简洁叙事中的难度，比如，第一个故事设置的叙事难度：一个陌生女人如何搭讪并控制一个陌生男人。第二个故事的叙事难度：如何说服一个陌生人改变自己的行为，叙事难度的克服会对读者产生无法决绝的阅读吸引力。三是隐喻和象征的使用。三个故事的发生时间都是在黎明，黎明是一种隐喻和象征，小说中有大量关于黎明的动人描述："已经是黎明了。他注视着远处的天空被一缕模糊的光线照亮……那束光线，他想那是一种邀请"；"曙光是那么自信地照亮明净的天空"；"空气中有某种并非所有的黎明都会出现的金属般的东西，女人想，这种东西可以帮助她保持清醒，还有镇静"；"那光芒在帮助她"……黎明是一种开始，是一种簇新而明净的光，是对新生活的邀请，这种隐喻和象征暗合着故事的走向和人物的心境。三个故事最终定格在黎明的光芒里，就像定格了一切美好、洁净和光亮的人生世界。

这部小说真正的叙事性创造在于，当把三个故事连缀到一起时，平面的小说变成了立体的小说。三个故事的连缀，除了故事发生的时间均为黎明以外，诸多相同的细节在三个故事中重复出现，比如女主人公爱吃爆米花，在三个故事中均出现；比如男主人公13岁时家中失火受到的心灵创伤和父亲的手枪，在三个故事中均出现，等等。它们无时无刻不在暗示读者或者提醒读者：三个故事中的两个主人公实为相同的两个人，三个故事讲述的是两个人在三个不同年龄段发生的故事。三个独立的故事连缀起来分开解读，我们就看到了那个男人的人生轨迹：逃亡，被警察抓住（42岁）——13年牢狱出来后成为一名门卫（60岁左右）——少年时被女警察释放（13岁）；我们也看到了那个女人的人生轨迹：便衣警察"色诱"逃亡者（中年）——离开"坏"男孩的单纯女孩（16岁）——冒险释放小男孩的女警察（56岁）。三个故事中，虽然男人和女人均为同一人，但故事并不按人物年龄顺序展开，而是交替出现，这一点可以成立，但是第二个故事中60岁的门卫与13岁的女孩故事单独可以成立，而连缀到一起时，与第一个故事中的42岁的逃亡男子与中年女子在年龄上冲突，又不可能是同样两个人，如此一来，小说又呈现出一种似是而非、亦真亦幻的阅读幻觉来，三个故事中的两个人既是同样两人，又不是完全同样的两人。当我们如此来解读时，一种遮蔽的故事结构被我们打开了，分出了阅读路径，此中那种"得到和发现"的乐趣会让我们兴奋很久。兴奋之余，我们也领略到了一种现代立体小说所呈现出来的"亦真亦幻的神秘色彩"。

这正是巴里科的魅力，他拓展了现代小说的结构形式，让小说呈现出绚丽的立体性和多维度来，但他又是现实主义的，他的故事踏在现实生活厚实的土壤上，讲述永无休止的生命长河中，那种神秘的永恒之爱和每一次重新开始的簇新和明净。

《三个黎明》的篇幅并不长，但读起来耐咀嚼，让人感觉很长，初读并不觉得怎样，但多读一遍，便惊艳几分。这或许就是好小说之一种吧。

2021年3月31日

《吃瓜时代的儿女们》：枯萎的虚构能力

一

《吃瓜时代的儿女们》是一部令人失望的作品。这失望源自三点：一、它出自心性颇高的著名作家刘震云之手，如果是其他非著名作家，没什么可失望的；二、一部本有想法有追求的作品，最终变成了一部通俗小说，令人吃惊的90万首印数让我想起《读者》《故事会》之类；三、在强大的事实面前，小说家的虚构能力越来越捉襟见肘，让人失望且担心，担心小说是否真的在衰落。

这三点失望背后隐藏着三个大的文学问题：一是一位水准之上的作家是什么原因导致他写出水准之下的作品？二是一部有想法有追求的小说是如何滑向平庸通俗的？三是事实、经验与虚构之间，是界限分明还是模糊不清？一个作家如何在强大的事实面前保持更强大的虚构能力？第一个问题的答案简单一些，原因是个人性的，写作者创造力萎缩，艺术的自我要求降低，挡不住外界诱惑……均会导致作品水准下降。第二、第三个问题是这个时代小说的普遍问题，答案有些复杂，值得深究。

二

刘震云的小说一贯好读，《吃瓜时代的儿女们》也不例外。叙述行云流水，语言简洁传神，不苟言笑的"刘氏"幽默贯穿始终。故事的讲述无可挑剔，该快则快，该慢则慢，插科打诨与偶尔冒犯，尺度把握适当。有人询问我如何把握好小说的语言和叙述，我说您去读刘震云，去琢磨他的语言和叙述，您会发现，他懂得叙述的桥墩要建多宽，语言的桥面如何铺就，读者借着他的叙述之桥，就进入到故事里边去了。

在《吃瓜时代的儿女们》中，刘震云用他出色的叙事能力为我们讲述了四个好读的故事。

第一个故事：农村姑娘牛小丽借了10多万元给弟弟买了个媳妇宋彩霞，五天后宋彩霞跑了，牛小丽拉着中间人去西部某省寻找宋彩霞，留的身份证地址是假的，寻不到，中间人也跑了。牛小丽陷入困境，要还钱必须继续寻找。后遇到"皮条客"苏爽，苏爽专门介绍处女给大人物，说服牛小丽装处女，牛小丽的"处女"给了一位大人物，挣回了10多万元。大人物问牛小丽叫什么？牛小丽说自己叫宋彩霞。

第二个故事：副省长李安邦偶然间有了一个晋升省长的机会，在这千钧一刻的当口，李安邦遇到了三件棘手的事情，这三件事不仅会断送他的省长梦，还有可能让他身败名裂甚至进监狱，一是中央来的考察组组长是李安邦官场宿敌朱玉臣的同学，朱玉臣是否会乘机打压？二是李安邦的儿子开车出车祸，车上的"小姐"死亡，儿子活了，如何摆平此事？三是李安邦的妻子打着李安邦之名，大肆收受商人钱财，如何掩盖？焦头烂额之时，商人朋友引荐风水大师，大师诊断：犯"上红"，须找一处女"破红"，方可转危为安。经安排，李安邦把一处女破了红。一切安妥，李安邦去外省上任省长。那个处女女孩自称宋彩霞，从始至终没问李安邦是谁。

第三个故事：县公路局局长杨开拓在亲戚家喝喜酒，喝得很嗨关了手机，就在手机关闭期间，县里的彩虹三桥被炸塌了，死了20多人。县里公路桥梁归公路局管，县长找杨开拓，杨的手机关机，县长找杨开拓的司机才找到了杨。杨开拓赶到事故现场时事故已经发生一小时了。杨开拓全力参与救援、到医院慰问伤员，想挽回些面子，没想到，互联网疯传一张杨开拓在事故现场傻笑的照片，杨开拓一夜成名，网民又人肉搜索，发现杨开拓喜欢戴世界名表。杨开拓被"双规"了，开始不交代问题，后来杨开拓的手机上来了那个叫苏爽的皮条客的微信，告诉杨开拓，哥，有处女，速来。杨开拓崩溃了。

第四个故事：市环保局副局长马忠诚陪家人到外地旅游，单位有事先回，在火车站附近的洗脚屋遭遇了钓鱼执法，赔光了身上的钱后被放了。马忠诚在候车时得知，为他服务的妇女叫康淑萍，是一个省原省长李安邦的老婆。

毫不相干的三个人农村姑娘牛小丽、副省长李安邦、县公路局长杨开拓因"处女"联系到了一起，三人均被判刑，市环保局副局长马忠诚因嫖娼李安邦的老婆，与前三个故事和人物联系到了一起。

以上是《吃瓜时代的儿女们》的大致内容。

三

我一直以为，复述一部小说是不道德的，一是因为复述一部小说尤其是长篇小说会遗漏掉很多内容和细节，任何复述都是对原小说的伤害；二是因为好小说几乎不可复述，被小说视为生命的那些感觉、气氛以及作者的思考是难以复述的。但是，我还是冒着不道德的风险，在这里如祥林嫂一般复述了这部小说。可是我发现，我对《吃瓜时代的儿女们》的复述几乎没有伤害原作，这个小说就是这么几个故事，它一览无余地展现在这里，《吃瓜时代的儿女们》全靠故事情节来推动，情节不会对复述提出很高要求，所以这是一部可以复述并不会受到损伤的小说。

其实，聪明的读者早就读出了这部小说背后的新闻事件——买卖媳妇堕落成"小姐"、官员对处女的迷恋、"微笑哥"、"表叔"、一个女人与多位官员睡觉等等，而且作者刘震云并不回避小说对新闻事件仿写，有时还故意引导读者去联想，那么真正的问题便来了，作为"吃瓜群众"的读者在现实生活中已经围观过这些事件，难道还要重新在一部小说中再次围观一遍这些事件吗？刘震云的写作意图在小说的标题"吃瓜时代的儿女们"中可见端倪，他要写出在今天这个所谓的"吃瓜时代"里，事件中毫无关联的主人公都是彼此的"吃瓜群众"，事件外无数的"吃瓜群众"都是荒诞故事和人物的围观者。但是遗憾的是，这个小说并没有写出那种升腾的感受力和思考力，没有让小说中的"吃瓜群众"——主人公和小说外的"吃瓜群众"——读者感受到时代荒诞人事背后的悲凉，没有引导读者去探寻荒诞之门是如何一扇扇打开的，没有写出故事背后那种从未消逝的原因，比如鲁迅先生所揭示的中国人的虚无的看客心里——看和被看，热衷于自己做戏演给别人看或者看别人做戏。一切止于故事，止于新闻事件。

英国小说家毛姆对"何为好小说"提出了四个简单标准：引人入胜；故事合情合理；人物有个性；发人深思并引人持续的兴趣。如果用这四个标准来衡量，《吃瓜时代的儿女们》称得上半部好小说，引人入胜，故事合乎情理，这两点做到了；但人物有个性，发人深思并引人持续的兴趣，这两点没做到。虽然一部小说并不适合用所谓的标准来"称重"，但基本的艺术判断是有底线标准的，用最基本的标准来做最简单的判断并不离谱。与它的姊妹篇《我不是潘金莲》相比，《我不是潘金莲》至少还写出了一个执拗的个性人物李雪莲，给人带来一些思考，到《吃瓜时代的儿女们》，刘震云似乎放弃了艺术上的想法和追求，不再考虑人物个性，也不再考虑小说的思考力，在故事的仿写中任性了一把，仿佛在说：既然现实如此荒诞精彩，那就做一个时代的书记员，复制粘贴吧。

四

所以，我们有必要回到文章开头提出的第二个问题：一部有想法有追求的小说是如何滑向平庸通俗的？

看到《吃瓜时代的儿女们》版权页上 90 万册的首印数，我吓了一跳，一本严肃小说能一次性卖掉这么多吗？我很怀疑。

大师马尔克斯的《百年孤独》，西班牙语版四十年才卖到100万册。在中国，超级畅销书才可以这么卖；其次便是《读者》《故事会》之类的了。明白了这个道理我才明白，一本通俗小说是可以做到的。或许，从《我不是潘金莲》开始，刘震云就变成了一个地道的通俗小说作家，那个写出过《故乡天下黄花》的、对历史和人性有着深沉思考的小说家不见了，是时代改变了写作者，还是作者自己改变了自己？一本小说畅销不是坏事，但对一个严肃小说家来说，畅销值得警惕，因为畅销意味着妥协，意味着娱乐，意味着很快过眼云烟。

但问题是，刘震云并没有把《吃瓜时代的儿女们》当成通俗小说来写，他有想法有追求，而且这想法和追求不小，他要为这个"吃瓜时代"的人们画像，画出他们荒谬、冷漠、起哄、演戏的众生相，但是他没有做到，小说文本没有带领"吃瓜群众"向现实的纵深走去，向自己的内心走去，去发现那副众生相的可怜和可怖。刘震云只让小说在新闻故事层面滑行，当小说讲完四个有起因经过高潮结尾的小故事时，小说也就匆忙结束了，如果我们抽去事实之后，整部小说只剩下含沙射影和浮光掠影，小说终究变成了无病呻吟的戏仿和戏谑：装处女的牛小丽被抓，贪污腐化、渎职失职的领导倒台，领导的老婆沦为"小姐"——从始至终，小说仅停留在肤浅的社会批判和道德审判上，从一个个新闻事件又回到了新闻事件上。

刘震云没把《吃瓜时代的儿女们》当通俗小说写，但写着写着写成了通俗小说。造成这种情形的原因大致有三个。

一是小说被故事捆住了手脚，题旨和精神上跳腾不起来，也飞升不起来。讲故事是小说的第一要务，前提是要讲好故事，讲有想象力的故事，这个小说中的四个故事都只是新闻事件的仿写和复原，谈不上好和有想象力。全书四个故事，三大一小，三个大故事，每个故事五六万字，情节推进完，小说便告结束，结果每个故事都没有深入，而且很明显，第一个故事讲述时较冷静、节制，到第二个、第三个故事，叙述明显感觉急促，被情节"俘虏"，只顾匆匆讲完。整部小说从故事的编排上来说，粗暴简单地并列在一起，最终变成了通俗故事集，读者畅快地读完便拉倒。

二是小说人物没有立起来，无论是作者还是读者都没有进入到"人物"的内心世界和精神世界里边去。这几个人物都是扁平的，牛小丽只在算计损失的十万元的账、副省长李安邦一心想往上爬、公路局局长杨开拓一副奴才样子，等等；如此简单的人物形象根本不需要用一部小说来告诉读者。一部小说不集中于"人""人心""人的灵魂"上，不着力于人性复杂的开掘上，终究会流于浅表。根源是，这部小说只顾了故事，而顾不上人了。

三是小说的思维被束缚，导致小说的开放性有限。这部小说的三个主故事均来自社会事件，每个故事都很沉重——买卖媳妇、失足堕落、贪官处心积虑——尽管刘震云应用了他的"冷幽默"叙述，依然是以沉重写沉重，并没有给这几个沉重的故事插上翅膀，让它们离开沉重的肉身，如鸟儿一般在精神的空间飞起来，因为作者的小说思维在这里是封闭和被束缚的，好像在一种自我审查中写作，作者的写作没有进入自由状态，对这些荒诞事件发生的根源不去深究和探寻，最终停在故事层面结束。现实沉重的时代，越是写出清逸才难能可贵，不是像羽毛那般清逸，而是像鸟儿那般清逸。

五

可以推测，刘震云的《吃瓜时代的儿女们》会遭遇像余华《第七天》当年那样的诟病：小说新闻拼贴化。两部小说都是对新闻事件的直接运用，前者以小说的形式直接仿写和还原新闻事件，虚构成分有限；后者用人物串联起新闻事件，为作者的构思服务，虚构成分偏多。这两部小说之所以会遭遇"小说新闻化"诟病，是因为在强大的新闻事件面前，小说家的虚构能力不堪一击，况且是两位水准颇高、写作才华被读者信任的作家。

小说与新闻事件的纠结，成为这个时代小说家们无法绕开的礁石。一方面，读者似乎不再像过去那样相信小说家，总是抱怨一年到头读不到几部让自己难忘的好小说。曾经，小说家的见识和思考通过故事表达出来总让人着迷，今天却不一样了，小说家知晓的读者也知晓，小说家不知晓的读者也知晓。除了读者与作家的信息对称以外，读者的阅读心性也变了，"在闪烁的屏幕中，信息像雪崩一样传来，吸引了我们散漫、肤浅的注意力……从一种噪声飞向另一种噪声，从一个标题飞向另一个标题"（美国评论家乔治·斯坦纳语），读者已经被无数的信息变成了看客和观众，那个优雅深思的读者消失了。另一方面，"在小说家和天生编故事的人之间，已经出现了无言的深刻断裂……小说家的想象力已经落后于花哨的极端现实"（乔治·斯坦纳语）。这是问题的关键：小说家的虚构能力在强大的事实面前开始枯萎。外面是热火朝天的生活、千奇百怪的事件，一个静守书斋或靠浮光掠影体验生活的职业作家，该如何处理事件、经验与虚构之间的关系？在如雪崩般的信息面前，该如何保持自己独有的有价值的虚构能力和虚构魅力？

眼前的事实是，很多小说家的虚构能力正在枯萎，一些小说家不得不搁笔，放弃写作，一些小说家感受到了小说越来越难写，但还在坚持着。刘震云的《吃瓜时代的儿女们》就是虚构能力枯萎而坚持写出的作品，那种面对现实的无力感和缺乏个人经验参与的创造力，在小说文本中表现得很明显。

那么，那个在印刷时代成熟到顶峰的严肃小说，难道在今天的数字信息时代会无情地衰落和被替代吗？好像也不必那么悲观，一些出色作家的经典作品总在启示我们如何建构自己强大的虚构能力，构成虚构能力的想象力、洞察力和表达力仍然蕴含于致力于写出伟大小说的作家心中，属于自己时代的出色作家总会应时而生。

我读马尔克斯的《一个海难幸存者的故事》时，有一个强烈的感觉：马尔克斯居然把一则新闻事件写成了一部出色的海难小说。所以我就想，一则或多则新闻需要拥有什么样的"魔法"才能变成一部具有长久魅力的小说呢？我粗略分析后，得出三点"魔法"，这三点"魔法"会让新闻事件变成虚构的小说。一是想方设法赋予人物命运感。一则新闻往往是记述有限时空范围之内的人和事，这人和事无不充满"视觉暴力"或"思维暴力"，要么吸引眼球，要么耸人听闻，它具有极端的个体特性，如果它要向一部小说迈进，突破有限的时间和空间，人和事的逻辑演变就会变得舒展和宽阔，极端的个体性被平常的普遍性代替，人物的命运感便有可能呈现出来。打一个比喻，就像烟花在一个小屋子点燃它会爆炸，成为新闻事件；如果将烟花拉到一个空旷之地上燃放，它会很美丽，让人欣赏，成为一部小说。二是精准地写出了某种境况中的生命状态，希望与绝望、爱与怜悯、尊严与荣誉，等等。比如马尔克斯所描述的海难幸存者贝拉斯科在大海中希望与绝望伴生的生命状态，它属于所有读到这部书的人，包括半个世纪之后的我们，海难的真相、英雄的荣耀已退居次要，真正打动我们、震撼我们、永远具有吸引力的是生命中希望与绝望的搏斗。"永存最后那遥远的希望"，是这部书留给我们的生命礼物。当文字的叙述到达此番境界时，它早已溢出了一部新闻作品的边界，而进入小说的领地了。三是赋予事件充满魔力和魅力的细节。一方面，对现实的魔幻写法让现实抵达了本质真实和艺术真实；另一方面，虚构的细节会产生文学的说服力。

以上三点能否给予小说家提升虚构能力的启示呢？无论怎样，在今天，"人们听腻了政治家、科学家、经济学家、哲学家和医生的论调，还想听听小说家的意见"（小说家朱山坡语），没错，"小说家的意见"还是不可或缺的，因为小说家是靠自己强大的虚构能力和虚构魅力来发表对自我、对世界、对人类的独特的意见的。

2017 年 12 月 24 日

《新世界》：穿越革命历史的烟尘

一、面世契机

知名小说家杨少衡的最新长篇小说《新世界》在中华人民共和国成立 70 周年前夕面世。

《中国作家》杂志 2019 年第 3 期首发，《长篇小说选刊》2019 年第 4 期转载，作家出版社 2019 年 9 月出版单行本。

《新世界》讲述的故事发生在 70 年前的 1949 年，漳州厦门解放前后的一段时期内，脆弱的地方新政权总是受到国民党特务和地方土匪的侵扰和破坏，"南下"干部侯春生和他的同事在条件艰苦和军事力量不足的情况下，成功地反击特务和剿灭土匪。

2019 年 10 月 1 日是新中国成立 70 周年的日子，《新世界》选择在这个特别时刻面世，加上《新世界》讲述的正是 70 年前的革命故事，那么，《新世界》便与新中国成立 70 周年这个日子发生了某种关联和应和。

这种关联和应和，我们可以理解为，《新世界》是小说家为新中国 70 岁生日送上的一份礼物，表达一位小说家对祖国深情的爱意和对当年为新世界建立而牺牲人士的感佩与怀念。

　　我们也可以理解为，《新世界》选择在这个特别日子推出，趁着国庆话题热点可以吸引更多当代年轻读者，让他们从科幻和仙侠的虚幻世界中抬起眼睛，走进那个并不遥远却已很陌生的革命历史年代，去感受革命之河的波谲云诡和人性之渊的幽深难测。

　　我相信，这部故事吸引力和艺术征服力俱佳的小说，一定能与当下热门的网络类型小说"争锋"，它有实力去征服那些沉迷于网络类型小说的年轻读者，并启蒙他们对革命历史小说的新认识——这部小说并不同于那类"高大全"的意识形态说教突出的革命历史小说，它有惊险刺激的情节和耐人寻味的人性思考——当然如果这部小说能拿到那些年轻读者手上的话。

　　由此便引出另一个话题，在网络文学与严肃文学各分天下的今天，严肃文学——《新世界》即为此类——如果不从网络文学那里夺取阅读阵地和获取读者数量，严肃文学的衰败不是会否发生的问题，而是兵败如山倒的问题。严肃文学如何获取年轻读者的信任和青睐？严肃文学作家无法回避这个问题，必须反思和突围。

二、新革命历史小说

　　有人说《新世界》可以称为新革命历史小说。我赞成。

　　所谓"新"，意味着之前有个"旧"，即革命历史小说。说到革命历史小说，20世纪70年代出生的我们脑海中立刻浮现出《林海雪原》《青春之歌》《铁道游击队》等小说来，它们曾陪伴我们成长，带给我们无穷的乐趣，当然它们也曾启蒙我们初涉人世的价值观和人生观。如今再来回望这些革命历史小说，它们的局限性也显露出来："高大全"式的英雄人物、二元对立的非敌即我斗争、界限分明的革命价值观，诸如好人与坏人、革命与反动、光明与黑暗等。

多年过去了，《新世界》作为对革命历史的重新书写，找到了新的叙事动力，一种不同于20世纪六七十年代的革命历史小说，不妨称之为新革命历史小说。它的"新"主要表现在三个方面。

第一方面，小说突破了二元对立、界限分明的革命价值观。革命历史小说如果立足点在意识形态宣扬上，那么它必须借助二元对立、界限分明的革命价值观来设置人物和故事达到小说目的；如果立足点在复杂的人和人性上，那么在忠实于革命历史真实的前提下，人物塑造和情节设置将更加多样和复杂。《新世界》在还原革命历史波谲云诡的现场感中，对幽深难测的人性作了深入探求。小说中的二号人物连文正，出生于土匪家庭，受过高等教育，成为国民党军官，聪明善战，抗战中立过功勋，后成为解放军俘虏回到家乡小城，国民党撤退时他也可一走了之，但他留了下来，真心期望以平民之身迎接新世界的到来。国民党特务拉拢他被他拒绝，可是新政权的干部总有人不信任他，怀疑他，他也热心帮助新政权处理一些事件，有关爱他人的人道主义精神，可是最终连文正还是选择了背叛，打死一名士兵后逃走时被炮轰于河中。究竟是谁让连文正走上不归路？是小说极力营造的一个人性之谜。《新世界》突破了二元对立的革命价值观，恢复人性复杂性对革命历史的影响，从而走进一个异常复杂的革命历史中。

第二方面，小说寻找到了跨越时空的一种精神表达。70年前的革命故事和人物，如何走进当代读者尤其是年轻读者的内心，与他们产生共鸣和共情，是新革命历史小说的难点和成败点。虽然说"反特"加"剿匪"的故事已足够精彩，能吸引读者眼球，但精彩故事背后小说的精神魂魄不表现出来，或者表达不当，小说的艺术征服力将大大减弱，难以征服当代读者。小说家杨少衡在写作《新世界》时也注意到了这个问题，他时常提醒自己注意一个要点，"那就是我不仅仅是在写往昔记忆，六七十年前的那些故事与人物是要给当下读者看的，我必须找到能够打通两个年代的东西，表现能够让现在的人可以共鸣的情感。"可以说，《新世界》成功寻找到了"打通两个年代的东西"，即寻找到了跨越时空的一种精神表达，就是人们对新世界的相信和信仰，在强大的相信和信仰力量的支撑下，人们身上散发出奋斗的热情、激情和使命，条件艰苦、个人遭际乃至牺牲生命都不算什么，每个人身上都铺满一层蓬勃向上、充满希望的金色光芒。我以为，小说所表达出来的生命的金色光芒是跨越时间和空间的，它不仅照亮了那个灰暗革命年代的战斗者，也会照亮在今天为美好生活打拼的每一位当代读者。小说全力塑造了侯春生这位年轻的南下干部，对新世界的畅想和信仰贯穿了整部小说，也贯穿了侯春生年轻的一生，小说的精神魂魄在惊险刺激的革命斗争中完美地表现了出来。

第三方面，小说采用复调、迷幻等现代叙事手法来讲述故事，让小说充满模糊性和神秘感。《新世界》是一种复调结构：有两个声音在讲述同一个故事，一个声音是当下的"我"在这座县城寻访革命遗址点，一个声音是70年前的"我"在革命现场的见证；因为有两个声音在讲述，那么小说的时间也在当下和70年前之间穿梭，小说的空间更加多样，有不同的革命遗址点以及故事场景点，有县城、乡镇、深山等地。小说分上下篇，各有三章，每章的开篇与后面的小节构成复调结构。此外，《新世界》还创新性地运用了一种类似迷幻的叙事策略，小说上篇结束时，特务林庆被击毙，连文正驾船逃走，生死未明。在下篇中，一个同样叫林庆、长着阴阳脸的神秘特务被空投下来搞破坏活动，那他究竟是连文正还是谁，各种传奇说法都有，小说家始终都没有明确指出来，让小说洋溢着一股神秘气息，使阅读充满各种可能性，很有吸引力。

三、武戏文写

作家出版社对《新世界》的宣传文案写着：东南一隅剿匪记，反特＋枪战＋人性，厦门解放前夕谍战悬疑小说。

这一概括准确、精炼且能撩拨读者的阅读欲望，恨不得立马买一本来阅读。与很多小说文不副实的夸张宣传不一样，读过27万字的《新世界》，我感觉如此宣传并不夸张，小说比这简单的几句话要精彩百倍。

杨少衡在情节设置上下足了功夫。谍战与剿匪交替推进，谍战写得迷雾重重：民政科长被暗杀，新任科长侯春生成为敌特暗杀的新目标，特务正策划"天光反"行动，特务是谁？在哪里？试图为新政权服务的连文正是吗？来历不明、谎话连篇的美女徐碧彩是吗？背后的"橄榄核"是谁？真真假假，虚虚实实，在反击特务与特务策反中，小说一环套一环，写得紧张刺激。剿匪写得激烈惊险：连文正的哥哥连文彪是地方山头武装，一会儿被共产党收编，一会儿又自打小算盘，最后叛变沦为土匪，与特务勾结，后来与被任命为三区区长的侯春生发生武装冲突，展开一场夺粮大战，攻防之战写得激烈残酷。为救被困于大宅的"小猴子""胡萝卜"两个小孩，侯春生独闯大宅展示智勇身手，小说写的也是鼓点阵阵，惊险连连。

可以说，《新世界》将悬疑谍战与剿匪枪战结合到一起，精彩地叙写了一场斗智斗勇、可歌可泣的地方革命战斗场景，让我们身临其境地走进革命历史的烟尘中，既感受到了"一寸山河一寸血，一抔热土一抔魂"的悲壮过往，也感受到了"气吞山河多壮志，敢教日月换新天"的革命豪迈气势。

《新世界》是一部"武戏"充分而精彩的小说，但除此以外，小说的"文戏"写得也是曲折悠长、情感深沉，甚至有那么一点"武戏文写"的味道，让小说的人性开掘、情感升华上往前走了一大步，确实赋予了革命历史小说新的艺术力和生命力。

"武戏文写"可以概括成三句话：一只口琴，打发寂寥时光，也吹奏新世界悦耳声音；两个孩子，战火中拯救，彰显大爱承接未来；一个"女特务"，穿梭于城乡沉浮于敌我之间，战火中美丽、柔情之谜。

小说27万字，有关口琴的字数至少有1万字，口琴放在包里随身携带，如主人公侯春生身上的另一个器官，一刻不离。作者用如此分量来写一只口琴，用意在于赋予主人公侯春生这个人物形象的丰富性和感染力。一个年轻军人被口琴声打动吸引，倾其口袋里的钱买下它，在艰苦的行军路上学习吹奏，初学之声如杀猪声招来嘲讽，他相信能吹好它，这只口琴为他单调寂寥的生活增添了亮色。就小说而言，口琴成为人物塑造的一个道具，作者显然不满足于此。随着小说的推进，口琴之声伴随孩子们的歌唱声，成为侯春生最期待和着迷的声音，他认为那是天籁之声，是他向往的新世界的声音，他认为这声音值得他为之奋斗与牺牲。自此，口琴声音具有了一种巨大的象征意义和鼓舞力量，成为构建人物精神世界不可或缺的一部分。

战争意味着残酷的牺牲，许多风华正茂的年轻人倒在新世界到来的前夕，在唏嘘之余牺牲变得理所当然和稀松平常，可是小说中出现了两个生命异常珍贵的小孩子——小猴子、胡萝卜——他们的遭际总牵动主人公侯春生的心，无论是被轰炸受伤，还是被土匪围困，侯春生都会不惜一切代价去拯救他们。尤其对小猴子，当所有人都觉得在一场重大剿匪战斗中为一个弱小的生命不值得去冒险时，侯春生依然固执地要保住小孩子的生命。侯春生的行为源于两个因素，一是他幼小的弟弟死在他肩膀上，他发誓要保护同样的孩子；二是他认为新世界最美妙的声音是小孩子发出来的。两个小孩子的故事成为小说的另一条线索，反特剿匪的故事因而散发出人道主义光芒。

另外，在我们的阅读印象中，每一个反特剿匪的故事中，总会出现一个外表美艳、内心邪恶的女特务，《新世界》中也出现了一位疑似女特务徐碧彩，但徐碧彩迥异于我们印象中的女特务形象。整部小说中，徐碧彩都处于疑似状态，她行为诡异，没有证据证明她是特务。相反她富有爱心，热心为新政权服务，成为一名小学教师，与侯春生走得很近，但无法互相信任。徐碧彩的真实身份是连文正的小姨子，她带着连文正的孩子一直在寻找连文正，在那样一个非常时期，总是遭遇误解。一个疑似特务的美女给灰暗的战斗平添了一抹色彩。

武戏文戏在《新世界》展示充分后，一系列人物形象也立起来了，侯春生、陈超、连文正、连文彪、徐碧彩，等等，他们血肉丰满、活灵活现地在小说中进进出出了。

如果说一切历史都是当代史这个命题成立的话，那么一部出色的革命历史小说，它除了再现革命历史斗争的波谲云诡和惊险残酷外，它更重要的是指向当代人的某种精神现实和情感现实。杨少衡先生的《新世界》就是这样一部出色的革命历史小说，它讲述了一个精彩的反特剿匪的革命故事，它让今天的读者沉浸于生命的激情和信仰之中，慢慢抬起头来看看自己的人生路途，或许能感悟到什么。

2019 年 9 月

《冰心与吴文藻》：呈现生命的丰富与光亮

我们总说历史不容假设，人生不会重来，但我们依然乐此不疲地去假设历史，去梦想人生重来，我想是因为，这假设和梦想里包含着每一个人失之交臂的人生遗憾和难以言说的人生唱叹，包含着一段历史与一段人生之间形成的落差与错位，这落差与错位便造就了人生中时时遭遇的那份偶然之美或痛与必然之美或痛。当然，无论美或痛，它们均构成了生命的丰富和光亮，还有什么比去感受生命的丰富和光亮更美妙的事情呢？所以说去假设历史、去梦想人生重来，是上苍馈赠的另一种人生。

读罢王炳根先生 140 万字的皇皇大著《玫瑰的盛开与凋谢——冰心与吴文藻》，我禁不住开始假设起来：假如冰心和吴文藻抗战期间没有去陪都重庆任职？假如他们离开日本没有回到祖国而是直接去了美国？假如他们在多次政治运动中因见解冲突而分道扬镳？假如他们没有活得那么久？假如他们生活在今天的时代他们又将经历怎样的人生？再假如，如果换作了我去经历他们所经历的风云跌宕的 20 世纪，我会走过跟他们一样的人牛吗？

为何会有如此多的假如？因为这部人物传记写得甚为成功，它深深地吸引和打动我。一方面，作为读者的我太过投入其间，因两位主人公的人生命运之喜而喜、之悲而悲，以至于我想用如此多的假如去规划他们迥然不同的可能的人生；另一方面，如此多的假如其实是对20世纪知识分子内心世界的另一种解读，每一个假如就是另一种人生，就是一次选择，就是知识分子人生观和价值观的一次体现，冰心和吴文藻走着一条与假如相反的道路，他们的内心世界则呈现出另一种复杂和丰富来；再一方面，当今天的我用"如果"将自己置换成两位传主时，那么这部传记作品便有了更为深远的价值，意味着它不仅仅拘泥于还原主人公爱恨交织的一生那般简单，它已经超越了个人和历史，而具备了启迪后世人生的当下性和现实性，成为后人的一面精神"镜子"。这无疑是传记作品的最高追求。

我同意李玲教授在序中的阐释：此书"提供了丰富扎实的历史资料，贡献了前沿性的学术见解，是理性审察与激情写作的融合、学术评述与艺术想象的统一"，但是我想指出的是，作为一个在冰心研究领域耕耘二十多年、写作过多部冰心和吴文藻传记性著作的王炳根先生，他的写作动力和写作野心远不止于此，真正促使他动笔"写一本像样一些的冰心传或冰心吴文藻传"的，是他宏大的历史感知和神圣的生命意识。一次偶然间翻阅1900年拍摄的老北京画册，没想到那些历史久远的黑白照片突然启发了他的大历史观，他意识到两个大知识分子的生命长旅是与动荡、战争、苦难的20世纪相连的，20世纪造就了他们的一生，他们的一生成就了另一部20世纪史。在这样的大历史观的映衬下，两位主人公的一生便有了一种强烈的命运感，由强烈的命运感再进入到个体生命的每一天，那么生命的丰富和光亮便呈现出来了，这就是王炳根先生所感慨的："整整一个世纪多灾多难，但是，一个柔弱女子，一介书生，竟然可以在漫漫长夜里，盛开出灿烂而优雅的花朵？""灿烂而优雅的花朵"既是对传主生命的礼赞，也是从生命意识的角度去观照自己的传主。

当以宏大的历史感知和神圣的生命意识为出发点，来为20世纪两位著名知识分子立传时，作者的叙述便拥有了丰富的视野：既是俯瞰的又是崇敬的，既是客观的又是自我的，既是宏大的又是细节的，既是激情四溢又是静水深流，既是"场景画又是心灵史"。由此，我们便读到了这部展现20世纪中国知识分子跌宕起伏、追求真理和爱的人生轨迹，读到了这部呈现生命丰富和光亮的生命之书。

冰心，1900年出生，1999离世，中国现代著名作家、诗人、儿童文学奠基人、社会活动家。吴文藻，1901年出生，1985年离世，中国社会学、民族学的奠基人，"燕京学派"的开创者。1929年，在美国获得博士学位的吴文藻，回到北平燕京大学任教，与冰心结为连理，一个著名作家，一个著名学者，双峰并峙，开始了近60年的相伴相携的人生旅程。

可以说，每一个生命都是丰富的：喜怒哀乐伤、酸甜苦辣咸、生老病死痛，无不如此。但是相比历经整个20世纪的冰心和吴文藻，又有多少人可堪比。末世晚清、混乱民国、战乱流离、旅居日本、全新中国、改革开放……历史的洪流裹挟着冰心和吴文藻，他们有时是两颗无法主宰自己命运的石头，随洪流奔涌，有时又是两株枝繁叶茂的大树各自成林，不受洪流左右。他们度过了负笈苦读、域外留学、浪漫爱情、归国任教、辗转迁徙、潜心写作、献身学术、思想改造、辉煌晚年的一生，这里边有幸福浪漫、奔波劳苦、苦闷彷徨、恬淡自在。《玫瑰的盛开与凋谢——冰心与吴文藻》生动细腻、史诗般地向我们描述和阐释了这一切。

这部大书，让我感受到两位知识分子生命之丰富，具体表现在这样几个方面。

一是选择的勇气和争议。抗战时期的西南联大、云南大学是中国知识分子南渡之地，一大批知识分子在昆明这个物资匮乏、生活艰辛、战争骚扰之地，用鲜血甚至生命去争取学术和人格的自由、独立与尊严，保持了知识分子的清醒和傲骨，写就了20世纪中国教育和学术的华彩篇章。当时，冰心和吴文藻在昆明工作和生活了不到两年，就接受邀请赴战时陪都重庆任职，这一举动被一些知识分子瞧不起——飞往重庆去做官，"再没有比这更无聊和无用的事了"（林徽因语）。王炳根先生在传记里将他们离滇赴渝这一部分描述得甚为清晰，离开的情形和缘由详叙致尽。尽管每个人都有选择生活的权利，但冰心和吴文藻这一选择显然是背离南渡知识分子精神本质的，飞机来接走他们的那一刻，我想他们的心情不会像同行的孩子那般兴奋，面对有争议的选择，他们的勇气和难度可以理解，"望着眼前的一切……冰心没有说话，沉默、思考"。

二是被误读和误解。写到冰心似乎就要写到现代文学史上那桩著名的公案：冰心小说《太太的客厅》是否在讽刺林徽因？林徽因是否送了一瓶山西陈醋给冰心？王炳根先生试图说清楚这桩文学公案，分析了种种可能之后，终究发出感慨："一桩几十年前的公案，前后左右、东西南北中，岂是我们说得清楚的？"的确，事情真相无法说清，也不必说清，说清了反而乏味，公案已成为传奇，传奇是被误读、被误解的美丽人生。它为什么吸引一代又一代文青去演绎这个传奇呢？因为这桩公案具备了三个永恒的元素：文学的暗示和讽刺、人性中的嫉妒和报复、著名的美女作家。

三是思想改造的苦痛。由自由知识分子转变为无产阶级知识分子，是一个触及灵魂的痛苦过程。冰心具有天生的政治适应能力，她的思想改造之路很平坦，而吴文藻"开化"较慢，经历过多年痛苦的过程。20世纪50年代，冰心自我批判，批判燕大教育是"美帝国主义文化侵略中最出色的一个"，吴文藻不赞成冰心这样批判，他认为教育是超阶级的，是欧美先进的办学。而冰心已在改造的路上了。而到了20世纪60年代，吴文藻也成了地道的无产阶级知识分子了。冰心儿子离婚又结婚后，对出生于普通家庭的妻子的生活习惯不认可，吴文藻教育儿子，要他们改造资产阶级作风和思想。当我读到这两个细节时，我的内心无比酸楚，思想改造以后便难以回去了。

四是揭示人物内心的变迁历程。这部大传记最大的特点，是由人物的历史资料、学术见解向人物的精神史、心灵史过渡。青年时的活力和梦想、中年时的学术魅力、颠沛流离的艰难、思想改造的苦痛、晚年忠于内心的写作和心怀大爱的平静……传记丰富地勾勒出了一份20世纪中国知识分子的心灵档案，这份档案已归于历史之中，被人不断阅读。

冰心和吴文藻的生命旅程是丰富的，这丰富的生命土壤之上开出了怎样"灿烂而优雅的花朵"呢？这部传记里，给我印象最深的是"两朵花"，一朵是文学创作和学术研究之花，一朵是两人的爱情之花。这两朵花闪耀着他们生命的光亮。

文学创作和学术研究之花。20 世纪 80 年代，80 岁的冰心迎来了创作生涯的"第二春"，收获了她足以垂范后世的散文精品。这一时期的散文，远离了"写满忧伤的成长愁绪"，告别了"隐含政治话语的还乡经历"，走进了真正属于一个作家的"返璞归真的乡情叙事"。冰心年轻时的《繁星》《春水》为她赢得了文学史上的地位，晚年时的系列散文为她赢得了永远的文学地位。我以为，真正让冰心不朽，真正能征服时间这位最残酷的文学评判者的是冰心的散文，创作这批散文时冰心已年届八旬，但人世的沧桑和生活的磨砺赋予她惊人的创作力，思想、写作、生命一切归于本真，她回到自己的内心，用最恰当、最感性的语言写下了《我的童年》《我的老伴吴文藻》等散文精品。

这部传记，对吴文藻的学术贡献作了精辟、细致、全面的考察和阐释，让我们认识了一个对中国社会学、民族学的奠基与发展作出了巨大贡献的大学者。在常人眼里，吴文藻没有妻子冰心有名，但这部书纠正了我们这种偏见，其实吴文藻在他的学术领域也是大家级的人物，他开创的"燕京学派"和"社会学中国化"理论，至今仍深深影响着中国社会学的发展。

两人的爱情之花。王炳根先生在书中展现的冰心和吴文藻的爱情婚姻，可称为 20 世纪中国学人的典范之一。浪漫相爱、喜结连理、经营家庭、历经考验、不离不弃、相携相伴、圆满落幕，冰心和吴文藻走过了这一条完美的王子公主般的爱情婚姻道路，这是令人羡慕和祝福的。传记中有一个细节，深深触动了我。20 世纪 60 年代，一次冰心在学校图书馆前接受批斗，吴文藻拔完草经过时看见了，二话不说站到冰心身边陪同批斗，

"冰心低声让他先回家，但吴文藻站着不动"，"像钉子一样钉在冰心旁边，直到批判会的组织者允许他们回家，吴文藻才给冰心取下那块沉重的大牌子，脖子现出一道道红痕"，牌子卸下后，两个人不能走，瘫坐地上，造反派催促他走，"两个老人只得相互搀扶着站起来，一步一颤地向宿舍区的和平楼走去"。这段细致的描述，就是两个人深深相爱的宣言，这是他们生命中别样的光亮，永远照耀后人。

尽管他们的一生跌宕起伏、喜忧参半，但他们仍活出了生命的丰富与生命的光亮。人生的意义到底在哪里呢？或许就在追求这生命的丰富和光亮吧。

这份生命的丰富与光亮，不仅给了读者我幸福感，也给了作者幸福感，王炳根先生在书的"后记"中颇为动情地写道："我以文学的心情与笔墨，以学者的严谨与求实，尽情地描述展示他们的文学精神、学术品格、人物性格、社会与历史的影响和地位，每回停歇，望着窗外的春花秋月，油然而生满满的幸福感。"

2017 年 11 月 26 日

《须仰视才见》：鲁迅仍然生活在我们中间

近三年来，阎晶明先生陆续出版了鲁迅研究系列著作:《鲁迅还在》(2017 年)、《鲁迅与陈西滢》(2018 年)和《须仰视才见》(2019 年)。尽管《鲁迅与陈西滢》为旧作再版，《须仰视才见》多为旧文结集，但对于新一代年轻读者来说，都是新鲜的冒着热气的"精神餐食"——或许这套鲁迅研究系列很大成分当是为青年读者而推出的。对青年的关注和厚爱不也正是鲁迅精神的一部分吗? 在信息狂欢的互联网时代，鲁迅形象在青年中似乎正在变得模糊或者简化，模糊为横眉冷对且难以接近的"斗士"，简化为几句真假莫辨的"鲁迅名言"，此时隆重而有节奏地推出这三部书，对当代青年理解鲁迅、接受鲁迅、热爱鲁迅起到"点醒"和推波助澜的作用。事实也是如此，三部书在读者尤其是青年读者中掀起了一股小小的鲁迅热潮，第一部《鲁迅还在》销量不错，且已经重印。

读阎晶明先生的著作，能感受到他作为鲁迅研究专家内心深处浓郁的忧虑意识和强烈的责任意识。他忧虑的是，否定鲁迅的声音在社会上更有市场，"鲁迅作为民族精神之魂，远未深入人心"，所以他反复论述鲁迅作品的经典价值和鲁迅思想的现实性和当代性，反复强调"鲁迅仍然生活在我们中间"。他一再说:"鲁迅研究既有学术责任，也有向社会传播鲁迅的责任。"

他把传播责任看得更重，希望鲁迅走出圈子，走向公众，他有一个远大的鲁迅传播目标：让鲁迅之于中国就如同莎士比亚之于英国。所以他身先士卒，为了让公众尤其是青年接受鲁迅，他力争做到两点：一是研究上，"回到原点，做鲜活的、有体悟的研究"，把鲁迅还原成鲁迅应该的样子；二是写作上，"以散文、随笔的写法，尽量用朴实的、有温度的文字叙述"，保持人物和事件的鲜活性和生动性，易于大众读者阅读。

如果我们将三部书作为一个整体来阅读，我们会发现阎晶明研究鲁迅的大致内容和路径，具体表现为四个方面。

一是经典作品再阐释。鲁迅作为一个伟大的作家是因为他拥有伟大的、经典的作品，他的作品战胜了时间和空间，滋养一代又一代读者。卡尔维诺说："一部经典作品是一本永不会耗尽它要向读者说的一切东西的书。"正因为这"永不会耗尽"，所以对鲁迅经典作品的阐释永不会结束。阎晶明先生十分在乎回到作品原点的阅读和阐释，他说："每次重读都仿佛新读"，"鲁迅是鲜活生动的，活的鲁迅需要后人尽可能生动地表达出来"。所以，对鲁迅作品的再阐释成了阎晶明鲁迅研究的一项重要内容。比如，收录在《须仰视才见》中的《经典的炼成——从〈孔乙己〉发表100周年说起》，是对《孔乙己》这篇小说全面、细致的一次解读与阐释。既从宏观的角度来论述《孔乙己》在鲁迅小说中的地位，也从微观的文本解读来谈论《孔乙己》的主题和艺术特点；既从纵向的时间角度来论述《孔乙己》与五四运动之间的关系，也从横向的空间角度来谈论各位名家对《孔乙己》的评价。可以说，这是一篇对鲁迅经典作品作出了经典阐释的文章。经典再阐释很是考验研究者的文学敏感力和文学想象力，缺失了这两种能力，就沦为人云亦云的炒冷饭了，阎晶明对鲁迅作品的阐释大气而有高度、朴实而充满灵气，总能给我们一些新的启示和收获。

二是鲁迅研究再细化。老实说，我读鲁迅文章多于读鲁迅研究文章。一方面鲁迅文章很吸引人，很容易与我产生共情，打动我；另一方面诸多研究文章要么枯燥无味，要么不知所云。或许该给这样的鲁迅研究文章定个"罪"——伤害鲁迅作品罪——很多年轻读者远离鲁迅大致是先读此类文章所致。在我读的不多的鲁迅研究文章中，让我兴趣盎然且震慑我内心的，除了钱理群、王富仁等先生的文章外，就数阎晶明先生的鲁迅研究文章了。此话绝非虚与委蛇。因为在深刻、锐利的钱理群、王富仁之外，我又读到了有趣、有烟火气息和温度的阎晶明的鲁迅研究文章。阎晶明的文章是独一家的，收录于《鲁迅还在》中的《起然烟卷觉新凉——鲁迅的吸烟史》《何处可以安然居住——鲁迅和他生活的城市》《把酒论当世 先生小酒人——鲁迅与酒》《病还不肯离开我——鲁迅的疾病史》等，均是别具一格、微中见著之文，没有人如此细化、如此专题地研究过。鲁迅与烟、与酒、与城市、与疾病，看似鲁迅研究的边角小料，实则乃人生的大事儿、艺术的要事儿，从这些角度进入一个伟大的作家，当是一种全新的研究创造。我很佩服阎晶明先生的这一研究法，他说："我选择的话题看似小事琐事，但它们有烟火气，有呼吸有温度，我的努力就是通过阅读和素材积累，找到角度进入并打开更大的世界，将这一切和鲁迅的筋骨、文章、思想建立起必然的联系，这种联系保持着鲜活性和生动性，而不以学术结论为唯一追求。"可以说，由小角度进入大世界，阎晶明先生做到了。此外，这些文章曾发表于《人民文学》《上海文学》等文学期刊而非鲁迅研究期刊，可见作者有意识地让这些文章在更广泛的读者中传播。

三是论战场景再还原。在《鲁迅与陈西滢》一书中，阎晶明先生回归地道的学者身份，对1994年前的那场著名的文坛论争进行多维度的梳理和分析，得出了一个重要结论："正是从与陈西滢论战开始，鲁迅找到了既有具象又每每推至类型化的杂文形象，抓住了与己相关的事件又进而论及历史、国民性、知识阶级的虚伪性，等等。"这一结论对我们重新认识鲁迅杂文的价值——个性与普遍性、现场感与深刻性——提供了新的参照系。对当时论战场景的再还原是此书的一大亮点，场景还原是小说家功夫，能让我们身临其境，对理解那场复杂的笔墨官司很有帮助，那场改变鲁迅杂文风格的论战实在值得大书特书。另一大亮点是，阎晶明先生在书中对我们陌生的陈西滢的资料进行了整理、完善和丰富，便于我们了解陈西滢的人生经历和学术经历。文末还收录了陈西滢的文章，读陈西滢的文章，可以懂得一个真正的陈西滢，而非从论战对手那里看到一个间接的陈西滢。这部书的学术价值和史料价值可见一斑。

四是对"鲁迅批判"的再批判。在不久前推出的《须仰视才见》中，有一组文章让我眼睛一亮，比如《鲁迅：是谁的先生》《因为有了鲁迅》《从"骂"处着眼》《缺乏学术依据的"鲁迅批判"》等。这组文章是阎晶明先生对"鲁迅批判"的批判，在这组文章里，那个温和、严谨的作家、鲁迅研究专家摇身一变变为满身锐气甚至有些火气的批评斗士，他批评张承志在鲁迅表达上的极端和决绝、"伪"和"浅"；他批评王朔、朱文、韩寒等人所谓的与鲁迅"断裂"；他批评一些人为博眼球用"骂"的名义做文章来消费鲁迅；他批评朱大可"妖魔化"鲁迅是缺乏学术依据，等等。阎晶明先生用鲁迅的方式捍卫鲁迅，这组文章读来颇为畅快和过瘾，以点带面对过一段时间便会残渣泛起的"鲁迅批判"现象做了不留情面地再批判。由此，我们也看到了一个鲁迅研究专家的另一面，得鲁迅先生真传的直面不公和黑暗的一面。

以上粗略划分出的内容和路径，我们可以看到有三条隐含的叙述视角包含其间：对于鲁迅经典作品阐释，作者多采用仰视视角，因为鲁迅作品是中国现代文学的高峰，需仰视而攀登；对于鲁迅精神和思想的研究，作者多采用平视视角，从多个侧面去考察鲁迅的多侧面的人生，为我们呈现了一个平凡而亲切的鲁迅，鲁迅是一条宽阔的河流，需平视而蹚过；对于"鲁迅批判"的批判，作者多采用俯视视角，用他的洞察力和感染力对那些缺乏诚意和学理的"鲁迅批判"予以批评，鲁迅是一座富矿，需俯视而开掘。

尽管阎晶明先生总是谦逊地说他的鲁迅研究"独辟蹊径"，总是选取"低端"题材，选取边角小料，实则不然，"低端"题材中有"高端"问题，小料中有大世界。这些文章涉及了作家研究中的一些深层次的问题。

比如谈鲁迅与酒，生活中鲁迅先生不嗜酒，但他的文章中总会谈到酒，尤其在与许广平书信交往中，彼此总是在劝少饮酒、不醉酒等话题，阎晶明分析，酒在二人之间是"作为虚拟说辞与诗意化"的。这种分析细致而到位，说白了，酒在这里是爱人之间的"撒娇物"。但鲁迅笔下的人物也多喝酒，酒在这里成为命运失败者、人生落寂者、时代落伍者的愤世嫉俗或悲伤人生的"象征物"。可以说，酒是进入一个作家内心世界和他笔下人物世界的重要途径之一。我想起郭沫若先生通过分析李白饮酒，而得出酒"是使李白彻底从迷信中觉醒过来的后劲契机"，从而生发出著名的感慨：读李白的诗使人感觉着：当他醉了的时候，是他最清醒的时候；当他没有醉的时候，是他最糊涂的时候。可见，酒非"小料"，而是文学的大问题。

再比如谈鲁迅与藤野严九郎，谈到鲁迅先生的散文与藤野先生的回忆，内容上产生了不一致的情形，阎晶明先生发问：现实中的藤野与鲁迅文中的藤野究竟是不是同一个人？我们能不能把其中的故事都当成实有发生？实际上，这里涉及了一个文学界今天仍在讨论的问题：散文能否虚构？真实与虚构的界限在哪里？这是一个深层次的问题。鲁迅文章中的藤野肯定是现实中的藤野，两人对细节记忆有偏差，很正常，但鲁迅文章所叙述的艺术上的真实与藤野现实中的真实是一致的。我很认同阎晶明先生的这种论述，这种论述不仅回答了散文中的藤野与现实中的藤野的问题，也回答了散文真实与虚构的界限问题。

总之，阎晶明的鲁迅研究系列为我们还原了一个伟大的鲁迅、平凡的鲁迅和亲切的鲁迅。

2019 年 12 月 13 日

《南太行纪事》：并非怀旧的乡土叙事

杨献平的《南太行纪事》我读得很慢，如蜗牛在词句间爬行一般。读得慢有两个原因，一是《南太行纪事》总是将我带入我自己的回忆中，读《南太行纪事》如同在读我的《江汉平原纪事》一样，除了地域风物迥异外，诸多人情世相惊人的相似，我的思绪在杨献平的文字中跳进跳出，让阅读速度变慢；二是我自己不愿太快地读完，读他人的文字解自己的乡愁，潜意识里想延长这些文字带给我的那种感同身受的复杂的乡村情感——那种夹杂着心痛的幸福的忧伤。

尽管杨献平写下的是属于他个人的太行山南麓、冀南山地的村庄境况与家族故事——一切都有史有据，有名有姓，有情有景，真实得可以对号入座——但我仍然以为，这不是他一个人的乡村纪事，是属于我们这一代从乡村出走到城市落脚的人的乡村纪事；是属于中国大地上千千万万个乡村的历史进程和现实图景；更是属于一个精神胞衣埋葬于乡村的作家对过去乡村的倾情回忆和对现实乡村的彻骨反思。

问题在于，一个人的乡村何以上升为一群人的乡村？南太行的乡村何以照见中国大地的乡村？个体性的乡村回忆与反思何以具备普遍性的力量？

这部篇幅不算长的书给出问题答案的同时，也昭示了自己的价值所在：叙述乡村，又超越乡村。杨献平的叙述朴素准确，既荡漾着炽烈的情感火焰，又奔涌着冷静的反思波浪，这两股冰火相交的叙述景观，让《南太行纪事》拥有了强大的文学洞察力和征服力。要我说，对乡村真实的探究和把握——从个体视野下的乡村现实的真实过渡到具有普遍性意义的文学乡村的真实，《南太行纪事》完成了一次华美蜕变，让它在汗牛充栋的乡村叙事中独树一帜。

这一蜕变的发生细节值得我们深究。

杨献平在文中写道："仔细想想，我离开故乡也有近三十年的时光了，在这一期间，我也无数次回去，但都是住一段时间，然后就走了。这种短暂的停驻，一方面是重温和回忆：另一方面则是重新认识和判断。"

"重温和回忆"与"认识和判断"，构成了《南太行纪事》的两条叙事线索，两条线索时而并肩而行，时而携手而行，为我们呈现一个感性与理性、温情与冰冷、热闹与悲凉相互交错彼此融汇的立体乡村世界。

"重温和回忆"总是温情脉脉，总是阳光灿烂，总是甜蜜幸福，总是如雾起时般美妙无比。离乡者归乡，坐在老屋的廊檐下，看风吹流云，看日光暗淡，重温父母兄弟亲情，回忆少年成长岁月，消逝的时光和万物仿佛重又归来，此刻的南太行乡村成为杨献平储满欢愉和温情的巨大情感容器，此刻的文字也随他满溢深情的故乡一起变得明丽和柔软。在《南太行的风花雪月》一章中，"重温和回忆"如滤镜一般，过滤了生活的杂质和尖锐，一切回忆都是一种幸福，值得滋味悠长地反刍。比如，那个懵懂少年在深秋劲风中的新屋里遥想："这房子是我的，再过几年之后，究竟是谁和我住在一起，成为夫妻呢？"比如夏天，那个驱赶着羊群的有如王子一般感觉的少年在山坡上睡着了，羊群跑了很远。再比如大雪中的暖意、月夜中的偷盗事件、云峰山的远足，等等。一切回忆，即使是困苦，也都有那么点风花雪月般的浪漫和美好。

没错儿，如此的"重温和回忆"，我们是多么熟悉和擅长，大小报刊上的乡村叙事均热衷于此。乡村生活的"重温和回忆"带来的浓烈的怀旧情绪似乎正在失控和泛滥，它不仅有损害散文这一宽阔文体尊严的嫌疑，也似乎在有意回避或遮蔽另一个真实的乡村世界。马尔克斯在他的回忆录《活着为了讲述》中说："怀旧总会无视苦难，放大幸福，谁也免不了受它的侵袭。"怀旧没有错，错的是无数的乡村叙事都在怀旧。

如果杨献平的《南太行纪事》仅仅停留在"重温和回忆"没完没了的怀旧之中，那《南太行纪事》便不足谈论了。好在杨献平开启了另一段乡村叙事——"重新认识和判断"，"重新认识和判断"乡村大地和乡村人物的命运、生存、价值，以及坚韧和苦难、生死和信仰等等一切与人的内心和精神相关的现实。

对于自己的南太行村庄，杨献平坦言，离开也有近三十年的时光了，在这一期间，无数次回去，无数次短暂停驻后再离开。为什么会有长久地离开和无数次短暂地停驻？因为离开了便想念，想回去；回来了便排斥、厌恶，又离开，如此反复，如此循环，作者与乡村之间构成了一种彼此吸引又彼此冲突的情感张力。

很多人离开了村庄便不再回去，内心里把那个村庄永远抛弃了，抛弃意味着远离，远离意味着陌生，而杨献平无数次地返回、停驻，对于故乡，他有多排斥便有多亲近，他有多厌恨便有多热爱，每一次返回、停驻都是对村庄的一次理解、认识和判断。所谓的"重新认识和判断"，就是对故乡这个开放的词汇一次一次地定义，他说"对于离乡者而言，故乡一直是丢失的胎衣和灵魂的甘露，故乡也是离乡者一再收集的暗淡光束与现实生活中的泪珠"；他说"对于故乡，我总是觉得无端地尴尬、不甘，心也时常为它隐隐作疼"……

在吸引和冲突、爱念和厌恨相互交织的情感张力中，杨献平对南太行乡村的"认识和判断"越发清晰起来。比如：关于村庄一代一代讲述并流传的神仙、妖精、鬼怪、邪祟之类的故事以及村里做法驱邪等奇人异事，杨献平的认识是："在这浩茫的天地之间，人不独有，物也不独享。先民们之'万物有灵'的思维认知与精神信仰，大抵也确有其理和其实的。"关于不时爆发的家族内部冲突，家庭内部矛盾，杨献平在并不平静的叙述中，表达了一个手无缚鸡之力的作家无力扭转这一切而让人绝望的疼痛和悲凉……

这无疑是真实得让人惊心的南太行乡村的现实，更是整个中国乡村的现实。对杨献平以莫大勇气写下乡村的每一丝黑暗和光明，我愿为他脱帽致敬。

如此看来，"重温和回忆"更像是那个遥远乡村的美妙背景和幻觉，而"认识和判断"则是那个美妙背景和幻觉幻灭之后的真实乡村，前者让人迷恋，后者让人疼痛和悲凉，正是后者赋予了《南太行纪事》巨大的文学力量和文学价值。

在中国漫长而丰厚的乡土叙事传统中，后人的每一次书写都可以从前辈作家那里找到样式和影子：从鲁迅的深刻批判和巨大同情，到沈从文唱起最后的挽歌，到赵树理的生动浓郁的乡土味，到贾平凹对乡土的忧虑和失落感，再到阎连科莽荒空阔的希望意识……面对这些已深入人心和列入史册的经典乡土叙事，如何开拓新的空间，如何寻找新的语言，成为摆在杨献平们面前的写作难度。

幸运的是，《南太行纪事》为乡土叙事这棵大树，培植了一些新的养分，增长了几株新的枝叶，那就是通过坦露和剖析作家自己的乡村生活和内心世界，一方面发现了隐藏于乡村土地下巨大的孤独，另一方面也发现了"我"内心深处的孤独。对这两方面杨献平均作了动人的叙述，"作为故乡的南太行"和"南太行的民间秘史"两部分对村庄来历的追溯，写出了一个村庄的百年孤独；"南太行乡村笔记"这部分写了各类乡村人物或卑微或下贱或愚拙或大智的传奇人生，让"我"感受到了自身的无助的孤独。所以我同意作家黄海对杨献平的评价，他说："杨献平是孤独的。这种孤独成就了他散文的品质。"

"人以及所谓的人生诸事，其实不过是生死之间的那些琐碎、虚妄，片刻的欢愉，无由的磨难与'向死而生'罢了"，"我再一次回到南太行村庄。一切皆如往常，生者持续变老，逝者轮回或者沉睡"……如此深切的孤独感来自哪里？或许来自作者目睹的整个乡村世界以及乡村小家族无可避免地被遗忘和无可挽回地逝去吧——作者从小听信的传说、精怪，今天的年轻人不再相信，也没有讲述的爷爷奶奶了；作者在乎的村庄来历和族谱也没人在乎了，"村里年轻人说，这都啥年代了，人从哪儿来不管用，怎么获得好，挣钱多，才是正经事儿"；每次回去母亲第一要和我说起的就是谁谁遭难了谁谁去世了，如此等等。

总的来说，这是一部与乡村生活既温暖拥抱，又紧张冲突的书，尽管作者一直在求得与故乡的和解，但终因认识的透彻和现实的无情而逃离，只是将南太行的孤独和自己的孤独留在了这样一部书中。

这部书慢慢读完，读到最后却读出了另外一个问题：人为什么年纪越大越想知道自己的来路？如果这个人正好是一个作家的话他为什么总想写下关于自己来路的一部书？

照理说，年纪越大，越发知道世界的荒诞和人生的孤独，会漠视一切包括自己的来路。我想唯一的解释是，人年纪越大，越想抓住点什么，留下点什么吧。杨献平留下了这部《南太行纪事》，留下了他永恒的乡村。但是消逝的东西总是无限美好，就像夕阳，就像岁月。

2020 年 12 月 27 日